光文社文庫

天使の棲む部屋
問題物件

大倉崇裕

光　文　社

目次

天使の棲む部屋

一

若宮恵美子（わかみやえみこ）の前にあるのは、古びた洋館だった。木造の二階建てで、外壁は白の下見板張（したみいたば）りである。屋根はスレート葺（ぶ）きで、つんと尖（とが）った三角形が特徴的だ。玄関には、同じく三角屋根のついたポーチがあり、館の北側には、六角形の尖塔（せんとう）が煙突のように立っている。だがその先端は、雷にでも打たれたのか、ポキリと折れていた。

壁は茶色く汚れ、屋根は風雨によって真っ黒になっている。窓も埃（ほこり）まみれのまま放置されていて、中には割れたまま板を打ちつけて凌（しの）いでいるものもあった。

砂漠の方角から吹く熱風に煽（あお）られながら、恵美子は絶望的な気持ちで、館を見上げる。足下のトランクに細かい砂が当たり、パチパチと小さな音をたてた。

スカイハーバー空港から車で六時間。アリゾナ州マリコパ郡フェニックスの外れにあるグレンデール。その最南にあるチャムスという小さな町の、さらに外れに建つ館の前に、自分がなぜこうして立っているのか、恵美子自身、よく判らなくなっていた。

すべての発端は一年前、大島不動産販売という会社に就職したことに始まる。そこで恵美子は、知らず知らずの内に、熾烈な派閥争いに巻きこまれてしまった。

大島不動産販売は、大島六朗が一代で築き上げた会社である。六朗の引退後は息子である信昭が社長を継承、商才に恵まれた信昭は事業をさらに拡大し、大島不動産グループを日本を代表する企業へと導いた。

跡取りである息子雅弘も生まれ、すべてが順調と思われていた矢先、信昭は妻と共に事故でこの世を去る。そのとき、息子雅弘は十二歳。さすがに社長業を継がせるわけにもいかず、緊急の措置として、信昭の弟である大島高丸が社長に就任した。雅弘が成長するまでの繋ぎと誰もが考える中、野心家の高丸は積極的に事業を展開、どん底の日本経済の中にあって、会社に着実な成長路線を歩ませてきた。

自らの地位を確立すべく、社内政治も展開、旧社長派を閑職に追いやる一方、周囲を高丸派でしっかりと固めていった。

そんな高丸にとって、唯一の悩みは、信昭の遺児、雅弘であった。

閑職に追われたとはいえ、信昭を信奉する旧社長派は、大島不動産内でも一大勢力である。直系の親族である雅弘をたてて攻めこまれれば、いかな高丸でも、ひとたまりもない。にもかかわらず、高丸がいまだ揺るぎない地位を確保できているのは、ある理由があった。

今年二十歳になる雅弘であったが、原因不明の病に冒され、ほとんど寝たきりの生活が続いていたのである。決定的な治療方法もいまだなく、現段階では、病の進行を止めるのが精一杯。巨大企業のトップとして、熾烈な競争の中に飛びこみ、舵を取るなど、到底、無理な状態であった。

高丸としては一刻も早く雅弘を完全に追い払いたいところであったが、寝たきりの病人に対し、無下なこともできず、世間体も考えた結果、都内の屋敷一軒を雅弘の名義とし、そこで治療を受けながらの生活を送れるようにしたのであった。

雅弘の介護、生活の面倒一切は当初、「えみちゃん」という女性が行っていたらしいが、高齢を理由に、一人、屋敷を去った。介護士免許などを持っていた恵美子は、その後釜として、大島不動産販売に雇用されたのだった。

だが、うまい話には、必ず裏がある。高丸たちは、恵美子を利用した、とんでもない雅弘放逐計画を練っていたのだ。

きっかけは、雅弘の病気に効くという新たな治療法だった。まだ治験段階ではあるが、有効性が認められれば、将来、雅弘が病を克服し会社経営に復帰する可能性も出てくる。高丸派としては、そうなる前に、雅弘を完全に会社の経営から切り離してしまいたかったのである。

高丸たちの計画はこうだ。まず、社内に不動産に関するクレーム専門の部署を立ち上げ、そこの責任者を雅弘にする。そして、部下として恵美子を配属する。後は、解決がほぼ不可能なクレームを次々と押しつけ、恵美子が失敗を重ねたところで、雅弘共々、責任を取らせてクビにする、という流れである。

それを知った恵美子は、その場で辞表を書くことも考えた。だが、どうしても頭を離れないのは、ベッドの上で懸命に病と闘っている雅弘のことである。もし雅弘が解雇されれば、愛着のある屋敷を出なければならない。今までのような治療を受けられるかどうかも不明だ。

結局恵美子は、新たな部署に移り、高丸派が持ちこむクレームと戦う決意を固めたのだった。

だがそんな決意も、持ちこまれる案件のあまりの酷さに一瞬で消し飛んでしまう。

立ち退きを拒否する占有屋の問題、ゴミ屋敷、借りると必ず死ぬと言われている部屋、ポルターガイスト現象が起こると言われる呪いの部屋など、身の毛もよだつ「問題物件」ばかりが持ちこまれてきた。

もし恵美子一人であれば、到底、解決はできず、高丸の思惑通り、雅弘は屋敷を追いだされていただろう。

ところが、雅弘、恵美子にとって、救世主と言うべき人物が現れる。神出鬼没、探偵を自称する、犬頭光太郎なる男である。

正体不明のこの男は、時に不思議な力を使いながら、半ば強引に問題物件の事案を解決、高丸たちにつけいる隙を与えぬよう、奮闘してくれた。

当面の危機を回避した雅弘はいま、新たな治療法が見つかったというアメリカに渡り、新薬の結果を待っている。

恵美子はその間、日本に残り、帰国を待つ予定だったが、高丸はそれほど甘くはなかった。人間消失の案件を解決して半年とたたないうちに、恵美子は新たな問題物件を押しつけられた。

それは、アメリカのアリゾナにある、不思議な館。そこには悪魔が棲む部屋があり、過去に多くの人が死んでいるという。

そんな問題物件を、高丸はわざわざ購入しようとして、その調査を恵美子たちに押しつけてきたのだった。


恵美子は仕方なく、一人、日本を離れ、ここまでやって来た。

だが、いざ館を目の前にすると、足がすくんで動けない。

屋敷の脇に立つ大木の陰から、黒いものが現れた。顔半分が髭に覆われ、髪も腰のあたりまで伸びている。ボロボロになったシャツをまとい、夢遊病者のような足取りで、近づいてきた。

恐怖に立ちすくんでいる恵美子の傍に来ると、大声で喚き始めた。

訛りのきつい英語で、正確な意味は摑めない。それでも、「帰れ」と言っていることは理解できた。おまえなんかの来るところではない、さっさと帰れ。

男は次第に興奮してきたのか、太い腕を振り上げ、恵美子に向かって来た。

逃げようとしたところで、足がもつれた。固く乾いた土の上に、倒れこむ。男は眼前にまで迫っていた。

拳大の石が、ものすごい勢いで飛んで来た。石は男の右頬に当たる。「帰れ」と連呼していた男は、反時計回りに二回転すると、俯せに倒れこんだ。

「帰れと言われて帰るヤツがいるか、バカめ。ここは自由の国、アメリカだぞ」

聞き慣れた声だった。

恵美子は立ち上がり、後ろを向いた。

「犬頭さん!」

「犬頭だ!」

長身の男は黄色いジャケットをひらひらとはためかせながら、近づいてきた。彫りの深い顔立ちに、長い手足。黒のシャツ、ズボンには皺一つついていない。

恵美子が窮地に陥ったとき、必ず現れて助けてくれる、謎の男。最初は旧社長派が雇った探偵ではないかと考えたが、そうした事実はないらしい。

犬頭は恵美子のトランクをひょいと持ち上げると、玄関ポーチの前に置いた。

「何を怖がっている恵美子君。悪魔が棲むだと? くだらん、アメリカにいるチンケな怪物など、せいぜい、コウモリ男か蜘蛛男くらいだろう。恐るるに足らん。さっさと片づけて日本に帰ろう」

犬頭の正体について、恵美子は一つの仮説をたてていた。

幼少の頃から闘病生活を送る雅弘には、大切にしている犬のぬいぐるみがあった。名前は「犬太」という。誰に貰ったのかも思いだせないというそのぬいぐるみは、あちこちにつぎが当たり、すり切れてボロボロになっていた。それでも雅弘は、犬太を常にベッドから見える位置に置き、まるで守り神でもあるかのように扱っていた。

学校にも行けず、友達も作れず、さらに両親もこの世にはいない。孤独な雅弘にとって、犬太はもっとも長く一緒にいる、「友達」なのだ。いくら寝たきりとはいえ、二十歳にもなった男子が、ぬいぐるみを大事にしている。失笑する者もいたが、雅弘と長くいる恵美子には、彼の気持ちが理解できた。恵美子自身、雅弘の介護に当たるときは、犬太をものとしてではなく、彼の友人として扱っていた。

犬頭は、犬太の化身なのではないか。それが恵美子のだした結論だった。高丸たちの陰謀により、追放の危機にある雅弘を守るため、犬太が人の姿となって現れているのではないか。あまりに荒唐無稽な説ではあるが、犬頭と行動を共にした恵美子にとっては、それ以外に考えようがないのであった。

事実、犬頭はこうして恵美子の前にいる。

「ところで恵美子君」

「何です？」

「この屋敷の玄関扉だが、壊してもいいのか？」

恵美子はうなずいた。

「はい。思う存分、やっちゃって下さい」

「よしきた！」

三角屋根がついたポーチに立つと、犬頭は重厚な木製の扉を見つめる。

「一度、存分に叩き壊してみたかったのだ」

「いつもやっているじゃないですか」

「あれでも、力半分だったのさ」

長い足を引くと、黒光りする靴の裏で、ドアをけりつけた。木の裂ける音と金属錠（じょう）が消し飛ぶ音が響き渡り、巨大なドアは内側に叩（たた）きつけられた。

玄関ホールに立つスーツ姿の男性二人が、啞然とした顔で、こちらを見つめていた。ドアが開いたときの風圧で、髪は逆立ち、ネクタイは跳ね上がって、先が天井を向いている。

犬頭は腰に手を当てて、ふんと鼻を鳴らす。

「何だ、人がいるぞ」

驚いたのは、恵美子も同じだった。出発前に聞かされた話では、館は既に無人とのことだった。

犬頭が踵を軸に、くるりと振り向いた。顔を上げると、くんくんと鼻を鳴らす。

「恵美子君、申し訳ないが、急用だ。しばらく、一人でがんばってくれ。君は英語が苦手なようだが、とりあえず、会話は可能にしておいた」

そう言い置くと、犬頭さん、恵美子の脇をすり抜けて行ってしまった。

「ちょっと、犬頭さん、急にそんなこと言われても……」

慌てて後ろを見たが、既に、彼の姿はどこにもない。荒涼とした風景が広がるだけだ。

「もう、犬頭さん!!」

誰もいない場所に向かって、叫ぶ。どうせなら、ドアを壊す前に言ってよね！

恵美子の携帯が震えた。出発前に、アメリカでも使えるものにしておいたのだ。

かけてきたのは、大島不動産本社にいる篠崎だった。旧社長派の実質的トップであり、数少ない、恵美子の理解者でもある。

篠崎の声は硬く、幾分、狼狽しているようだった。その声を聞いただけで、恵美子には何が起きたのか、想像がついた。

「雅弘さんに何か？」

「……容体が急変してね、いま、集中治療室に入っている」

「急変って……」

「新薬の副作用なのか、別の要因なのか、医師たちも判断がつかないらしい。とにかく、原因を探りながらの治療が続いている。一応の覚悟だけはしておいた方がいいかもしれない」

「犬太は、どこにあります？」

「何？」

「犬太です。雅弘さんが大事にしているぬいぐるみの」

「さ、さあ、私は現場にいるわけではないから」

「病院の連絡先を教えて下さい。会社の人が誰かついているんですよね？」

「ああ。支社の者がいるはずだ」

恵美子はその人物の携帯番号を聞き、すぐに連絡した。恵美子のことは、篠崎から聞いていたのだろう、アメリカ支社の倉田(くらた)と名乗る男は、丁寧に受け答えをしてくれた。

「はい。現在は昏睡(こんすい)状態ということで、医師は今夜あたりが山だと」

「犬太はどこにいます？」

「犬太？」

「雅弘さんが大事にしているぬいぐるみです」

「ああ、あれなら、病室の枕元に」

「できる限り、雅弘さんの近くに置いて下さい」

「待って下さい、おっしゃる意味がよく判らないのですが……犬太……、いま、犬太とおっしゃいましたね。それは、あのぬいぐるみの名前なのですか？」

「はい、そうです。雅弘さんが子供のころに貰ったぬいぐるみで……」

「それは存じております。いや、実を言いますと、容体が急変したさい、雅弘様がしきりとうわごとをおっしゃっていまして」

「それは、どんな？」

「完全に聞き取れたわけではないのですが、助けて、犬太、助けてと」

「信じていただけないかもしれませんが、あのぬいぐるみは、雅弘さんにとって、とても大事なものなんです。できる限り傍に置いてあげて下さい」

しばしの沈黙があり、やがて、倉田が言った。

「判りました。いま、取ってきます」

「よろしくお願いします」

興奮状態のまま、恵美子は通話を切った。

やはり、犬頭が消えたのは、雅弘の容体と無関係ではなかったのだ。

犬頭さん、雅弘さんを助けてあげて――。

ふと我に返ると、若い白人の男が立っていた。瞳は黒く、髪はやや茶色がかっている。年齢は三十代半ば（なか）くらいであろうか。酷く困惑した様子で、眉間（みけん）に薄く皺を寄せていた。

「お嬢さん、あなた……」

恵美子はその場に凍りつき、口をぱくぱくさせた。

雅弘のことを心配している場合ではない。自分は、アリゾナの田舎町のどまん中でたった一人、放りだされたのだ。いまのいままで、海外旅行の経験とてなく、もちろん、英語なんてちんぷんかんぷんだ。

そんな人間に対し、この状況はあまりにタフすぎる。

「えっと、えっと……」

「あなたはもしかして、大島不動産の人？」

男の言葉が、ストンと頭に入ってきた。相手が日本語を喋ったわけではない。唇の動きを見る限り、向こうは英語を話している。それがなぜか、日本語として理解できた。これもまた、犬頭の持つ不可思議な能力の賜らしい。

「はい、そうです」

試しに恵美子は日本語で言ってみた。それを聞いた男は大きくうなずきながら、

「来たのは君、一人だけかい？」

「ええ」

「いきなりドアが開いたのでびっくりしたよ。すごい勢いだったからね。君は大丈夫だった？」

どうやら男性には、犬頭が見えなかったらしい。

「はい」

「ホームレスに何かされたのかね？」

例の大男のことだろうか。彼は今も館の前でのびている。

「い、いえ」

「このあたりに古くから住みついている男なんだ。酒のせいで正気を失っているようで、時々、屋敷に入りこんで来るんだ」

「私は大丈夫です」

「ドアはすぐに修理させよう。もっとも、今夜から天気が荒れるらしい。人を呼ぶのは、明後日(あさって)になるだろうな。ま、蝶番(ちょうつがい)は無事のようだから、そっと閉めて、開かないようにしておこう。リチャード！」

遠くで木戸の開く音がして、まもなく、玄関ホールにがっしりとした男が現れた。汚れたシャツにジーンズという出で立ちだ。

彼を呼んだ男は、開いたままになっているドアを指さしながら言った。

「このドアの修理を頼む。嵐を乗り切れるように、しっかりとな」

「はい」

「それから、例のホームレスが家の前にいる。適当に食事を与えて、追い払うように」

「はい」

　リチャードなる男は、恵美子やホールにたたずむもう一人の男と目を合わせることもなく、また、ホールの向こうへと消えた。

「さて、お嬢さん、自己紹介が遅れてしまって申し訳ない。僕はエミリオ・クリッティオ。この館のオーナー……いや、前オーナーだ」

　差しだされた大きな右手を、恵美子はポカンとしたまま見つめる。

　握手を求められていると気づくまでに、数秒かかった。

「あ、すみません、私、若宮恵美子と言います」

　相手の手をそっと握り返す。

　エミリオは快活に笑い、ホールの男を示した。

「彼は友人のポール・バック。ワシントンで通訳の仕事をやっている。残念ながら、日本語は守備範囲外のようだがね」

　ポールは恰幅（かっぷく）のよい中年男性で、室内だというのにサングラスをかけていた。どうやら、目が悪いらしい。さらに、恵美子の目を引いたのは、両手にはめられた真っ白な手袋だった。

「若宮恵美子です」

　こちらの挨拶（あいさつ）に、ポールはにこりと微笑（ほほえ）み、右手を差しだした。手袋を取るつもりはないらしい。

「ポール・バックです。よろしく。目が悪いので、サングラスのまま失礼します。それと、両手に火傷の跡がありましてね。手袋もこのままで失礼します」

「どうぞ、お気遣いなく」

挨拶が終わると、エミリオが言った。

「さあ、どうぞ、中へ。到着は明日以降だと思っていたので、驚いたよ」

エミリオは恵美子のトランクを片手で持つと、ポーチから中に入っていく。

「明日、以降？」

トランクの礼を言うのも忘れ、恵美子は聞き返した。

エミリオはトランクを持ったまま、こちらを振り返る。

「まさか、何も聞いていないなんてことは、ないよね？」

「そのまさかです」

ドンと音をたててトランクが床に置かれた。

「やれやれ。その旨、大島不動産には報告しておいたのだが。取りこみ事があるので、スタッフの派遣は明日以降にお願いしたいってね」

報告はきちんと届いていたに違いない。だからこそ、それに合わせて、恵美子が派遣されたのだ。

「まぁ、君に言っても仕方のないことだ。とにかく、今日は君以外にも四人、泊まり客がある。これから案内するけど、部屋は皆、別々だし、夕食のときにきちんと紹介するから、心配しなくてもいい」

エミリオは怯(おび)える子供を諭(さと)すように、柔らかな口調で言った。それほどの年でもないのに、人に安心感を与えるだけの器が、エミリオにはあった。

エミリオはポールに言った。

「私は館の中を案内してくる。適当にくつろいでくれたまえ」

再びトランクを手にしたエミリオが、恵美子を振り返って、言った。

「あちこち傷みが激しくてね、往年の威厳は見る影もないが、辛抱して欲しい。この玄関ホールも、元はもっと華やかだった。窓にはステンドグラスがはまり、天井にはシャンデリア、そして何より、床がこんな音をたてたりはしなかった」

エミリオが歩くたびに、床板はミシミシと軋(きし)んだ。

「では、こちらへ」

エミリオは左手にある階段へと案内する。

「ここにはエレベーターもあるのだが――外から見たとき、丸い尖塔があっただろう？ あれがエレベーターなんだ――僕はなるべく階段を使うようにしている。体のためにもね」

腹をポンポンと叩きながら、エミリオは階段を上っていく。階段は小柄な恵美子には段差がきつく、少し上っただけで、息がきれた。

上りきると、板の間の廊下が左右に延びている。幅三メートルほどの広い廊下を挟んだ向こう側には、等間隔でドアが四つ並ぶ。

　エミリオが言った。

「二階には客間が四つある。ホテルを経営していたわけではないが、来客の多かった祖父が改造して、このような形になった。廊下を左に行って、突き当たりを右に曲がると、エレベーターがある」

　エミリオはトランクをそこに置くと、廊下を進み始めた。天井の明かりは半分ほどが消えており、薄い闇に包まれている。

　廊下の突き当たり、左手には古びたドアがあった。どうやら小部屋があるらしい。

「ここは僕の部屋なんだ。ベッドしかない殺風景な所でね。僕は普段、フェニックスに住んでいる。ここには滅多に来ないし、泊まることなんて、年に一度、あるかないかなんだ」

　すると、部屋の中から、コトンと何かが落ちる音がした。中に誰かいるらしい。

　だが、エミリオはそれについて何も説明せず、

「さぁ、こちらへ」

　と歩きだした。

　突き当たりを右に曲がると、さらに廊下が延びている。こちらは左手に窓が二つあり、外の明かりが入ってくる。だが、空はどんよりと曇っており、日の光も差しこまない。

　窓と窓の間には、太い柱があり、廊下の幅を半分ほどに狭めていた。もっとも、廊下の幅

自体が広いので、通行の妨げにはなっていない。その柱にそって、キャスター付きのワゴンが置かれている。

「使用人もいないし、洗濯物だの何だのは、このワゴンを使って、自分たちで一階に持っていくんだ。君ももし必要だったら、自由に使うといい」

「ありがとうございます」

ワゴンはかなり大きなもので、押すための取っ手が、柱より、さらに廊下側に突きだしている。さすがにちょっと邪魔だ。恵美子は腰を引いて、突きだした取っ手を避ける。

その五メートルほど先が、エレベーターホールになっていた。エレベーターの黒い鉄扉があり、壁にはスイッチが一つ埋めこまれている。ホールの右側には、小さなドアがあり、ドアと床の隙間から光が漏れていた。

「ここは共同の化粧室になっている。申し訳ないのだが、部屋にはついていなくてね。皆さん、ここを使っていただくことになる。二階はもともと、主のプライベートスペースとして作られたもので、主寝室と書斎しかなかったのだ。先も言ったように、そこを無理矢理区切って、客間を作った。ご不便をおかけするが……」

「いえ、私は別に構いません」

「ありがとう。では最後に、これがエレベーター。もうお判りかもしれないが、あの廊下にある柱からこちらは、三十年ほど前に増築、増設したものなんだ。二代前のオーナー、私の祖父だったのだが、晩年、足を患ってね。車椅子生活だったんだ。そこで、こんな大仰なものを作らせた」

「これ、今でも動くんですか？」

「もちろん」

　エミリオは壁のボタンを示した。

「これを押せばいい。一階と二階を結ぶだけだから、階数表示も何もないが、事故が起きたことはない。メンテナンスもきちんとしてあるから、心配はない」

「いえ、そんなつもりできいたわけでは」

　エミリオはまた快活に笑ってみせる。

「判っているよ。さて、君の部屋は右端、一〇一に用意した。狭くて殺風景だが、我慢して欲しい」

「ありがとうございます」

　礼を言っていると、かすかな機械音が聞こえてきた。キリキリと針金を引っ掻くような、少々不気味な音だった。

　エミリオが言った。

「エレベーターが動きだしたんだよ。昨年、まだこの館を売却するつもりがなかったので、機材の入れ替えと防犯装置の設置をしてね。音がすごく静かになった。ただ、静かになったのはいいんだが、この音はどうもね。まるで、ガラガラ蛇だ」

まもなく、するすると鉄の扉が開いた。中にいたのは、車椅子に乗った婦人である。ブロンドの短い髪に、度の強いメガネをかけている。年齢は五十代前半といったところだろうか。淡い水色のショールをはおり、手編みと思われる膝掛けをまとっていた。

車椅子は電動で動くもので、手元のレバーで進む方向を決める仕組みになっていた。レバーに指をかけた女性は、恵美子の姿に気づき、はっと顔を強ばらせた。

エミリオが穏やかな笑みを浮かべ、女性に向かって言った。

「こちら、さきほど到着された、ミズ・エミコ・ワカミヤ」

女性はうなずきながら、ジロジロと無遠慮な視線を恵美子の全身に走らせる。

「ああ、日本からの人ね。到着は明日ときいていたけれど」

「少々、手違いがありましてね。エミコ、こちら、ミズ・バーバラ・ヘニンガム」

バーバラはレバーを操作し、スルスルと車椅子を前進させた。そして恵美子の前で止まり、ニコリと微笑む。

「よろしく。私、日本には行ったことがないの。でも、すごく興味があるわ。後でいろいろ、お話をきかせてちょうだいね」

「はい。喜んで」

取っつきにくい印象を受けたが、話してみれば、気さくで好奇心旺盛な女性のようだ。

バーバラはそのまま、廊下を進んでいった。車椅子の操作には慣れていて、幅の狭くなった所も、難なく通過していく。

エミリオが低い声で言った。

「オレゴン在住の方だ。十年ほど前に、交通事故で車椅子の生活になられたらしい。ただ、まったく歩けないわけではなく、身の回りのことくらいは、お一人でできるのだとか。今夜は一〇三の部屋にお泊まりになる」

そのとき、窓ガラスがカタカタと音をたてた。風が相当、強くなってきたようだ。雲も低く厚くたれこめ、今しも、雨が落ちてきそうだ。

エミリオは外の光景を見ながら、目を細める。

「いよいよ、荒れてきたな。ピークは今夜半らしい。こんな酷い嵐は珍しいのだが」

風音が大きくなるのに合わせ、廊下の明かりが、フワフワと明滅する。

「屋敷はしっかり補強してあるから心配いらない。水、食料もばっちりだ。唯一の心配は電気でね。このあたりは停電が多い。自家発電の設備も整っているので、何かあっても、一晩くらいは問題ないと思う。それとお泊まりの人全員に言っているのだが、エレベーターの電源は午前三時で一度、おとさせてもらう。夜中に停電があると、自動的に自家発電に切り替わる。このエレベーターはとにかく電気を食うんだ。朝起きたら、バッテリーが空なんてことになりかねない。再開は明日午前七時。それだけ注意してくれ」

そう言ってエミリオは、大仰な身振りで肩をすくめてみせた。

「いけないいけない、あなたを部屋に案内しなくては。着いて早々、引っ張り回して失礼を」

「いえ、そんな」

見知らぬ土地で、見知らぬ人たちと、嵐の中、一夜を過ごす。不安で押し潰されそうになりながら、恵美子はせいいっぱいの返事をした。

エミリオはニコリと笑い、スタスタと廊下を戻っていく。

以前の恵美子であれば、不安のあまり、パニックを起こしていたに違いない。

何とか正気でいられるのは、不可思議な事件の数々を犬頭と共に乗り越えてきた経験があるからだ。

たしかに今、頼みの犬頭はいない。それでも、不思議と恐怖は感じていなかった。この世に不思議なことはいっぱいあるけれど、しっかりと前を見て、背筋を伸ばし、たとえ空元気であっても気丈に振る舞っていれば、何とかなる。そんな開き直りにも似た思いの中に、恵美子はいた。

エミリオはちょっとかっこいいし、バーバラって人も悪い人ではなさそうだし。

エミリオの後について、廊下を戻る。バーバラは既に自室に入ってしまったようだ。

恵美子のために用意された部屋は、廊下の突き当たりにあった。天井の明かりは消えており、ひどく暗い。

「電球を替えるところまで、手が回らなくてね。申し訳ない」

トランクを手にしたエミリオが、神妙な顔で言った。

「いえ、気にしないで下さい」

「これが部屋の鍵だ。試しに開けてみて」

エミリオから渡されたのは、真鍮製の古めかしい鍵だった。ノブの上にある鍵穴に差しこみ、左に捻る。カチリと手応えがあった。

ノブを回すと、重いドアがゆっくりと開く。中から、少々黴臭い、湿った空気が流れてきた。

「部屋の掃除はしておいたのだが……。長らく使ってなかった部屋でね。もし気になるようなら……」

「いえ、大丈夫です」

部屋は思っていたより明るかった。大きな出窓があり、白を基調とした壁がゆったりと落ち着いた雰囲気を醸しだしている。壁際に置かれた小さな一人掛けソファ、白いシーツで覆われたベッドも、独特の風格があった。

「とても気持ちの良いお部屋です。気に入りました」

その言葉に、トランクを床に置いたエミリオは、目をキラキラとさせ、白い歯を見せた。

「そう言ってもらえて、ホッとしたよ。実を言うと、昨日から準備にてんてこ舞いでね。えぇっと、ほかに何か入り用のものはあるかな」

「いいえ。大丈夫です」

「では、少しの間、ゆっくりしていてくれたまえ。長旅で疲れただろう。夕飯は六時を予定しているが、実はまだ一人、到着していない客がいてね。何か用事があったら、下まで下りて来てくれるかな」

「判りました。ありがとうございます」

「では、ごゆっくり」

エミリオはうやうやしく頭を下げると、廊下に出ていった。

ドアの閉まるカシャンという音と共に、恵美子はソファに倒れこんだ。

いろいろなことが一時に起きすぎて、頭の整理がつかない。叫びだしたくなるのをこらえ、心を落ち着ける。

数回、深呼吸をした後、トランクの外ポケットに入れておいたミネラルウォーターのボトルを取りだす。喉を湿し、もう一度、大きく深呼吸をした。

時差ボケもあり、頭はぼんやりとしていたが、今はのんびり休憩している場合ではない。

トランクを開けると、空港で支社の男から渡された資料のファイルをだした。

今回の案件に関する詳細は、日本を出る前、ほとんど教えてもらえなかった。恵美子が聞いていたのは、社長高丸が購入した物件に不審な点があるので、それを解明して報告せよということだけである。

その後、スカイハーバー国際空港で支社の者にファイルを渡されたものの、そこから始まったのは、長い長い車の旅。結局、資料に目を通す余裕はなかった。

恵美子は、ファイルを開き、Ａ４の紙、数枚にまとめられた資料に目を通す。情報を得れば、この正体のない不安も多少は解消するだろうとの思いからだった。

この館が建てられたのは、今から七十年ほど前のことだ。当時のチャムスは、これといった産業もない寂れた田舎町だった。東側を山に抑えられ、南側には広大な砂漠が広がる。気温は日中四十度に達し、雨も少ない。行き止まりの町として、このまま風化していくと誰もがあきらめていた。

一九四〇年、山間部の広大な土地を切り開き、クリッティオ化学研究所なる施設が建設された。

そこを統括していたのは、ダニエル・クリッティオなる人物で、この館は、彼と彼の家族の自宅として建てられた。

ダニエルが運営する研究所は、主に殺虫剤の成分を研究開発するためのもので、様々な特許も持っており、ダニエル自身は既に億万長者となっていた。研究所をチャムスに作ったのは、地価はタダ同然、人口が少なく、今後も増える見こみがさほどないため、環境問題等で研究所が糾弾(きゅうだん)される可能性が少ないという、単純な理由だった。

恵美子はいったん資料から目を上げた。このダニエルという人物が、エミリオの祖父に当たるわけか。

強さを増してきた風に、館全体がギシギシと軋む。

恵美子は資料に目を戻した。ここまで読んだ限り、この館に「問題物件」となる要素はない。

クリッティオ化学研究所はその後も利益をあげ続け、さらに、エミリオは得た利益を様々な企業に積極的に投資、増えた資産で慈善事業にも力を注いだ。

三代でクリッティオ家は、チャムスのみならず、フェニックスの名士となった。

そんなクリッティオ家の館で、奇怪な事件が起き始めたのは、ダニエルが館を建てて二十五年目の夏だった。当時、ダニエル六十一歳、息子ハーマンが三十五歳、エミリオが生まれる十年前だ。

初めての死者は、ミラーという男性だった。一階客間で拳銃自殺を遂げているところを、メイドが見つけ、通報した。

死んだミラーは、その前々日、殺人の罪で裁判にかけられ、無罪が確定したばかりであった。そんな男がなぜ、クリッティオ家に滞在していたのか。

ダニエルは慈善事業の一つとして、犯罪被害者、えん罪被害を受けた者たちを救済する運動を立ち上げていた。今となっては当たり前のことだが、それを五十年近く前に始めたのであるから、相当な慧眼の持ち主であったのだろう。

ミラーは無罪確定後、今後の生活について相談するため、ダニエルの館にやって来たのだった。だが、無罪判決が出たものの、ミラーには疑惑がつきまとっていた。評決はあくまで、証拠不十分による無罪であり、実際は彼の犯行であったとする向きは多かった。無罪確定直後の自殺という結末に対し、人々は「罪の意識に耐えかねたのだろう」と繰り返すだけだった。

一年後、今度は誘拐殺人の罪に問われながら、無罪判決を得た男が、館にやって来た。金のためならば何でもするという札付きであったが、犯行時のアリバイが成立し、検察はそれを最後まで崩すことができなかった。心証は限りなく黒だったが、判決は無罪だった。

この男もまた、宿泊した翌日、拳銃自殺をして死んだ。状況は、前の男とまったく同じであった。

さらに半年後、やはり、無罪判決を受けた男が、館にやって来た。彼は強盗殺人で逮捕されたが、後に別の人物の犯行であることが判り、無罪の判決を受けた。彼は一階の客間で一夜を明かしたが、何事もなく朝を迎えた。

人々は、その客間に「天使の棲む部屋」という名前をつけた。罪を犯した者が泊まれば、たとえ法律の網をくぐり抜けたとしても、天使が罰を下す――。

その後も、不可思議な自殺が続いたという記録があるが、詳しい記述はまったくなかった。チャムスの保安官事務所が火事となり、書類が消失してしまったためだ。さらに、チャムスを管轄する郡警察の庁舎が建て替えられ、その引越に際して、さらに多くの記録が紛失したらしい。ちなみに、庁舎建て替えのため、もっとも多額の寄付をしたのは、クリッティオ家であった。

現在、「天使の棲む部屋」は伝説化しており、死者は五十人とも百人とも言われている。判っていることは、死者が皆、自分のこめかみを銃で撃ち抜いていること。銃の出所は いずれも不明であること。そして、死体はいつも、部屋の窓側に顔を向けていること、であった。

資料を読んだことを、恵美子は心底、後悔していた。不安は減るどころか倍加していた。部屋に泊まった者が立て続けに自殺するなんて、常識で考えたら、あり得ない話だ。しかも、法の目をすり抜けた凶悪犯ばかり。

これは間違いなく、私刑だ。方法は判らないが、犠牲者たちは、何らかの方法で自殺に見せかけて殺害されたに違いない。

そのくらいのことは、当時の警察でも思い至ったのだろう。実際、通り一遍の捜査は行われていた。もっとも強い動機を持つのは、犯罪被害にあった当人、または遺族だ。犯人であることが確実であるのに、罪に問えない。その怒りはいかばかりであろうか。

わずかに残る警察の記録には、実際、数人の遺族が行方不明になっている旨、報告がなされていた。私刑を行い逃亡したと警察も考え、行方を追及したが、誰一人として見つかることはなかった。

いったいどういうことだろう。

訝しく思いながらも、恵美子は、資料の最後のページを開いた。

ダニエルは九十三歳まで生きて他界、館は息子のハーマンが引き継いだ。彼の代になっても、不思議な自殺事件は何件か起きていた。だが、詳細は一切、明らかとなっていない。ハーマンは三年前、妻と共に交通事故で他界。一人息子であるエミリオが引き継ぎ、今にいたる。そして、それ以降、自殺は起きていない。

せめてもの救いだわ。

恵美子はホッと胸をなで下ろした。

とにかく、エミリオ・クリッティオ本人に、「天使の棲む部屋」の状況を聞き、現在の状態を確認して、それを報告書にまとめる。今回はそのくらいで充分だろう。

資料を閉じたとき、スマートフォンが震えた。かけてきたのは、室長代理で社長の腰巾着でもある片山だ。

「おつかれさまー」

陰気な声が聞こえてくる。

「遠路遥々(はるばる)大変だねぇ」

本当に嫌(いや)なヤツ！

恵美子は現在の状況を伝えた。

「調査は明日には終わります。雅弘さんのお見舞いをして、しばらく傍に……」

「ダメだよ、そんなんじゃ。せめて、その部屋に一泊してもらわないと」

「はあ⁉」

「大丈夫だよ。君は別に人殺しじゃないだろう？　何も起きるはずないじゃないか」

「本気で言ってます？」

「君の役目は、屋敷の隅々を調査して、安全性を立証することなんだ。それが社長、いや、今回のクライアント様からのご依頼だ」

「人が何人も死んでる部屋なんですよ！」

「君は今までも、そんな部屋の問題を解決してきたじゃないか。今度も、ちょいちょいと、ね？」

通話は切れた。

ちょいちょいって何よ！　「天使の棲む部屋」で一泊しろですって？　まったく……。

しかし、それを断れば、恵美子のペナルティとなる。それはそのまま、雅弘の追放を早めることになる。

どうすればいいのよ……。

途方に暮れているとき、激しい風音に交じって、車の止まる音が聞こえた。

最後のゲストが到着したらしい。

部屋の件に気を取られていたが、今夜、ここに集まる客とはいったい何者なのだろう。

窓から外を見ると、すでに雨が降り始めている。

部屋に一人でいることが心細くなり、恵美子は廊下に出た。鍵をかけ、そっと階段を下りていった。

玄関ホールにポールの姿はなく、代わりにエミリオとずぶ濡(ぬ)れになった恰幅の良い男が、向き合って立っていた。新来の客は、キャスターのついた大きなトランクを持っている。

恵美子の気配に気づいたのか、エミリオがこちらを向いた。

「おや、エミコ」

「すみません、車の音がしたので……」

「紹介しよう。こちらが最後のお客、オリビエ・マーミオ。こちら、日本から来た……」

オリビエは卵形をした顔を綻(ほころ)ばせ、言った。

「おお、今、聞いていたところです。日本から遥々と。どうぞ、よろしく」

ぎこちない動きで、頭を下げる。どう応えてよいか判らず、恵美子もまた、ぎこちなく礼を返した。

「いやいや、ひどい雨だ。車を駐めて戻ってきたら、ずぶ濡れだ」

彼は自分の車でここまで来たらしい。

「部屋は二階です。これは私がお運びしましょう」

エミリオが、オリビエのトランクに腕を伸ばし、言った。

オリビエの顔からさっと笑みが消えると、エミリオの手をはじくように、トランクの持ち手を取った。

「この中には、商品のサンプルが入っていてね。私が自分で運ぶことにするよ」

エミリオは、はじかれた手の甲をキッと見やったが、すぐに、何事もなかったかのように微笑むと、

「ミスタ・マーミオは、車用洗剤のセールスマンでね。全米を飛び回っておられるんだ」

「いや、実は、今扱っているのは、ダイエット食品なんだ。洗剤は今ひとつでね。去年の暮れに乗り換えたのさ」

「なるほど。ダイエットはすべての女性の至上命題ですからね」

「そうだろう？　アリゾナを皮切りに、販路を拡大しようと思っていてね」

オリビエがトランクを動かそうとしたとき、鈍い音がしてキャスターの一つがはじけ飛んだ。どうやら留め具の一部が折れたらしい。

「ああ、何てことだ！」

斜めに傾いだトランクを支えながら、オリビエは悲鳴のような声を上げる。

エミリオは手を貸すべきか否か迷っているようだったが、結局、何もしないことに決めたようだ。

「あちらにエレベーターがあります。良ければ、手を貸しましょうか？」

「いや、大丈夫」

オリビエは、三本足となったトランクのバランスを必死で取りながら、エレベーターホールへと進んでいった。

「やれやれ」

肩をすくめながら、エミリオは言った。

「ところで、エミコ、そろそろあの部屋を見に行きたいのでは？」

「は？」

「君はそのために来たんだろう？　あの部屋、『天使の棲む部屋』を見るために」

澄んだ瞳で見つめられ、恵美子はしどろもどろになった。

「えっと、それは、その……」

「日本人というのは、皆、君のように正直なのかい？　何も遠慮することはないと、言っただろう。さあ、こちらへ」

エミリオは先に立って、歩きだす。

玄関ホールからアーチ形をしたドアをくぐり、広い廊下を進む。

「右側が客間と食堂になっている。出入りは玄関ホールの側からしかできないんだ。この壁にドアを一つつければ、移動が楽になるのだがね」

歩きながら、壁をコンコンと叩く。

廊下を突き当たりまで進み、左に折れると、目の前に、観音(かんのん)開きのドアがあった。

「さあ、ここが問題の部屋だ」

エミリオは金色の鍵をだし、鍵穴にさしこむ。ガシャと鈍い音がして、錠が開いた。年月を感じさせる重々しい音をたて、ドアは開いた。

部屋の中は真っ暗で、何も見えない。

エミリオが一歩部屋に入り、壁のスイッチを入れた。

天井から下がるランプが、部屋をぼんやりと浮かび上がらせた。

思っていたほどの広さはない。恵美子に割り当てられた部屋とほぼ同じくらいであろうか。磨き上げられた床は深い光沢を放ち、何度も塗り直したと思われる白色の壁と好対照をなしていた。

室内にはベッドとサイドテーブル、そして、どっしりとした樫(かし)製の机と椅子がある。机の上には何もなく、三つある引きだしもぴたりと閉じられていた。

ほかにドアはなく、恵美子たちの部屋と同様、バス、トイレ、共についていない。

窓には、分厚いブラウンのカーテンがひかれ、外の光はまったく入ってこない。奥の窓の前には、石製のフラワースタンドと、ひと抱えはある陶器の花瓶が据えてあった。

エミリオが手前の窓の、カーテンを開いた。

壁一面といってよいほど、大きな窓だった。外は芝生の植わった中庭となっており、奥には、薄い緑の低木が植わっている。

庭に出られるのかと思ったが、窓ガラスの開閉はできず、はめ殺しになっていた。

「もともとは、ピアノを置くつもりだったようでね。そのため、壁は厚く、防音も完璧だ。しかし結局、ピアノを置くことはなかった。ここも、上と同様、祖父が客間にしてしまったのでね」

「これは、何です？」

窓際の壁に、床から天井まで、等間隔に五つの小さな皿が埋めこまれている。元々は金色をしていたのだろうが、いまは黒くすすけ、灰色となっていた。皿の真ん中には突起が一つある。

「それは燭台(しょくだい)なんだ。どういう意図でつけたのかは判らないが。五つすべてにロウソクを灯(とも)すと、なかなか幻想的な雰囲気にはなるがね。多分、ピアノを演奏するときの演出用だったんだろう」

窓から離れた恵美子は、大きなデスクの前に立ち、窓の外を見つめた。記録によれば、ここで何人もの人間が、自ら命を絶ったのだ。

デスクの周りからは、目に見えない霊気が立ち上っているようだった。

無理だ。反射的に恵美子は踵を返し、廊下に出た。

困り顔のエミリオが、慌てて後についてきた。

「これは申し訳ない。若い女性をいきなり部屋に入れるなんて、こちらの配慮がたらなかった」

「いえ、大丈夫です。こういうことには慣れていますから」

「慣れている？」

「こちらのことです。本当に、もう大丈夫ですから」

「とにかく、食堂で少し休むといい。コーヒーをいれよう」

エミリオはドアを閉めると、廊下を戻り始めた。

いったん玄関ホールに入り、もう一つのドアを開く。その先が、食堂になっていた。中心に置かれたダイニングテーブルには、十人以上、座れるだろう。ワインレッドの絨毯が敷かれ、天井には小さいものながら、シャンデリアが下がっている。

部屋奥にも小さなドアがあるが、それは配膳室に通じるものらしい。

「適当な席に腰を下ろしてくれ。いま、コーヒーをいれてこよう」

「あの、どうぞ、お構いなく。大丈夫ですから」

「僕も飲みたいんだ。それに、そろそろみんな、下に来るころではないかな」

エミリオは配膳室の向こうに消えた。

アーチ形をした大きな窓からは、速い速度で流れていく灰色の雲が見える。雨は相変わらず激しく降り続いており、外の景色をのぞいて見る気にさえならない。

さあ、これからどうしようか。

会社の命令に従うのであれば、今夜は、あの気味の悪い部屋に泊まらなければならない。そのことを言ったら、エミリオはどう反応するだろう。そんな真似はさせられないと、言ってくれるかもしれない。そうなれば、会社にも言い訳がたつ。

「おまたせ」

エミリオが戻ってきた。

「何だ、まだ座っていないのかい。そうだな、君はここがいい」

エミリオは一番奥の廊下側の椅子を引き、その前にコーヒーの入ったマグカップを置いた。

恵美子はテーブルを回り、その席についた。

「こんなカップで申し訳ない。いやあ、何しろ、すべてが急でね。準備の時間がまったくなかった。そもそも、ここはホテルではないんだからね」

エミリオは向かいに腰をおろす。コーヒーは香ばしくて美味しかった。

ひと息ついたところで、恵美子は気になっていたことを尋ねた。

「皆さんは何か目的があって、ここに来られたんですよね。どうしましょうか、もしお邪魔なようだったら……」

「いや、気にすることはない。君には君の仕事があるわけだから。まあ、多少、騒がしくなる点だけ、覚悟して欲しいのだが」

「……実は、エミリオさんに一つ、お願いがあるんですが」

「何でも言ってくれ」

「……あの部屋、『天使の棲む部屋』に、今夜一晩、泊めてもらうことはできませんか？」

エミリオはカップに伸ばした手を止め、じっと恵美子を見つめた。

「それは、どういうことかな？」

「会社からそう言われたんです」

エミリオが顔を顰め、ハエを追うような仕草をする。

「まったく、君らはどうしていつもそうなんだ？　会社がそうしろと言った？　君は会社に命まで預けているのかい？　まったくバカげたことだよ」

そうではない。恵美子だって、こんなことはやりたくない。だが、すべては病と闘っている雅弘のためなのだ。

もっとも、それをくどくどと説明したところで、彼に判ってもらえるかどうかは微妙だ。

エミリオはやや軽蔑をこめた目で恵美子を見ると、言った。

「どちらにしても、今夜、あの部屋に泊まるのは無理だ」

「どうしてです？」

エミリオはニヤリと笑う。

「予約が入っているんだ」

「は？」

「この館が突如、盛況になったのは、久しぶりに、あの部屋を使いたいという申し出があったからなんだよ」

「待って下さい。それってつまり……」

天井で物音がした。エミリオはちらりと視線を上に向けると、言った。

「ちょうどいい。皆さん、お出ましになるようだ」

複数の足音が階段を下りてくる。

「エミコ、今夜のところは申し訳ないが、君はメインゲストではない。一緒にいて話を聞くのは勝手だが、口を挟んだり、余計な手出しはしないで欲しい。いいね」

最初に入って来たのは、ポール・バックだった。初めて会ったときと同じく、白い手袋をはめ、黒いサングラスをかけている。戸口で一度立ち止まると、部屋の中をざっと見回した。その後、ゆっくりとした動作で、窓側の一番手前の椅子を引き、腰を下ろした。見た限り、全盲というわけではないようだ。

続いて、オリビエ・マーミオが、大儀そうに息をはずませながら、入って来た。額に汗が浮かんでいる。

「どうも最近、太りすぎでね。ちょっと動いただけで、このざまだよ」

白いハンカチで汗を拭き、ポールの隣に座る。

少し置いて姿を見せたのは、車椅子に乗ったバーバラ・ヘニンガムだ。エミリオが素早く近づくと、一番手前、廊下側の椅子をテーブル前からどけた。

「ここでいかがでしょうか」

バーバラは品良く「ありがとう」と微笑み、自分で車椅子を操作して、テーブルについた。

「さて、残るは本日の主役ですな」

オリビエが言った。残る二人は無言だ。

三人は緊張に身を強ばらせており、食堂の空気は完全に冷え切っていた。恵美子は身の置き所なく、ただうつむいているよりない。

階段を下りる足音が聞こえてきた。二階にまだ人がいたんだ。二階にある客用の部屋は四つしかないはずだ。

思いだしたのは、エミリオの私室から聞こえてきた物音だ。やはり、あそこには、人がいたのだ。

乱暴にドアを開け放ったのは、髪をきちんとなでつけた、痩せ型の紳士だった。黒いスーツに金色の腕時計をはめている。細い目は冷徹な色をたたえ、薄い唇は目に入るものすべてを見下しているかのように、歪められていた。

「お待たせした。おや？」

恵美子を見て、男は首を傾げた。「日本の方とお見受けするが、どなたかな」

エミリオが説明する。

「日本人がここを買おうとしていることは知っているね？」

「あぁ、もちろん。いったい何を考えているのだか」

「その人物の命を受けていらしたのだ。あの部屋の噂を確認するためにね」

「ほう、それはそれは」

青白い顔に笑みが広がった。

「ならば、実に良い時にいらっしゃったというわけだ。失礼ですが、お名前は？」

「恵美子です。エミコ・ワカミヤ」

「ミズ・エミコ、私はトム・バレット。名前にお聞き覚えは？」

「いえ」

「おやおや、あれだけの大騒ぎも、海を越えることはできないわけだ」

「トム、軽口はそのくらいにして、席についたらどうだ？」

オリビエが言った。

「ふん」

バーバラの隣の席に手をかけ、トムは言った。

「マダム、こちら、よろしいですか？」

「お断りします」

バーバラは正面を向いたまま、硬い声で言った。

「やれやれ」

トムは恵美子の隣に来て、言った。

「ここ、よろしいですか？」

「え、ええ」

トムが着席する。

それを見たエミリオが言った。

「簡単ですが、夕食の準備もできております。よろしければ……」

「食欲なんてないわ」

バーバラが言った。ポールが無言でうなずき、オリビエはふんと鼻を鳴らした。

そんな様子を、トムは楽しんででもいるかのようだ。

「夕食といっても、こんなアリゾナのど真ん中では、冷凍肉のステーキがせいぜいだろう。ならば明日、街に戻って、ゆっくりとランチをいただきたいものだね」

「あなた、街に戻るつもりでいるの？」

バーバラがキッとトムを睨みつける。

「当然だろう。その自信があるからこそ、君たちの馬鹿げた申し出を受け入れたのだ」

「君は……君は明日の太陽を見ることは……できない」

低い声で言ったのは、ポールだった。

「その通り」

オリビエも続く。

トムが恵美子の方を向いて、言った。

「いまの言葉を聞きましたか。この者たちはね、私を殺そうと企んでいるのですよ」

恵美子の反応を楽しむように、トムは「フフ」と短く笑う。

テーブルを拳で叩き、オリビエが言った。

「きさまの自業自得だろう。おまえのインチキ投資話のせいで、私は全財産を失ったのだ」

「投資にはリスクがつきものだと、申し上げたはずだ」

真っ赤になって怒るオリビエに代わり、バーバラが穏やかな口調で言った。

「あなたのやり口が詐欺に当たることは、専門家も証言しているのですよ。潔く、罪を認めたらどう？」

「おっしゃっていることの意味が判りませんな。財産を失ったのは、あなたがただけではない。私もすべてを失った」

「不明瞭な現金の移動があったと、聞いていますよ。隠し口座を持っているのでしょう？」

「ミズ・ヘニンガム、これ以上の誹謗中傷は、あなたでも許しませんぞ。それだけのことを言われるのなら、証拠をお見せいただきたい。そもそも、私は裁判で無罪となった身だ。清廉潔白、疚しいところなどない」

　ポールが言った。

「まだ、民事が残っている」

「裁判所の判断が変わる可能性はないと思いますがね。たとえ、私にとって不本意な判決が出たとしても、皆さんの得るものはたかがしれている。今も言ったように、私も無一文なのだから」

「なら、どうして、私たちの申し出を飲んだのかしら？」

　バーバラの目が鋭く光った。だが、トムは怯まない。

「『天使の棲む部屋』に一晩泊まり、生きて出てくれれば、訴訟を取り下げる。私にとっては、なかなか魅力的な申し出だ。訴訟はあなたがたから以外にも、全米あちこちで起こされていましてね。だが、多くは烏合の衆。あなたがたが訴訟を取り下げれば、それに倣う者が出てくるはずです。今回の件をさっさと片づけ、また新たなビジネスを始めたい。つまり、私にとっては、受ける価値が大いにある申し出であったのです」

オリビエは皮肉な笑みを浮かべる。

「その自信がいつまで続くかな」

「天使に頼らなければならないとは、天下のオリビエも落ち目ですな」

「何！」

立ち上がろうとした彼を、バーバラが目で止めた。

「オリビエ、落ち着いて。明日になれば、美味しいお酒が飲めるはずよ」

これまで沈黙していたエミリオがゆっくりと立ち上がった。

「どんな結末が待ち受けているのか、私には判りませんが、明日は一つ、セラーから自慢の一本をだし、皆様に振る舞いましょう」

オリビエの目が輝いた。

「おお、それは素晴らしい。クリッティオ家所蔵のワインは好事家(こうずか)の間でも有名だ」

「僕はもっぱらビール、バーボンばかりなもので。ワインはセラーに眠ったままなのですよ」

「それを売りにだす気はないのかな？」

「そんなことをしたら、父や祖父に顔向けできない」

「おいおい」

トムが言った。「君たち、もう俺が死んだ気でいるんじゃないのか？　そのワインを、一番先にいただくのは、この私だということを、覚えていてくれよ」

トムは立ち上がると、挑戦的な目で三人を睨んだ。

「もう一度言う。明日、私が生きて部屋を出てくれれば、訴訟は取り下げだ」

オリビエが答えた。

「大丈夫だ。すべては書面にして、私たちと君の弁護士がそれぞれ、一通ずつ所持している。約束は守る」

「それを聞いて、安心したよ。では、少々早いが、私はそろそろ引き上げるとしよう」

エミリオがきいた。

「食事はどうします？」

「いらないよ。街を出る前にたっぷり食べてきた。一杯やりたいところだが、さすがに酔うわけにもいかないからね。ただし、明日の朝は、濃いコーヒーを一杯、頼むよ」

トムはつんと顎を上げ、堂々とした足取りで、部屋を出て行った。

ドアが音をたてて閉まると、まず、オリビエが言った。

「くそっ、ヤツの心臓はどうなっているんだ。畏れる様子もない」

「虚勢をはっているだけよ。内心はガタガタ震えているはずよ」

バーバラはテーブルの一点を見つめながら、言った。

「私もそう思う」

つぶやくように言ったのは、ポールである。

「視力が弱い分、気配には敏感なんだ。あいつは、心底、怯えているよ。明日の朝まで、一睡もできず震えているだろう」

ポールは力なく笑う。

「我々にできることは、それが精一杯ということか」

それを聞いて、エミリオが眉を寄せた。

「それはどういうことです？　皆さんは、あの部屋の呪いを信じているからこそ、彼をここに連れてきたのでしょう？」

「バカを言え、いまどき、呪いだなんだ信じるわけがないだろう。これは、敗者の悪あがきなんだ。あいつのやったことは、詐欺だ。我々から全財産を巻き上げた。だが、弁護士の言うことには、ヤツを有罪にすることは、ほぼ不可能なんだそうだ。訴訟を続けたところで、無駄に金を浪費するだけだとも言われた」

忌々（いまいま）しげに口をつぐんだオリビエに代わって、バーバラが後を継いだ。

「でも、ただ訴訟をあきらめるのは、くやしいでしょう。そこで、考えたの。せめて、あいつを死ぬほど怖がらせてやろうって」

エミリオはあきれ顔で、恵美子と目を合わせた。

「あなたがたは、それだけのために、彼をここに連れてきたのですか」

「子供じみてると笑うかもしれないけれど……」

バーバラの頰に涙がひと筋流れた。

「全財産を失い、これから先、どうしていいか判らない。そのくやしさを少しでも晴らせるのなら、私、どんなつまらないことでもやってみせるわ」

エミリオはバツが悪そうに、顎を引いた。

「これは失礼しました。失言でした」

「いいえ、いいの。この場を用意してくれたあなたには、とても感謝しているわ」

オリビエ、ポールもうなずいた。

「我々も部屋に戻ろう。食欲もないし、一人静かに、明日の朝を待つとしようじゃないか」

「そうね」

バーバラもうなずく。

「エミリオ、一つだけいいかな」

ポールがおずおずと手を挙げた。

「何でしょうか？」

「あの部屋なんだが、鍵はどうなっているのかと思って。つまり、ヤツが逃げださないとも限らないだろう」

「あの部屋は、一度ドアを閉めると、自動的に錠が下りるようになっています。そして、中に鍵穴はない。つまり、中からは開かないようになっているのです。そして……」

エミリオは鍵束をジャラリといわせながら、掲げた。

「鍵はここについている一つだけ。スペアはありません。非常に古い鍵なので、セキュリティ万全とは言いかねますが」

「いや、それならいい。ヤツが逃げだしさえしなければね」

ポールはうなずき、立ち上がった。

オリビエが食堂の戸口に立ち、言った。

「ではこれから、ヤツが部屋に入るのを見届けることとしようか」

丁度、トランクを持ったトムが階段を下りてくるところだった。

「おやおや、皆さん、お揃いで」

彼は背筋を伸ばし、風格さえ漂わせながら、恵美子たちの前を通っていった。その後ろを、三人がゆっくりとついて行く。

恵美子とエミリオも、少し間を置いて歩いて行く。

「さぞ、軽蔑されているでしょうね」

エミリオが小声で言った。「僕だって、こんな馬鹿げた茶番に付き合いたくはない。ただ、あの三人は僕の事業の出資者でもある。断ることはできなかったんだ」

「エミリオさんは、信じているんですか？　あの部屋のこと」

「奇っ怪な出来事が起きていたのは、父の時代までで、今となっては真実も闇の中だ。僕としては、こんな館はさっさと手放してしまいたい。だから、あなたがたに売却しようとしている。それが答えだと思っていただきたい」

「エミリオ！」

部屋の前に立つトムが言った。エミリオは肩を小さくすくめ、ドアの前へと進み出る。鍵を開け、ドアを開く。

「では、また明朝」

トムは快活に笑って、ドアを閉めた。エミリオがしぶしぶといった体で、鍵が掛かったことを確認してみせる。

残る三人はひと言も発することなく、廊下を戻っていく。その表情は一様に沈鬱で、暗かった。玄関ホールに戻ると、オリビエはさっさと階段を上っていった。バーバラはエレベーターの方へと車椅子を操作していく。残されたポールは、壁に手をつき、足下を一歩一歩、確認しながら、進んでいた。夕暮れの時間となり、廊下は先ほどに比べかなり暗くなっている。ポールはほとんど何も見えていないようだ。

恵美子は手を貸そうと進み出たが、きっぱりと断られてしまった。

「このくらいは、一人で歩ける」

手すりを確認し、階段を上がっていく。

恵美子とエミリオは、静まりかえった一階に残された。

「さて、私も明日の準備をしなければ。エミコ、食事をなさりたいのであれば……」

「いえ、せっかくですけれど、けっこうです」

到底、食事をする気分ではない。

「私も部屋に戻ります。少し疲れたので」

「長旅で、時差もありますから、お疲れでしょう。ゆっくりとお休み下さい。朝食はきちんとしたものをご用意しますので」

「ありがとうございます」

「では、おやすみなさい」

エミリオは食堂へと戻っていった。

精神的にも肉体的にも、疲れ切っていた。体を引っ張り上げるようにして二階に上がると、鍵を開け、自室に入った。そのままベッドに横たわる。

嵐は続いており、気温もかなり下がってきたようだった。毛布にくるまると、倉田に電話をかけた。雅弘の容体が気になっていたからだ。だが、応答はなかった。

酷いことになっちゃったなぁ……。

明日の朝のことを考える。トムは悠然（ゆうぜん）として館を去るだろう。残る三人は、消沈したまま、帰って行くことになる。

その後、私はどうすればいいのだろう。あの部屋に泊まるため、もう一泊するしかないのだろうか。

そもそも、これは社用による出張だ。日程が未確定ってどういうことなのよ。

ふいに睡魔が押し寄せてきた。こんな状況で眠れるなんて、私ってすごい。

そんなことを思いながら、恵美子は深い眠りに落ちた。

二

激しい物音で、恵美子は微睡み(まどろみ)の中から引きずりだされた。

毛布を払いのけ、じっと天井を見つめる。

ここは……どこ?

「エミコ！　エミコ!!」

ドアを叩く音がする。名前を呼んでいるのは、エミリオだ。

……ここは、アリゾナ！

ようやく、意識が覚醒した。

昨夜はベッドに倒れこみ、着替えることもせず寝てしまった。シャワーも浴びず、寝てしまうなんて……。

絶望的な気分になるが、興奮したエミリオの声を放っておくわけにもいかない。

恵美子は鍵を開け、薄くドアを開いた。

頬を赤くしてエミリオが、充血した目でこちらを睨んでいた。

「おはようございます。どうかしたんですか？」

恵美子の顔を見たエミリオは、ホッとした様子で、肩を落とした。

「よかった。姿を見せないから、心配していたんだ」

「疲れていたみたいで、ぐっすり寝ちゃって」

「いや、とにかく無事ならいいんだ」

「無事って、何かあったんですか？」

そう言いながらも、頭の中には、昨日、意気揚々と廊下を歩いていったトムの後ろ姿が浮かぶ。

「エミリオさん、まさか……」

「そのまさかの事態が起きた。ミスタ・バレットは死んだ。天使の棲む部屋で、拳銃で頭を撃って」

食堂には、既に三人が集まっていた。皆、無言のまま、険しい表情で冷えたコーヒーを前にしている。

部屋の明かりはなぜか、昨日以上にぼんやりとしており、フワフワとついたり消えたりしている。

恵美子はそっと足音を殺しながら、昨日と同じ、一番奥、廊下側の席に座った。

表はまだ、酷い嵐が続いている。風はますます強く、ガラスを砕かんばかりの勢いで吹きつけている。

エミリオがコーヒーを持ってきた。

「実は、今朝から停電しているんだ。今は自家発電で何とかしているのだが、節約のため、電気の使用は最小限にさせてもらいたい」

照明が暗いのはそのためか。

オリビエが言った。

「では、警察にも連絡ができないということなんだね」

「はい。さっきも言ったように、電話も不通です。理由は不明ですが、携帯電話の類いも使用できなくなっています」

恵美子は自分のスマートフォンを見たが、通話は不能となっていた。

オリビエが腕時計に目を落とし、言った。

「お手上げだな。私はすぐにでも、ここを離れたいんだがね。よろしければ、皆さんをお送りしよう」

バーバラが微笑んだ。

「それは助かるわ。この天気だし、ポーターを呼んでも、来てくれないでしょうからね」

「少々、お待ち下さい」

エミリオが両手を前に突きだして言った。「申し訳ありませんが、ここを離れていただくわけにはいきません」

「それは、どういうことかしら？」

「ミスタ・バレットの死は、不審死です。天候が回復次第、警察に連絡し、指示をあおがねばなりません」

オリビエが顔を顰める。

「それは君の都合だろう。我々の知ったことではない。トムのヤツは、部屋にまつわる言い伝え通り、自殺をした。天使の裁きが下ったのだ」

「警察にもそのように言えと？」

「当然だ。君はこの館のオーナー……いや、前オーナーか、どちらにしても、この話を持ちかけたとき、責任を持って引き受けると言ったのは、君だ」

「それはそうなのですが……」

「であれば、後は君の責任で何とかしたまえ」

「ですが、そうはいかない理由があるのです」

「理由？」

「実を言いますと、ミスタ・バレットが本当に自殺したのかどうか、疑問があります」

テーブルの三人がそれぞれ目を合わせた。オリビエはうろたえ、バーバラは慌てふためき、ポールは一人、冷静だった。彼は言う。

「具体的に説明してくれるかな」

「申し訳ありませんが、それはできかねます」

「説明できないと？」

「はい」

「話にならん！」

オリビエが立ち上がった。「君の言うことに耳を貸す気はない。私は帰らせてもらう。バーバラ、ポール、行こう！」

「リチャード！」

エミリオの声に応じ、戸口に巨漢リチャードが現れた。今日は黒いスーツに身を固め、がっしりとした体をドアの間にねじこむようにして立っている。

「お客様をこの部屋に足止めしておけ。無理に出ようとする方がいれば、対処は任せる」

三人の顔色が変わる。いったん立ち上がったオリビエは、へなへなと着席する。

そんな中、バーバラが言った。

「エミリオ、あなたの言うことも一理あるわ。でも、トムが自殺ではないかもしれないって、どういうことなの。お願いだから、説明してちょうだい。あなたなら、私たちの気持ちも判るはずよ。私たちがどれほど、あの男の死を願っていたか。だから、聞きたいの。あいつがいったいどうやって死んだのか。もし自殺でないとするなら、それはどういうことなの？まさか、病死じゃあ……？」

「いえ、ミズ・ヘニンガム。私の見立てでは、彼は病死でも、自殺でもない。何者かに殺害されたのです」

「殺されたって、穏やかじゃないわね。何か根拠はあるの？」

「それについては、現在調査中なのです。しばらくお待ちいただきたい」

ポールが陰鬱(いんうつ)な目つきで言った。

「調査って、誰の調査だね？」

「僕のだよ。これから再度、あの部屋に行き、でき得る限りの調査を行う。その結果、皆さんを納得させることができれば、警察到着まで、この場にとどまっていただく。もし納得できなければ、ご自由にお帰りいただく」

オリビエが低い声で笑った。

「昨日までとは、ずいぶんと態度が違うじゃないか」

「事情が変わったのです」

有無を言わせぬ口調でそう言い放つと、エミリオは恵美子に向き直った。

「エミコ、一つ、僕の助手になってくれないか」

「は？」

「この中で、被害者への動機を持たないのは、あなただけだ」

「待って下さい。そんなことを勝手に決められても……」

「あなたには今回の件を会社に報告する義務がある。このまま警察が来るまで待っていれば、あなたは何の情報も得られなくなるぞ。『天使の棲む部屋』の謎もそのままだ」

痛いところをつかれた。彼の言う通り、このままここに座っていても、何も得るものはない。中途半端な報告書を上げたとしても、片山たちに突っこまれるだけだろう。

「判りました」

「現場は凄惨（せいさん）な状態だ。女性に見せるべきでないのは、判っている。しかし……」

「大丈夫です。ご心配なく」

これでも、ゴミ屋敷だの、人の消える部屋だの、ポルターガイストの部屋だのを乗り越えてきたのだ。それに、介護士の資格だって持っている。少し、足が震えているけど。

「リチャード、お客様たちのお世話を頼むぞ」

エミリオは部屋を出ていった。恵美子もむすっと口を閉じたままの巨漢に、会釈（えしゃく）をして部屋を出る。

停電のため、さらに暗さの増した廊下を通り、問題の部屋の前に立った。

観音開きのドアは閉まっている。邸内は静まり返っており、嵐による風でギシギシと館全体の軋む音が、あちこちから聞こえてきた。

まるで、生き物みたいだな。

そんな気味の悪いことを考え、一人で震え上がる。

「エミコ、君はスマートフォンを持っているね。それで写真を撮ってくれないか。私が撮るより、第三者である君の方が適任だろう」

彼の言い分はもっともだった。恵美子はスマートフォンをだし、いつでも撮影できるようにした。

エミリオはドアに近づき、鍵穴を指さす。

「まずはここだ」

恵美子は鍵穴にスマホを近づけ、写真を撮った。顔を近づけてよく見ると、鍵穴には、無数の引っ掻き傷がついている。

「この部屋の歴史だよ。今までに多くの者が、この鍵を開けようとしてきた。目的は様々だろう。この部屋に、価値のある宝石が隠されているなどというデマが飛んだこともあった。中には、閉じこめられた者を救おうと、鍵穴にピンか何かを差しこんだ者がいるのかもしれない」

「つまり、この鍵はピンなどで開けることができるわけですね」

「古いものだからね」

「昨夜もそのようなことが行われたと？」

「判らない。ここまで無数の傷がついていては、見た目だけでは判別できない」

「これが、あなたの言う、根拠なのですか？」

「まさか。決定的なものは、ほかにある」

エミリオはドアの右側だけを開き、中に入る。恵美子も続いた。空気がこもっているため、血の臭いが鼻に飛びこんできた。死体は真正面の床に倒れていた。頭からおびただしい血が流れ、床に広がっている。

恵美子は息を呑み、その場に立ち尽くした。

だがそれ以上の感情は、何も湧いてこない。自分でも意外だった。

エミリオが横目で、こちらをうかがっているのが判る。反応を確認しているのだ。

「亡くなったのは、トム・バレット氏で間違いないんですね？」

恵美子は尋ねた。

「ああ」

死体は、デスクの前に、上半身と下半身が捻れた状態で倒れていた。死体の脇には倒れた椅子があり、右側のこめかみには、弾の跡が残っている。拳銃は右手の中にあり、庭に面した大きな窓には、点々と飛沫血痕がついていた。そして、過去の死者と同じように、顔は大きな窓の方を向いていた。

　エミリオが言う。

「死体の位置や血痕などから見て、トムはこのデスクの椅子に座り、自分のこめかみを銃で撃ったと思われる」

　恵美子は死体と死体周辺の物を写真に収め、言った。

「状況は自殺ですね」

　ベッドに寝た形跡はない。ベッドの脇にはキャスター付きのトランクがある。そこでふと違和感を覚えた。昨日見たときと、何かが違っている。恵美子はその場で振り返り、ドアの方を見た。

　ドア脇の壁際に、石製のフラワースタンドと、巨大な陶製の花瓶があった。昨日見たとき、それらは窓際にあったはずだ。

　そしてもう一つ、ベッドの枕元にあったサイドテーブルが、ベッドの足元側に移動していた。

　それらも写真に撮り、恵美子は言った。

「銃声は聞こえなかったのでしょうか」

「前にも言った通り、この部屋は防音だ。しかも、外はこの嵐。たとえ夜中に起きていたとしても、音は聞こえなかっただろう」

エミリオは死体の脇にしゃがむと、続けた。

「できれば、死体の手を撮っておいて欲しい。銃を握っている右手だけではなく、左手も」

さすがに死体に近づいての撮影は、遠慮したかったが、ここまで来て、引き下がるわけにもいかない。頭を空っぽにして、自分の手元にだけ集中しよう。

血だまりを踏まないよう気をつけながら、手早く死体を写真に収めた。顔が窓の方を向いているのが、せめてもの救いだった。

死体から離れ、撮影した画像を確認する。すべてエミリオに任せてしまいたかったが、彼は彼で、床やら壁やらを丹念にチェックしている。

全身、右手、左手と慌てて撮ったわりには、ぶれもなく、ピントも合っている。

「あれ？」

左手の指に、小麦粉のような白い粉がついていた。

海外の映画やドラマなどで「白い粉」といえば、麻薬だ。

そういえば、昨日ポールさんたちが言ってたっけ。トムさんは強がっているけれど、内心、怯えているって。

恐ろしくて仕方のない彼が、気付けのため、麻薬に頼ったという線は、大いにある。

でも、それならどうして自殺したのだろう。効き目が弱かったってこと？

考えるのは後にして、画像のチェックを続ける。顔の部分はさすがに飛ばし、胸から腰にかけての部分に移る。

ここでも気になるものがあった。トムはスーツを着たまま死んでいるが、上着の内ポケットが膨(ふく)らんでいるのだ。

「エミリオさん」

恵美子はその旨を、伝えた。エミリオはしばし躊躇(ちゅうちょ)していたが、やがて、手を上着の中につっこんだ。取りだしたのは、小瓶だった。中に液体が八分目ほど入っている。

エミリオは慎重な手つきで蓋(ふた)を取り、鼻を近づける。その顔色が変わり、すぐに蓋を閉めた。

デスクの上に小瓶を置くと、エミリオは大きく息をついた。

「エミコ、この状況を見て、どう思う？」

「どう思うって……、何か変だなって気はしますけれど、それが何なのか、判りません」

「君の感覚は正しいと思う。やはり、ミスタ・バレットは自殺ではない。何者かに殺されたのだ」

衝撃的なひと言を聞いても、恵美子に驚きはなかった。心のどこかで、それを予想していた自分がいる。

エミリオは両手を掲げ、首を左右に振った。

「君は不思議な女性だ。殺人と聞いても、うろたえるわけでもなく、パニックになって泣き叫ぶわけでもない。君のその落ち着きは、どこから来ているのだい？」

「まさか、私を犯人だと思っているわけでは、ないですよね？」

「容疑者リストから、君は除外している。だが、その様子を見ていると、疑いたくなってしまうね」

「私のしている仕事は、いつもこんな感じなんです。答えになっているでしょうか」

「なるほど。日本の女性は強いと聞いたことがあるが、今、納得したよ」

「これからどうするんですか？　警察を呼ぼうにも、電話は通じないんですよね」

「実は、もう一カ所、記録しておきたい場所があるんだ。つき合ってくれ」

　エミリオはそのまま、部屋を出ていく。

「ここは、このままでいいんですか？」

「構わないよ。館にはあの三人と僕たちしかいない。リチャードが見張っている限り、彼らは下手に動いたりはしないだろう」

　エミリオは早足で、玄関ホールへと戻っていく。

「待って下さい」

　エミリオは食堂には戻らず、階段脇の壁と向き合っていた。

「何をしているんです？」

エミリオは問いには答えず、壁に指を走らせる。カタンと音がして、壁の一部が横にスライドし始めた。

「ここに隠し戸があってね」

人一人が何とか通れるほどの、黒い空間がぽっかりと口を開けている。

「ここは、何です？」

「ワインセラーだよ。ほら、昨日、オリビエが言っていただろう」

「すごく価値のあるワインがいっぱいあるっていう？」

「まあね。一八九八年のものとかね。ほとんどが、もう飲むことのできない、所有することに価値のあるワインばかりだがね」

「ここが、トムさんの死に関係があると？」

「関係あると言えば、ある。ほら、見てごらん、わずかだが、埃にムラがあるだろう？」

恵美子はエミリオの肩越しに、セラーの中を見た。

セラーといっても、左右にワインを寝かせる棚があり、そこに等間隔でボトルが寝かせてあるだけだ。電気もなく、まるで洞窟の中のようだった。ただし、空調だけは完備されているらしく、空気は乾いていて、冷たい。

「僕はワインにまったく興味がなくてね。ボトルの埃を払うくらいはするが、セラーの掃除はほとんどやっていないんだ。そして、この三日間、僕もリチャードもセラーに入ってはいない」

エミリオは目を細め、棚に積もった埃を見つめる。

「侵入者は、よもやセラーの管理がここまで雑だとは、思っていなかったのだろうね」

「待って下さい。このセラーに侵入者があったということは、ワインが盗まれたということですよね」

「いや、なくなっているボトルは一本もない」

「一本も？」

「そう、見たところはね」

意味ありげにエミリオは微笑む。

「どういう意味ですか？」

「後で確認してみるが、恐らく、ここに並んでいる何本かは、偽物とすり替えられている。どこにでもある普通のワインボトルのラベルを貼り替え、ビンテージに仕立て上げる。一流の店だって、時々やっていることだ」

エミリオは愉快そうに口元を綻ばせながら、セラーを出て、壁を元の状態に戻す。

「ではエミコ、食堂に戻り、三人を尋問するとしよう」

揚々（ようよう）とした足取りで玄関ホールを横切っていくエミリオ。その後ろ姿を見て、恵美子は思う。

——まるで、犬頭(いぬあたま)さんみたい。

三

「探偵ごっこは終わったのかな」

恵美子たちが入っていくと、さっそく、オリビエが不機嫌な声を上げた。

エミリオは気にした様子もなく、得意満面の表情で、言った。

「現場の確認はすべて終わりました。続いて、昨夜の行動について、皆さんにおききしたい」

バーバラが不愉快そうに首を振る。

「あらあら」

「それはどういうことかな。君に、そんな権利はない」

物静かなポールですら、怒りを滲(にじ)ませた声を上げる。最後はオリビエだ。

「君はヤツの死が自殺ではないと言った。そろそろ、その根拠を示してくれないか？」

「判りました」

エミリオが言った。「私の方もカードを切るとしましょう。根拠の第一は、あのエレベーターです。旧式であるため、テレビカメラも何もついていませんが、実は、昇降した回数と時間をモニターできるのですよ」

　その言葉がもたらした効果は絶大だった。今まで意気軒昂だった三人が、途端に口をつぐみ大人しくなった。その感触を、エミリオは楽しんでいるようだった。充分な間を取った後、彼は言った。

「昨夜、エレベーターは合計、四回起動している。一回は午前二時五分。一階にあった箱が二階に呼ばれ、一階に下りている。二回目は午前二時九分。同じく、箱が二階に呼ばれ、一階に下りている。三回目は午前二時十七分。箱が一階から二階に上がる。四回目が午前二時二十二分。二階にあった箱が一階に下り、再び二階に上がる。エミコ、この情報を単純に理解すると、どうなりますか？」

「そうですね……。二時五分に誰かが二階から一階に下りる。その四分後、別の誰かが二階から一階に下りる。二時十七分、一階に下りた人の内、どちらかが二階に戻る。二時二十二分、残った人が二階に戻る」

「その通り。つまり、昨夜、二階からAとB、二つのグループの人間が、一階に下りている。これをどう捉えればいいのか」

　エミリオは、あらためて三人の顔色をうかがった。三人は押し黙ったまま、お互いに顔を見合わすこともなく、じっとテーブルの表面を見つめていた。

「では、あらためてうかがいます。皆さんの昨夜の行動を。まず、ミスタ・マーミオから」

「私から？」

「何か不都合でも？」

「いや、私は……ずっと部屋にいたよ。何度かトイレに行くため部屋を出たが、それだけだ」

「つまり、エレベーターは使用していない」

「正確な時刻までは判らないが、とにかく寝ていたと思う。零時前には床についたので」

「午前二時前後は？」

「当然だ」

「では、ミズ・ヘニンガム。あなたはいかがですか？」

「オリビエと似たようなものだわ。私はこの通りの体だし、部屋に戻ってしばらく本を読んだ後、寝てしまったわ。体が汗ばんで気持ち悪かったけれど、シャワーは使わなかった。さすがに一人では、難しいので」

「念のため、おききします。エレベーターは使っていませんか？」

「ええ」

「最後に、ポール、君はどうだ？」

「私はこの通り、視力が弱い。ちょっとした暗がりでも、よく見えないのだ。だから、自宅にいるときも、夜は大人しくしている。昨夜も習慣通り、早々にシャワーを浴び、床に入った。途中、何度かトイレに行ったがね。廊下が真っ暗だったので、酷く手間取ったよ」

「それは何時ごろのことだい？」

「私はこの通り、持病を抱えていて、大量の薬を飲んでいる。そのためか、夜は二、三時間おきに起きて、トイレに行く。そう、枕元に電光式のデジタル時計があるから、時間は覚えている。一回目が二時十五分だった。二回目が四時ちょうど。そして六時に起きて、部屋でタバコを吸っていた」

「念のため、夜中にエレベーターは？」

「むろん、使っていない。そもそも、使う理由がないからね」

「お三方とも、エレベーターは使用していない、一階には下りていないと」

三人は無言のままだった。

「しかし、エレベーターは動いている。つまり、三人の内、二人は嘘をついていることになる」

オリビエが声を荒らげた。

「バカなことを言うな。いいかね、どうして我々三人だけなんだ？　この館にはあと三人、いたではないか。その日本から来たお嬢さんには、どうして質問しないのだ？　そして、エミリオ、君自身だって、疑いは免れ得ないのだよ。そう、忠実な部下、リチャードもね」

「エミコには、ミスタ・バレットを殺す動機がない。私もまた然り。リチャードについては割愛しますよ」

「話にならん。トムが殺されたという前提がまず気に入らない。ヤツは自殺だ。あの部屋に泊まり、良心に苛まれ、自殺したんだ」

「それがそうとも言い切れないのですよ」

食い下がるエミリオに、ポールが言った。

「エレベーター云々のことは、いったん置いておこう。そろそろ、他殺の根拠を示してもらおうじゃないか」

「まずは一点目。凶器の銃です。あれは、どこから現れたのか」

バーバラが言う。

「決まってるじゃないの。あいつが自分で持ちこんだんだわ」

「それは少々、変だ。考えてもみて下さい。拳銃自殺が相次ぐ部屋に泊まる者が、わざわざ銃を持っていきますか？」

バーバラは一瞬、口ごもった。

「それは、そうだけど……」

オリビエが言った。

「もし私なら、銃を持っていく。たしかに、危険な代物ではあるが、逆に護身用の武器としても使える」

「ただ、ミスタ・バレットの所持品の中に、これがありました」

エミリオは上着のポケットから回収した小瓶を掲げた。

「中に入っているのは、強力な毒薬です。なぜ彼は、こんなものを持っていたのでしょう」

三人の顔色が変わった。オリビエがきく。

「それは、どこにあったのだね？」

「上着のポケットの中に」

「まったく訳が判らないわ」

バーバラのつぶやきを聞きながら、エミリオは小瓶をテーブルに置く。

「これは僕の推理ですが、彼は自殺用にこの毒薬を所持していたのではないでしょうか？ポールの言った通り、彼は怯え、精神的にも追い詰められていた。刑務所に入ることは免れたとしても、あちこちで訴訟が起こされている。彼にとって、あなたがた三人との取引は最後の賭けだった。まさに命がけのね。だが、一晩、あの部屋に泊まって、何が起きるのか。彼の心は恐怖であふれていた。そしてもし、死を避けられない状況となったら、そして、その死が長く苦しい痛みを伴うようなものであったら、潔く、毒をあおって死のう。ミスタ・バレットはそう考え、これをポケットに忍ばせていたのですよ」

「何をバカバカしい。前もって毒薬を用意しておいただなんて……。あいつは、そんなタマじゃない」

まくしたてるオリビエの横で、ポールは一人、思索にふけっていた。そして、腕組みを解くと、静かな声で言った。

「君の言うことは一理あると思う。あの男は、虎の皮をかぶった猫だった。しかし、ならば、どうして毒を使わなかったのか……」

エミリオが両手を広げ、大仰な身振りと共に言った。

「まさにそれこそが、私の示す他殺説の根拠です。殺害犯はそもそも、天使の棲む部屋の由来など、信じていなかった。目的はただ一つ、その由来を利用し、ミスタ・バレットを自殺に見せかけて殺すことだった。動機は、財産を奪った彼に罰を与えるため」

「興味深い、お話だわ」

バーバラが鋭い視線を、エミリオに送る。「あなたはどうしても、私たち三人の中に、殺人犯がいることにしたいようね」

「ええ、その通りです」

「では、誰がトムを殺したの？　あなたには、そこまで判っているのかしら」

「ええ、大体のところまではね」

「興味深いわ。きかせていただける？」

「無論です。ですがまず、話を一度、エレベーターに戻しましょう。起動の記録を見る限り、犯人が一階に下りたのは二時五分、九分のどちらかです」

オリビエが言った。

「待ちたまえ。君は犯人がエレベーターを使ったことを前提に話を進めている。となれば、私は容疑者から外れるのではないかな。もし私が一階に下りようとすれば、階段を使う」

「ええ、おっしゃることはもっともだ。僕がミズ・エミコを容疑者から外した理由の一つもこの点に拠っています。失礼ながら、ポールは視力の問題から、暗闇で階段を使うのは難しい。ミズ・ヘニンガムもしかりです」

オリビエは一人、饒舌だった。

「ということは、私はもう出て行っても構わんのだな。嵐の峠も越えたようだし、先に帰らせてもらうよ」

「それは構いませんが、お一人で大丈夫ですか？」

「何？」

「あのトランクですよ。昨日、キャスターが壊れてしまったでしょう」

「あ、ああ……まあ、多少、不便ではあるが、何とかするよ」

「リチャードに応急処置をさせましょう。いったん中身をすべてだしていただくことになりますが」

オリビエの顔色が不自然に青ざめた。

「いや、それはけっこうだ。エレベーターを使って運べば、どうということはない」

「申し訳ないのですが、エレベーターは停電により、使用できません。自家発電では限界もありますので」

「な……、では……」

「階段を使っていただくよりありません。お一人では、あのトランクを運べないのでは？」

「なら、リチャードに手伝わせろ」

「彼も忙しいものですから」

「おまえ、俺をバカにしているのか!?」

「ミスタ・マーミオ、ずっと不思議に思っていたのですよ。車に乗った一人旅なのに、なぜ、トランクがあんなに重いのか」

「それは、ビジネスで使うサンプルが入っているからと」

「なぜ、車に置いておかないのです？」

「高価なものだからだ。いつも手元に置いておくことにしている」

「あなたの袖に埃がついている。どこでついたのです？　部屋の掃除が行き届いていないのであれば、何とも申し訳がない」

　オリビエはハッとした表情で、袖を見た。袖は綺麗なままだ。エミリオがかまをかけたと判り、怒りに顔がゆがんだ。

「この若造が……」

「リチャード！」

いつの間にか姿を消していた巨漢が、オリビエのトランクを手に戻ってきた。相当重いと聞いていたが、そんな様子もない。

「きさま、俺の持ち物を勝手に……」

「リチャード、トランクを床に置きなさい」

彼は言われた通りにする。だが、キャスターが一つ欠けたトランクは、グラグラと安定しない。

オリビエがトランクに向かって駆けだした。

「ダメだ。倒してはダメだ！」

エミリオの目配せで、リチャードが再び、ひょいと取っ手を持った。

「ほう、なぜ、倒してはダメなのです？」

オリビエは唇を噛みしめ、憎しみのこもった目でエミリオを睨んでいた。

「リチャード、かまわん、手を離せ」

トランクが再び倒れ始める。

甲高い悲鳴を上げ、オリビエが身を躍らせた。ギリギリのところで、トランクを抱き留める。

彼は肩で大きく息をしながら、驚愕の表情で、エミリオを見上げる。

「本気だったのか？　おまえは、本気で……」

「申し訳ないが、僕はそんなものに興味がない」

「興味が、ないだと？」

オリビエはがっくりと肩を落とした。

「これだけの価値があるものに、興味がない……」

「トランクを開けていただけますか？」

エミリオが言った。オリビエは苦笑し、ロックを外す。

「俺の負けだ」

トランクの中から現れたのは、ワインボトルだった。緩衝材（かんしょうざい）で包まれたものが十本はある。

ポールが言った。

「ワインボトルのすり替えか……？」

オリビエは自棄（やけ）気味に言う。

「価値あるワインが、セラーに放りこまれたまま、眠っている。だったら、俺の手で、好事家の許に届けてやろう。そう思ったのさ」

「そこで得た利益は、君の借金返済に充（あ）てられるというわけか。オリビエ、これは窃盗（せっとう）だぞ。金額から言っても、相当な年数、刑務所に入らねばならない」

「刑務所？　俺は別に怖くはないね。トムに嵌められて、すっからかんだ。今さら、出直す気力もない。イチかバチかの勝負に出たが、敢えなく敗退だ」

バーバラが言った。

「あなたが今回の件に参加したのは、そのワインのためだったの？」

「当たり前だ。『天使の棲む部屋』だと？　バカバカしい。俺がそんなものを信じると思っているのか」

「でも、彼は本当に死んだわ」

「ああ。まさかのまさかだよ。おかげで、俺の計画もパアになった」

エミリオは床にへたりこんでしまったオリビエに、そっと手をさしのべた。

「お立ち下さい。ワインの件は、後ほど協議しましょう。今は、ミスタ・バレットの件が先です」

オリビエはエミリオの手を払い、そっぽを向いてしまった。床の上で、話を聞くつもりらしい。エミリオは小さくため息をつくと、

「では、一つだけ質問に答えて下さい。あなたが昨夜、エレベーターを使用したのは、何時と何時ですか？」

「二時五分に一階に下り、二時二十二分に二階に戻った」

「ありがとうございます。では、残る疑問は、二時九分と十七分の起動だ」

エミリオはテーブルに着く二人を見る。バーバラが言った。

「あなたは、私かポールのどちらかが、トムを殺したと言いたいの？」

「いいえ。無論、ミスタ・マーミオも容疑圏外に去ったわけではありません。ただ、その可能性はお二人に比べ、低くなったと言わざるを得ません。ワインの窃盗と殺人。一夜に二つの事件を起こす必然性がありませんからね。事実、ワインの窃盗に成功したにもかかわらず、殺人のせいで、事は露見してしまった」

「でも、どうかしら。私はこの通り、歩くことができないし、ポールは失礼ですけれど、目が不自由だし」

ポールが言った。

「その通りだ。私やバーバラがどうやって、トムを自殺に見せかけて殺すことができる？彼は自分のこめかみに銃口を押しつけ、引き金を引いたんだろう？　我々には、とてもそんな真似できないがね」

「だからこそです」

エミリオがテーブルを指でコツコツと叩きながら言った。

「あの部屋のドアは、中から開きません。したがって、外から何らかの器具で鍵を開ける必要があった。鍵自体は旧式のものなので、誰にでも簡単に開けられる。ただ、問題はその後です。先も言ったように、ミスタ・バレットは怯えていた。自殺用の毒薬を用意するほどにね。そんな状態の彼の前に、いきなりドアを開けて人が現れた。彼は激しく抵抗するか、逃げだそうとするに違いない。でも、彼はそうしなかった。来訪者を入るがままにさせ、結局、殺害されてしまった」

　ポールは再び腕を組み、うなずいた。

「なるほど。もし入って来た者が、車椅子の女性であったり、視力のほとんどない非力な男であったとしたら……」

「そう。彼も中に招じ入れたでしょう」

「逃げる手伝いをする、などと言えば、なおのこと」

「ええ」

　バーバラが微笑んだ。

「あらあら、私たち、エミリオに丸めこまれてしまったわね」

「もし犯人がポールであれば、目が見えないことを利用し、被害者に接近することは可能だ。手を引かせることもできる。思い通りの場所に誘導し、こめかみを撃つ。あの状況を演出することは、可能です」

「私には、とても無理だわ」

「ミズ・ヘニンガム、同じことですよ。車椅子で室内に入り、適当な場所で、車椅子から落ちる。トムはあなたを抱え、助け起こさねばならなくなる。そのとき、素早くこめかみに銃を当て、撃つ」

「そんな、まさか……」

「これは私の推理にすぎません。ですが、あなたがたでも、自殺を演出することはできたはずだ」

「誓って言いますけれど、私はそんなことしてませんよ」

「私もだ」

エミリオは挑戦的に笑う。そこまで黙って聞いていた恵美子だったが、そんなエミリオの態度に、何となくうさんくさいものを感じ取っていた。たしかに、推理の筋は通っているし、実際、ワイン泥棒を見つけだしてしまった。にもかかわらず、彼の笑みに対し、得体の知れない不気味さを感じるのはなぜだろうか。

エミリオがちらりと恵美子の方を見た。自分の内心を見透かされたようで、ドキリとする。

「お二人が否定されるのは、想定内です。では、進めていきましょう。ポール、君は、二時十五分にトイレに行ったと言ったね」

「ああ」

「それは確かかい？」

「部屋の時計が正確ならば、間違いない」

「しかし、夜の廊下はほぼ真っ暗だ。視力の弱い君が、一人で廊下を歩けたとは思えない」

ポールの太い眉がつり上がった。

「君は随分と失礼な物言いをするな。さして障害物もないあの廊下くらいなら、私は歩くことができる」

「廊下は柱の関係で途中で狭くなっている。そこはどうしたんだ？」

「壁伝いに歩いて行けば、何の問題もない。そうだ、柱の陰にワゴンがあるだろう。あれが、丁度いい目印になるのだ。廊下に突きだしたワゴンの取っ手に触れることで、自分がどのあたりにいるのかも、把握できる」

「おやおや。君は、ワゴンに触れたと言うのか」

「ああ」

「それは変だ」

「何が？」

「君がワゴンに触れられたはずがない」

「だから、なぜだときいている！」

「さきほどまでの話を聞いていれば、すぐに判るはずだ」

「さきほどとは、そのワイン泥棒のことか？」

弛緩（しかん）したような表情のオリビエは、それを聞いても、はっきりとした反応は見せなかった。

エミリオが続ける。

「オリビエの証言を信じるのなら、彼がワインのすり替えを行っていたのは、二時五分から二十二分まで。だが、考えてみてくれ。エレベーターは二往復しかしていない。そして、オリビエは一往復しか使っていないと言っている。彼がすり替えたワインは十本以上。彼はいったいどうやって、それを運搬したのか」

ポールが答えた。

「トランクごと、持っていったのだろう」

「しかし、彼のトランクはキャスターが壊れ、一人で動かすのは困難だった。階段を使う手もあったが、何往復もしては、見つかる危険がある。では、どうしたか」

「要点を言ってくれないかね」

「彼は代用品を使ったのだよ。トランクに代わって、ワインを一度に運べる道具を」

恵美子は思わず叫んでいた。

「ワゴン！」

「そう。オリビエはワゴンを使って、ワインボトルを運んだ」

ポールが落ち着きなく、左右を見た。エミリオの言わんとすることが、彼にも理解できたのだ。

「いや、待ってくれ。私は……」

「ポール、君がワゴンの取っ手を掴んだと言っている時刻、あれは柱の陰にはなかったんだ。

一階のワインセラーの前にあったんだよ。いったい、どうやって取っ手が摑めるんだい？」

「それは、何かの間違いだ。嘘は言っていない。たしかに、取っ手を摑んだ」

「ポール・バック」

エミリオがあらたまった調子で尋ねた。視線は、染み一つない手袋に注がれている。

「その手袋は常にしているんだね」

「ああ」

「寝るときは？」

「自室では外すようにしている」

「昨夜、廊下を歩いたとき、手袋は？」

「外していたよ」

「ミズ・ヘニンガム」

薄く目を閉じていたバーバラが、さっと顔を上げる。

「何かしら。ごめんなさい、少し疲れているものだから」

「申し訳ない。すぐに終わりますよ。ミズ・ヘニンガム、車椅子をポールに押してもらったことはありますか」

「いいえ。私、押してもらうのは好きではないの。操作は自分でできますから」

「あなたは昨夜、ずっと部屋にいらした」

「さっき言った通りです。部屋で寝ていましたよ」

「その車椅子を調べさせていただきたいのですが」

「何を言いだすのよ。何て失礼な」

「調べるのは、車椅子の取っ手部分だけでいいのです。指紋をね」

　バーバラの顔色がみるみる蒼くなっていった。

「お断りします。第一、あなたにそんなことをする権限はないわ」

「権限はありませんが、証拠を保存し、警察に渡すことはできる」

「根拠は何なの？　そこまで言う根拠は？」

「これは僕の推論ですが、どうぞ、最後まで聞いて下さい。エレベーターの起動時間から見て、ミスタ・バレット殺害は二時九分から十七分の間に行われた。十七分に、エレベーターは殺害を終えた犯人を乗せ、二階へと戻った。何事もなければ、犯人はそのまま部屋に戻り、朝を待つだけでよかった。しかし、ここで問題が生じます。ポールです。彼は二時十五分にトイレに行っています。犯人がエレベーターを降り、廊下を部屋に向かって進んでいるとき、ポールが、エレベーター脇の化粧室から出てきた。犯人にとって幸いしたのは、彼の視力が弱いため、姿を見られずに済んだこと。ですが、下手に動けば、感覚の鋭い彼に、存在を知られてしまう。そこで犯人は一計を案じます。柱の陰に隠れたのです。そう、普段はワゴンが止まっている場所にね。そして、じっと息を殺していた。ポールは、犯人の存在に気づくことなく、自室に戻った」

　エミリオはバーバラの座る車椅子を指さす。

「ポールが触ったというワゴンの取っ手。それは、あなたの車椅子の取っ手だった。つまり、そこには彼の指紋が残っている。それを確かめたいのですよ」

　彫像のように身動き一つせず、バーバラはエミリオの言葉を聞いていた。そして、まもなく、肩を震わせて笑い始めた。

「それが、あなたの推理なわけ？　バカバカしい。そんなのは、ただの妄想よ」

　バーバラは後ろを振り向き、取っ手に触ろうとする。

「おっと、動かないで」

　エミリオが鋭い声で叫んだ。「ポール、あの車椅子に触れたことはあるかい？」

「いや、ない。たとえあったとしても、私は常に手袋をしている。指紋はつかないはずだ」

「ミズ・ヘニンガム、どうです？　ここは一つ、自分の疑いを晴らすためにも……」

「お断りするわ！　こんなの、証拠でもなんでもない！」

「あなたを疑う根拠は、まだほかにもあるのですよ、ミズ・ヘニンガム。あの部屋に入ったとき、室内にあった三つのものが、動かされていることに気づいた。フラワースタンドと花瓶とサイドテーブルだ。なぜ、それらが動かされたのか。エミコ、もう気づいたかね？」

「バリケードですか？」

「そう、その通り。心底怯えていたトムは、部屋に入るとまず、ドアからの侵入者を考えた。そこで、花瓶やテーブルをドアの前に移動し、ささやかなバリケードを作ったのだ。ところが、深夜二時、ミズ・ヘニンガム、あなたが部屋を訪ねた。どうやって彼を納得させたのかは判らない。だが何にせよ、ドアを開けてくれるというミズ・ヘニンガムは、ミスタ・バレットにとって神よりありがたい存在だったはずだ。それに、何かあったとしても、相手は車椅子に座った女性。そこに油断があった。彼は彼女を招き入れるため、ドアを開けた。ドアは観音開きになっている。もし、ポールやミスタ・マーミオを入れるのであれば、どちらか片方のドアを開ければいい。だが車椅子の場合、そうはいかない。両方のドアを開ける必要がある。だからミスタ・バレットは、フラワースタンドと花瓶とテーブル、三つを手前に動かし、ドアが開閉するスペースを作る必要があった。バーバラ、僕が君に疑いを持ったのは、あの部屋を見たときからだ」

バーバラが舌をだして、唇を舐めた。

壁際に追い詰められた小動物が、反撃の機会をうかがっているみたいだ。恵美子は思った。

「素晴らしい観察眼だわ。でも、それは状況証拠にすぎない。もし私が……」

バーバラが膝掛けの下から、白いハンカチをだした。

「この取っ手を拭いてしまったら、何も証拠は残らない」

「バーバラ、あなたが昨日着けていた、素敵なショールだが、それは何処にある？」

「それが何か？」

「ミスタ・バレットは気付けのために、マリファナを持っていた。恐怖に震えていたのだろう、手元が狂ったのか、粉がデスクにまき散らされていた。そして、彼の手には白い粉がついていた。僕がさきほど説明したような方法で彼を殺害したのだとすれば、ショールに粉がついているはずだ。それを確認したい」

「残念ね。私の不注意で、水に濡らしてしまったの。いま、部屋で乾かしているわ」

エミリオが口をへの字に曲げた。バーバラは勝利を確信したらしい。

「もういいかしら。オリビエ、私を空港まで乗せて行っていただける？」

バーバラはハンカチで車椅子の取っ手を、拭ってみせた。

エミリオが、白い歯を見せて笑った。

「あなたのその行動が、そのまま自供になると、考えませんでしたか？」

「現在では、自供だけで有罪にはならない。証拠がなくちゃ」

「証拠はまだそこにありますよ、その車椅子に」

「え？」

「あなたは粉が付着したショールを着けたまま、車椅子に座った。その座席の部分にも、薬の痕跡があるはずです。それを調べれば、今度こそ、動かぬ証拠が確認できる。おっと、そこはハンカチで拭いたくらいでは、無理だと思いますがね」

バーバラは敵意をこめた視線をエミリオに投げると、血走った目で左右を見た。ポールは素早く目をそらし、オリビエは逆に、恨みをこめた目で彼女を見返していた。

そんな中、エミリオは輝くような笑みでバーバラを見下ろしている。

「ミズ・ヘニンガム、あきらめるんだな。車椅子そのものを処分することはできないだろう？」

「あなた、こんなことをして、何がうれしいの？　あいつはね、死んで当然のヤツだったのよ。私たちだけじゃない、もっと、もっとたくさんの人間を苦しめてきた。それが、罰も受けないでのうのうと生き続けるなんて、私には絶対に許せない」

握りしめた拳は、血色を失い青白くなっていた。

無言のままでいるエミリオに対し、オリビエがきいた。

「君はどうするつもりだね。私とバーバラを、警察に突きだすのか？」

「そんなことはしませんよ」

エミリオの笑顔が、ひときわ輝いた。

「そんなことをしても、面白くないじゃないか」

ポールが眉を顰めた。

「君、不謹慎な物言いは止めなさい」

「悪いが、あんたの意見は聞いていない。ところで、この右手の中のものが見えるかな？」

彼の右手には、リボルバー式の拳銃が握られていた。それをポールに向けて掲げてみせる。

彼にも、それが何であるかが判ったようだ。

「そんなものを振り回すのは止めろ。バーバラは逃げられない。オリビエだって……」

「口を閉じていろ、ポール。リチャード！　準備はできているか？」

廊下の向こうから、低い声がした。

「はい」

「さあ、皆さん。移動の時間だ」

四

恵美子を含む四人は、銃に追い立てられ、廊下を進んでいった。

「さあ、中に入ってもらおうか」

エミリオは、「天使の棲む部屋」の前に立ち、皆に言い放った。

もっとも怯えた声をだしたのは、バーバラだった。

「これは、どういうことなの？　この部屋に入れだなんて……」

銃口がバーバラの眉間を捉える。

「ここで撃ち殺してもいいんですよ」

狂気の笑みを張りつかせたエミリオに逆らえる者はおらず、恵美子たちはうなだれたまま、順に部屋へと入っていった。

部屋はオレンジ色の光によって、煌々と照らされていた。いつの間にか、床から天井まで等間隔に並ぶ五つの燭台に、火のついたロウソクがセットされている。

さらに驚いたことには、トム・バレットの死体がなくなっていた。移動されていたサイドテーブルや花瓶、フラワースタンドはもちろん、倒れていた椅子や白い粉で汚れていたデスクも、すべて元通りの姿になっている。

呆気に取られていた恵美子たちが我に返ったのは、ドアが閉まる重々しい音によってであった。

「あぁ！」

オリビエが駆け寄ったが、遅かった。ドアが完全に閉まりきる。ドアは内側からは開かない仕掛けとなっている。いくらノブを回しても、ドアはびくともしない。

「開けろ！　開けろ!!」

オリビエがドアを叩くが、返事はない。

バーバラは顔を引きつらせ、泣いていた。

恵美子は窓の外に立つ、エミリオの姿に気がついた。雨は既に止み、日も既に昇っているが、厚い雲が垂れこめており、外は夜のように暗い。

「エミコ、こんなことになって残念だ」

窓ガラス越しであったが、声は明瞭に聞き取れた。どこかにスピーカーがあるのだろう。

「とんだ茶番に巻きこんでしまったね。トムには何事もなく朝を迎えてもらい、三人にも大人しく引き取ってもらうつもりだったのだ。その後、エミコ一人をこの部屋に閉じこめ、死んでもらうつもりだったんだ。まったく、余計なことをしてくれたよ」

部屋の中ほどに固まっていた三人が一斉に声を上げた。

「こ、これはどういうことなんだ?」

「エミリオ、ここからだして!」

「エミリオ、冗談にしては、度が過ぎるぞ」

こちらの声が聞こえているのか、いないのか、エミリオは満足そうに一人うなずくと、続けた。

「祖父の代から続く、使命のようなものだ。罪人には、ふさわしい罰を。祖父のおかげでこの館は有名になりすぎた。だから父はいったんこの地を離れ、世界各地で、様々な方法で罪人を始末していた。そして、いよいよ僕の代になったわけだ。僕の管理の下で、この館はまた活動を始めるんだ。もちろん、警察は何とかしなくちゃならない。だが、それもまた楽しいじゃないか。僕はね、人が死んでいく様を見るのが好きでたまらない」

「ヤツは狂人だ!」

ポールが叫んだ。一方、バーバラとオリビエは、魂が抜けたように、がっくりと肩を落としている。

恵美子は言った。

「私たちをどうするつもりなんです？」

「デスクの引きだしの中に、銃が入っている。弾は三発だ。誰がどう使おうと自由だ。僕は生き残った一人を、助けることにする」

恵美子の目の端で、一番床に近いロウソクの火が消えた。エミリオが悪魔の笑いを浮かべる。

「気づいたようだね。そう、そのまま何もしないでいるわけにはいかないんだ。その部屋には、少しずつではあるが、ガスを注入している。ガスは足下に溜まる。酸素が減れば、ロウソクは消える。もちろん、そのまま何もせず、四人で窒息するのも、選択肢の一つだ。三本目のロウソクが消えるころ、君たちは、身動きできなくなる」

恵美子を含めた四人の視線は、デスクの引き出しに注がれていた。

オリビエは汗びっしょりとなり、シャツのボタンを外した。

「俺たちに殺し合いをしろと言うのか」

バーバラは車椅子の上で目を閉じ、祈りをつぶやいていた。

オリビエが怒鳴る。

「おまえが先走ったことをするから、こうなったんだ。責任を取れ」

恵美子は言った。

「止めて下さい。今は仲間割れしているときではありません」

まだ空気が薄くなった感覚はない。それでも、さして広くはない部屋に、四人の男女がいるわけだ。自然と息苦しさが募る。

座りこんだオリビエが、床を拳で叩いた。

「ポール、何かいい知恵はないか？」

ポールが靴音を響かせながら、デスクに近づく。そのまま、何のためらいもなく、引きだしを開けた。

「ほう」

リボルバー式拳銃を、目の前に翳した。

その様子を、オリビエはあんぐりと口を開けて、見守った。

「お、おまえ、まさか……」

ポールは落ち着いている。

「ここから生きて出るには、これしか方法がないわけだ。ならば私は躊躇することなく、最善の方法を選ぶ」

ガラスの向こうでエミリオが手を叩く。

「いいぞ、ポール。その調子だ」

「私の視力に期待しても無駄だ。この明るさでこの距離ならば、外すことはない。さて、まず最初だが……」

銃口が恵美子の方を向いた。黒い穴に、体が吸いこまれていくように感じる。恵美子は後じさり、窓ガラスに背をつけた。

エミリオの甲高い声が聞こえた。

「この館を売って欲しいと言われたとき、僕は小躍りしたよ。何でも金で買えると思っているバカな日本人に、思い知らせてやろうってね。最初にやって来たヤツを死体にして、プレゼントしてやろうって趣向だ。しかしまさか、若い女性が一人でやって来るとは思わなかった。エミコ、申し訳ないが、そういうことなんだ。恨むのなら、君の上司を恨め。この館は他人に渡したりはしない。僕が管理して、これからも楽しい催しを執り行う」

ポールは口の端をきゅっと上げ、嫌らしい含み笑いを見せた。

「エミコ、これは緊急避難的な措置だ。悪く思わないでくれ」

恵美子は固く目を瞑った。

「物は言い様だな。頭の悪いアメリカ人め」

突然の声に、恵美子は目を開いた。

ベッドの上に長い足を組み、犬頭が座っていた。

「犬頭（いぬがしら）だ！　君はわざと言っているだろう」

恵美子以上に驚いたのが、残りの三人だった。ポールは銃口を彷徨（さまよ）わせながら、叫んだ。

「何だ、おまえは。いつ……どうやって入った？」

「おまえなんかに説明してやる義理はない。ところで恵美子君、朗報だ。雅弘は危機を脱した。まもなく、意識も戻るだろう」

「良かった、良かったです！」

「だが、副作用が認められたため、アメリカでの治療は中止だ。回復次第、日本に帰ることとなる」

「じゃあ、また、あのお屋敷に？」

「そうだ。また前のような生活が始まる」

「何だか、ホッとしました」

ポールが大声を上げた。

「何だ、何だ？　おまえたち、何を勝手にホッとしている！　状況を判っているのか!?」

「この五月蠅（うるさ）い男は、癇（かん）に障る」

犬頭が立ち上がった。同時に、銃声が響いた。バーバラが悲鳴を上げ、車椅子から崩れ落ちた。オリビエは泣き顔になって、ドアの方ににじり寄っていく。

一方、ポールは恐怖に顔を引きつらせていた。撃たれたはずの犬頭が平然としているのだから、当然だ。

犬頭はスタスタと彼に歩みよると、親指で銃口に蓋をした。

「効くか、バカめ」

ポールはさらに引き金を引いた。銃声はせず、プスンという、車がエンストを起こしたような、間抜けな音が響いただけだった。

「そんな……」

「被害者面をして、いざとなると、まっ先に人殺しに変わる。おまえみたいなヤツが、一番、始末が悪い」

銃をもぎ取るや、犬頭の左拳がうなりを上げ、ポールの鼻に突き刺さった。吹き飛ばされた彼の体は、鳥に突かれた案山子のような格好で、デスクの脇に落ちた。

犬頭はウーと唸りながら歯を剥くと、窓の外にいるエミリオに向かった。

「三代続いた殺人鬼め」

一方のエミリオは、まだ余裕の笑みを無くしていなかった。

「いったい、どこから現れたのだ。まさに東洋の神秘だな。だが、おまえに何ができる。銃が不発だったのは、たまたまさ。皆と仲良く、窒息してあの世に行け」

「何が窒息だ、バカめ。こんな砂臭い空気より、こっちの方がよっぽど美味いぞ」

犬頭がパチンと指を鳴らすと、消えていたロウソクに、ポッと火が点った。

「吸え、吸え。日本仕込みの新鮮な空気だ」

エミリオの顔から、薄笑いが消えた。

「くだらんマジックだ。そのまま、皆殺しになるがいい」

「往生際の悪い奴め。人の生死をゲーム扱いしてきた報いを受けるときがきたぞ」

そのとき、鍵を回す音がして、部屋のドアが開いた。入って来たのは、リチャードだ。野獣のように牙を剝き、太い腕を振り回して、犬頭に襲いかかる。

「ドアが開いたぞ」

そう言いながら、犬頭はリチャードの腹にパンチを叩きこんだ。鉛のような筋肉が大きくへこみ、拳が深くめりこむ。

「紙のようだ」

さらに数発パンチを食らわすと、失神寸前のリチャードを窓ガラスに向けて、蹴り飛ばした。弾丸のような勢いで、彼はガラスを突き破り、エミリオの足下に横たわる。

その騒ぎの合間を縫って、オリビエがバーバラと共に、こそこそと部屋を出ていった。その姿をちらりと見た犬頭であったが、二人の背中に笑って声をかけただけであった。

「今日の俺は、とことん機嫌がいいぞ。どこへでも、行ってしまえ。こっちはこれから、お楽しみが待っているんだ」

犬頭はポールからもぎ取った銃を持ち、呆然と立ち尽くすエミリオに近づいて行く。

「どうだ、一つ試してみるか。俺が勝つか、おまえが勝つか。生死を賭けたゲームだ」

犬頭はいきなり銃口を自分に向け、引き金を引いた。

「犬頭さん！」

恵美子は慌てて駆け寄る。幸い、弾は入っておらず、カチリという乾いた音がしただけだった。

「恵美子君、これが、呪われたクリッティオ家がやってきたことさ。死のゲームだ」

犬頭はエミリオの額に銃口を突きつける。

「どういうことなんですか？　犬頭さん？」

「窓の方を向いて、こめかみを撃ち抜いた罪人たち。彼らはこの部屋で、この死のゲームを強要されたんだ。窒息の恐怖がひしひしと迫る中、自分の命を賭け、引き金を引き続けたんだ。九十九パーセント、勝ち目のないゲームにね」

「それって……」

犬頭は言う。

「エミリオたちは、ここでゲームのセッティングをしていた。罪を逃れた者とそれが許せない遺族たちの間で行われるゲームだ。この部屋の歴史を見ると、罪人が死ぬ一方、被害者の遺族が何人か、行方を絶っている。それはつまり、ゲームに負けたということだ」

「あの、まだよく飲みこめないんですけど」

「遺族たちと犯罪者のロシアンルーレットだよ。彼らはこの窓を挟んで、それをやったのさ。むろん、一対一ではない。志願した遺族が五人いれば、五対一だ。遺族側は弾を一発こめた銃を使う、死の確率は五分の一だ。犯罪者側は弾を五発こめるのだ。六連装のリボルバーであれば、死の確率は六分の五。もしそれを拒否すれば、部屋の中で悶え苦しみながら窒息死することになる」

恵美子には言葉がなかった。

「死の確率は犯罪者の方が圧倒的に高かった。それでも、遺族側に犠牲も出る。何人の死者が出たのか皆目判らんが、遺体はすべて、裏の山にでも埋められているのだろう。生き残った者たちも皆、口裏を合わせ、すべては行方不明の名の下に葬られたというわけさ。かんじんの警察も、寄付という名の鼻薬をたっぷり嗅がされ、機能していなかったようだしな。そうやって天使の棲む部屋には、悪魔が棲みついた」

犬頭は引き金を引いた。エミリオは裏返った声で叫び、両足をじたばたとさせた。

弾は出なかった。

「運がいいな。では俺の番だ。ポールは二発撃った。つまり、この銃には弾が一発残って……」

犬頭はこめかみに銃口を向け、引き金を引く。轟音と共に弾が発射された。

恵美子が悲鳴を上げる中、犬頭は平然と立っている。

「やれやれ。負けた。だが、俺は負けず嫌いだ。勝つまでやるぞ」

犬頭は回転式弾倉を取りだし、薬莢を排出する。その後、ジャケットのポケットから、弾丸一発を取りだして装塡、弾倉を手のひらではじき、キリキリと回転させた。

「さあ、続けよう」

エミリオは立っているのが精一杯のようだった。

「ば、化け物……」

「化け物とは失礼な、犬だ！」

エミリオのこめかみに銃口を向け、引き金を引く。

弾は出ない。

「運のいい奴め」

今度は自分のこめかみ。

弾は出ない。

「さあ、おまえだ」

エミリオは泣きながら、両手を上げた。

「頼む、止めてくれ……」

「どんな気持ちだ？　死ぬと判っているゲームをさせられるのは？」

「止めて……」

「楽しいか？」

引き金が引かれた。轟音と共に弾が飛びだす。

弾はエミリオの右耳をかすめていった。

「あ、あ……」

「こんなもの、俺にかかれば自由自在だ。弾なんていくらでも出るぞ」

犬頭が引き金を引くと、弾が次々飛びだした。一発は左耳をかすめ、一発はつま先数センチの地面にめりこみ、一発はシャツのまん中のボタンをはじき飛ばし、一発はベルトをちぎっていった。

エミリオは立ったまま、気絶していた。白目を剝き、口から泡を吹いている。

「カニめ！」

犬頭は銃を放り投げると、恵美子に向かって微笑みかけた。

「さあ、日本へ帰ろう」

五

アリゾナから帰って一ヶ月、再び、都内のお屋敷勤めとなった恵美子は、充実した日々を送っていた。

一度はアメリカに送った家具なども、すべて元通りとなり、二週間前には、雅弘も帰ってきた。経過は良好で、思っていたより顔色も良く、恵美子をホッとさせた。

だが、病気の治療は思わしくなく、しばらくは、進行を抑える投薬のみで経過を見ることとなった。

雅弘は今、お屋敷の二階で寝たきりの生活を送っている。

だが、恵美子自身、それほど心配はしていなかった。雅弘のベッドの横には、大きな戸棚があり、そのまん中には、ぬいぐるみの犬太が鎮座している。アメリカまでの往復で、一回り小さくなった印象の犬太だったが、帰国してからは終始、ご機嫌な様子である。

部屋の掃除を終え、薬の準備を整えたところで、来客を知らせるチャイムが鳴った。

慌てて一階の玄関ホールに下りていくと、陰気な顔をした中年男が立っていた。社長の腰巾着、片山だった。アリゾナ行きを告げられたとき以来、久しぶりの登場だ。

「やあ、向こうでは大変だったねぇ」

「詳細は報告書にまとめておきました」

「読んだよ。怖いよねぇ。でも結局、エミリオって男は病院に入ったんだよね。完全に頭がおかしくなっていて裁判も開けないらしいよ。バーバラって人は、トム殺しの罪で収監されたし、オリビエって人は窃盗で起訴されている。ポールって人は、どこかに姿を消して、今も行方不明だってさ。社長も、あの物件の購入を止めるそうだよ」

「その方がいいと思います」

「しかし、こんな騒ぎに巻きこまれて、よく無事に帰ってこられたね」

「まあ、何とか」

実のところ、その辺のことは恵美子にもよく判らない。犬頭が指を鳴らすとまたたく間に雲がなくなり、空港行きのリムジンが現れ、そのまま、すたこらと日本に帰ってきてしまったのだ。その後、警察からの連絡もなく、事件当夜、恵美子が館にいたという報道も一切ない。

「君は相変わらず、無愛想だねぇ。さてと」

メガネの奥で目をショボショボさせながら、片山はカバンからファイルを取りだした。

「これ、次の仕事」

こうなることは、もう判っていた。雅弘が帰国すればまた、社長派の嫌がらせが始まるのは当然の流れだ。

ならば、戦うまで。

恵美子は勇気を振り絞り、ファイルを開いた。

最初のページには、「水の出る部屋」とあった。

「何なんです？　これ」

だす。


「水が出るんだよ」

「ですから、それのどこが問題なんですか？」

「天井から水が漏(も)れてくるんだよ」

「ああ」

それならば、よくあるトラブルだ。何らかの理由で部屋に水があふれ、それが階下に漏れだす。

だが、片山は不気味に微笑んだ。

「それがさ、上は空室なんだ」

「え？」

「空室の部屋から、ボタボタ水が漏れてくるんだってさ。しかもそこに住んでた人、浴室で溺(おぼ)れ死んでるんだ。その上、水漏れ被害に遭った当人も、溺死体(できしたい)で見つかったらしいよ。何だか不気味だな。君も気をつけてね」

ヒヒヒと陰気な笑い声をたてると、片山はそそくさと帰っていった。

無人の部屋から水が漏れてくるって、完全に超常現象じゃないの……。

どうしよう、私、泳げないのに……。

水の出る部屋

一

加湿器の水を替え、水滴のついた窓ガラスを、乾いた布で綺麗に拭き取る。快晴の空から、金色の日差しがベッドの上の毛布を照らしだした。エアコンの設定温度を確認し、湿度計も見る。

「よし」

すべての仕事を終えた若宮恵美子は、そうつぶやいて、エプロンをはずした。

部屋の主である大島雅弘は、安らかな寝息をたてている。昨夜はよく眠れなかったらしく、恵美子がやって来たときは、顔色も悪かった。それでも、恵美子特製の生姜(しょうが)をいれた卵雑炊を軽く一膳食べると、ホッとしたような表情を浮かべ、五分後には目を閉じていた。

熱もないようだし、これなら大丈夫かな。

本来ならこの後、屋敷中の掃除をするところだが、今日は別件が入っている。

壁の時計が午前九時半をさすと、玄関のインターホンが鳴った。引き継ぎのヘルパーが来てくれたのだ。

「それじゃあ、行ってきますね」

恵美子は言った。雅弘にではない。ベッドの脇にある戸棚、そのまん中に鎮座する「犬太」に向かって言ったのだ。

「今回は水漏れ事案ですから、一人で大丈夫だと思います。私のいない間、雅弘ぼっちゃんのこと、頼みますね」

犬太は心なしか険しい表情をして、恵美子を睨んでいた。

「そんな顔、しないで下さい。ぼっちゃんが悲しみますよ」

恵美子は言って、ドアを閉め、廊下に出た。

強がってああ言ったものの、内心、不安でいっぱいだった。

水漏れに関するクレームは一般的で、原因特定も比較的、簡単である。責任の所在も明確にしやすいため、補償問題も含め、早期解決は珍しくない。

だが、片山が押しつけてきたクレームは、いつものように、一筋縄(ひとすじなわ)ではいかないものだった。

上階から大量の水が漏れてきたにもかかわらず、上階は無人であるという。しかも、その無人の部屋を最後に借りていた住人は、一昨年末(おととし)に浴室で溺死をしたらしい。

恐怖に足がすくみそうになるが、怖がっていても問題は解決しない。とにかく、関係者に会って話を聞き、それから打開策を見つけよう。

再びインターホンが鳴った。ヘルパーさんを入れてあげなければ。

一階ホールを横切り、ドアを開けたところで、恵美子は声もなく立ち尽くした。目の前に立っていた若い女性のヘルパーは、頭から足の先までびしょ濡れだった。寒さに身を震わせ、泣きべそをかきながら、彼女は言った。

「歩いていたら、急に道から水が噴きだして……。水道管の破裂だって……」

全身からしたたる水滴が、彼女の足下に溜まり、ゆらゆらと流れだした。

ヘルパーの泣き声を聞きながら、恵美子は途方に暮れる。

どうしよう……。

二

高田馬場（たかだのばば）駅から歩いて五分ほど、早稲田（わせだ）通り沿いにある小さな喫茶店に、約束の相手はいた。店奥の二人がけの席に、虚（うつ）ろな目をして座り、テーブルには手つかずのコーヒーカップがある。

恵美子は店に入ると、男の席まで行き、頭を下げた。

「すみません、お待たせしてしまって」

男は「あっ」と恵美子を見上げると、弱々しく笑った。

「いや、僕が早く来たんです。何となく、一人でいるのが、怖くって」

男はシャツの胸ポケットから、ヨレヨレになった名刺をだし、テーブルに置いた。

『ドリーム住宅サービス　日向興一』

とある。恵美子も名刺をだし、腰をかがめて、座ったままの相手に差しだした。

「大島不動産販売・販売特別室の若宮です」

日向は片手で名刺を受け取ると、テーブルの角に置いた。そのまま、恵美子に席を勧めることもなく、ため息をつきながら、肩を落としている。恵美子は向かいに腰を下ろすと、コーヒーを注文し、あらためて頭を下げた。

「さっそくですが、ご相談の内容につきまして……」

日向は虫でも追うような仕草で、手を振った。

「あとは適当にやって下さい。もう僕の手には負えないから」

無責任な物言いに、さすがの恵美子もカチンときた。

「適当とおっしゃいますが、もともとこの物件は、御社が管理業務を担当されていたものです。本来なら、御社の中で解決していただくべきクレームを、弊社が肩代わりする形で……」

「うるさいな！」

日向はヒステリックに叫んだ。「そんなこと判ってるよ。でも、他社のクレームにも対応するのが、そちら、販売特別室の売りなんだろう？　そういう意味では、僕はクライアントだよ。君は僕の言うことを素直に聞く義務がある」

「ですが、私はまだ詳しい内容も聞かされていないのです」

「それはそっちの問題でしょう？　僕は……もう早く解放されたいんだ。こんな物件から！」

日向の頭の上から、水が注がれた。

「ひゃあああ」

通りの向こうにまで届く叫び声を上げ、日向は卒倒してしまった。白目をむいて、ひくひくと痙攣（けいれん）している。

「もう犬頭（いぬあたま）さん！」

恵美子は日向の横に立ち、空になったグラスを持って笑っている長身の男に言った。黒のシャツに黄色いふんわりとしたジャケットをはおり、キラキラとよく光る目で、恵美子を睨む。

「犬頭（いぬがしら）だ！」

「名前なんてどうでもいいです！　それより、どうするんですか！　気絶しちゃいましたよ」

恵美子は店内の様子をうかがうが、どうしたわけか、ウェイトレスをはじめ、ほかの客は素知らぬ顔をしている。まるでこちらの騒ぎに気づいていないかのようだ。どうやら、犬頭の魔力が効果を発揮しているらしい。

「そう怒鳴るな。こいつの態度が少々、癇に障ったので、思い知らせようと思っただけだ。しかし、予想以上の効果だ。放っておくと死ぬな」

「ダメですよぉ。この人、大切な依頼人なんですから」

「ふん、つまらん」

席から崩れ落ちそうな日向の体を、犬頭は摑み上げる。

「きぇぇぇぇぇ」

電気に打たれたように、日向の体がピョコンと跳ね、目を大きく見開いた。犬頭が手を離すと、そのままストンと椅子に納まった。濡れていた髪や服も、いつのまにか、乾いている。

「あれ？　え？　僕は？」

「さて、少しは態度をあらためる気になったかな」

犬頭は隣の席を勝手に引っ張り寄せると、恵美子の横に無理矢理、座った。

「ごちゃごちゃ言うと、便器に顔を突っこんで、水をじゃんじゃん、流してやる」

日向の顔色が土気色に変わる。

恵美子は犬頭をたしなめる。

「ダメです！　また死にかけたらどうするんですか？」

「この男は、けっこうなトラウマを抱えているようだ。君の言う通り、これ以上の刺激は禁物だな」

日向は気味悪そうに、犬頭を見る。

「あのぅ、この方は？」

「私の同僚で、犬頭光太郎です」

犬頭は長い足を組むと、日向の前に置かれたコーヒーカップを取り、ひと息に飲み干した。音をたてカップを置くと、日向に向かって、低い声で言った。

「さあ、話せ」

「は……はぁ……あのぅ、そのぅ」

「きちんと意味のある言葉を話せ。さもないと、俺と一緒に便所に行くハメになる」

「犬頭さん！　そんなに脅かしたら逆効果でしょう」

犬頭を一喝(いっかつ)したところで、ようやく日向も落ち着きを取り戻したようだった。

「すみません、この数日、いろいろありまして、僕も平静ではいられなかったもので」

「何があったのか、順序だてて話して下さい。私が聞いたところでは、水漏れをする部屋があるとか？」

「はい」

「そして、真上の部屋は空き部屋だと」

「ええ、そうなんです。いやもうホント、いろいろあって、僕、怖くて怖くて」

日向は本当に涙を流し始めた。恵美子は黙って、彼が落ち着くのを待つよりない。幸い、せっかちな犬頭も、腕組みをしたまま、口を閉じていてくれる。

おしぼりで盛大に鼻をかんだ日向は、ようやく、話し始めた。

「問題の物件は、ここから歩いて五分ほどのところにある『サンドリアス』というマンションです。築三十年、六階建てで部屋数は三十四戸です。築三十年とはいっても、外観、内装共にリフォームしていますから、古さはまったく感じないと思います……ああ、こんなことは、関係ないですよね」

商売柄、ついセールストークが出てしまうようだ。

「問題の部屋は、何号室なんですか？」

「いやもう、問題が多すぎて、どの部屋のことから言えばいいのか」

「問題が多すぎる？」

「とりあえず、起きた順番に話します。最初は、四階、四〇四号室」

「うわっ、嫌な数字の並びですね」

「ええ。昔は四のつく部屋をわざと飛ばしたりしてましたけど、最近は、あまり気にしないみたいで」

「その四〇四号室で何が？」

「一昨年の十二月です。借り主の女性が、風呂場で自殺したんです。まだ二十四歳でした。就職に失敗したり、失恋したり、いろいろと重なったみたいでしてね。ただ、聞いたところでは、酷い死に方だったそうで」

ここで話を打ち切りたいところだが、職務上、きかないわけにはいかない。

「……どんな、亡くなり方だったんです？」

「乾燥機付きの浴室だったので、天井近くに物干し用のポールがありました。そこにロープをかけ、首を吊ろうとしたようなんです。ただ、荷重にたえられなかったのかロープが切れてですね、彼女の体は浴槽内に落下しました。そのとき偶然、体のどこかが当たったんでしょう、蛇口が開いてしまいましてね、水が流れだしまして」

「でも、排水口は開いていたのでしょう？」

「それが、自身の体がちょうど栓をする形になって、徐々に水が溜まっていきまして」

「起き上がって逃げればいいじゃないですか」

「落下の衝撃で脊髄が傷ついていたらしく、浴槽の中で仰向けになったまま、動けなかったようなんです。そのまま、ゆっくりと水が溜まっていって、ついには……」

日向は暗い声のまま、わずかに間を置いた。

怪談話をききに来てるわけじゃないんだから、もっと事務的に話せないのかしら。苛立ちを覚えながらも、恵美子は口を挟まずに、続きを待つ。

「彼女は必死になって叫んだようです。その声を聞いた近隣の住人が管理人に通報し、四〇四に駆けつけたのですが、もう既に亡くなられていました。発見が早かったため、そのときは水漏れなどの被害は出なかったのですが、部屋自体は完全な事故物件です。告知義務もありますし、それ以来、入居者もなく空室が続いております」

それはそうだろう。どれだけ家賃を安くされても、そんな部屋に住むのは絶対に嫌だ。

日向は重苦しい声で再び話し始めた。

「それから一年以上は何もなかったんですがね、十日ほど前から、おかしなことが続いていて。もう僕の方がおかしくなりそうで……」

日向は頭を抱える。また犬頭が激高してはたまらない。恵美子は必死でなだめた。

「簡単で構いませんので、起きたことを順番に話してもらえますか。それだけで構いません。後はこちらで調べますから」

日向はさきほど鼻をかんだおしぼりで、顔を拭うと、うなだれたまま話しだした。

「まずは、一階、二階に悪臭が立ちこめましてね。そりゃあもう、酷いものでした」

「それが十日前、三月十日のことですか?」

「はい」

「原因は判っているのですか?」

「リフォーム業者の単純なミスでした。担当者がすっ飛んで来て、すぐに下水管の補修工事ですよ。ただ、工事が終わるまで、一、二階にはとても住めませんから、居住者の方は、三日間、ホテル暮らしです。ホテルの手配から警備員の手配まで、全部、僕がやって……」

「警備員というのは？」

「一階、二階が無人になるわけでしょう。セキュリティ上問題だというので、上の指示で各階に二人ずつ警備員を配置することになったんです」

「なるほど。それで、その件と水漏れ事件の関連は？」

「詳しいことは判りません。ただ、水漏れが起きたのは、異臭騒ぎの翌々日なんです」

「十二日ですね。詳しく聞かせて下さい」

「十二日の夜、マンションの三階、三〇四号室の塚本登（つかもとのぼる）さんから管理人に連絡がありました。帰宅したところ、部屋の中が水浸しだと。私のところに連絡が回って来たので、慌てて飛んで行きました。確認したところ、天井から水がぽたぽたと滴（したた）り落ちているような状態で、床に数センチですが、水が溜まっていました。床に置いてあったものはもちろん、テレビやパソコンなども水をかぶっていて、水漏れ被害としては、最悪に近いものだと思いました。塚本さんは半ば放心状態で、廊下に立ち尽くしていました」

「天井から水が滴っていたということは、水漏れの元凶は上階で間違いないわけですね？」

「ええ。塚本さんを別の者に任せ、私は上階、四階の確認を行いました。むろん、一番考えられるのは、配管の破損ですが、それらの確認は専門の業者を呼ばないとできません。とりあえず、各戸を訪問して、水漏れの原因を探そうと考えたんです。お風呂のお湯をだしっぱなしにしたまま寝てしまったとか、洗濯機のホースが外れ、気づかないうちに家中水浸しになったとか、そういう事例はよく聞いていたので」

話を聞く限り、日向の行動は冷静で的確だ。

「夜といっても、午後八時過ぎでしたので、各戸を訪問し、在宅されているところは、中を確認させていただきました。ですが……」

「水漏れの原因となるものは、見つからなかった」

「ええ」

「その時点で、四〇四号室は確認したのですか？」

「いいえ。四階をひと通り回った段階で、配管の破損だろうと思っていました。確認作業にかかれるのは、早くても翌朝からですし、ひとまず、塚本さんをホテルに案内しようと」

「でも、結局、四〇四号室を確認したんですよね？」

「……はい。明確な根拠があったわけではないんですが、虫の知らせというか、何となく……」

「何となくね」

ふいに、犬頭が口を開いた。足、腕を組んだまま、鋭い目で日向を見ている。

日向の額に、フツフツと汗の玉が浮かんだ。それをおしぼりで拭う。

「それ」

「は？」

「そのおしぼり、さっき鼻をかんだよな」

「あっ！」

おしぼりを床に投げ捨てる。

「虫の知らせはたしかにあることだ。人間は自分で思っているより鋭敏なものだからな。どちらにせよ、おまえの判断は正しかったわけだ。しかも、そんな状況下で、溺死事案のあった部屋に入るというんだから、なかなか勇気もある。人間にしては、そこそこ見所があると思う。もう少し自信を持て。それで？　部屋の中はどんな様子だったのだ？」

「はぁ……。リビングの床が一面水浸しでした」

「その部屋、水道は出る状態だったのか？」

「はい。電気、ガスは止まっていましたが、水道だけはいつでも出るようになっていました」

「ならば話は簡単だ。何者かが侵入し、流しか風呂場の蛇口にホースを繋ぎ、水をまいたのだろう」

「それは我々も考えました。そこで、その月の水道使用量をすぐに確認したのですが、水を使った痕跡はありませんでした」

「ほう」

犬頭の目が怪しく光る。

「四〇四号室に何者かが侵入した痕跡は？」

「ありませんでした。各部屋の鍵はピッキングを防止するため、最新のものにしてあります。何の痕跡も残さず侵入することは、簡単にはできないはずですが」

「面白いな。続けてくれ」

「えー、続けるも何も、その日に関してはそれ以上、何も話すことができないわけでして」

「なぜ？」

「部屋の中を見て、気絶したからです」

「さっき言ったことはすべて帳消しだ。おまえに見所なんてないぞ。ただの凡人だ。まったく」

「犬頭さん、失礼ですよ！」

恵美子は犬頭の口を封じると、日向に向き直る。

「お話はよく判りました。日向さんのご依頼は、四〇四号室が水浸しになった理由を明らかにするということですね」

日向は子供のような仕草で、大きく首を横に振る。

「それは、どういうことでしょう？」

「呪いは、それだけじゃ済まなかったんですよぉ」

「呪い？」

「四〇四号室の呪いです。ほかに考えられません」

犬頭が楽しげにポンと両手を打ち鳴らした。

「最初はどうなることかと思っていたが、やっと面白くなってきたじゃないか」

恵美子は犬頭を制して、言った。

「詳しく話して下さい」

「塚本さんが消えちゃったんです」

「水漏れ事件の被害者の方ですね」

「ええ。我々が用意したホテルにいったんは入られたのですが、その後、消息がぷっつり」

「行方不明なのですか？」

「いえ、それが……翌日の十三日、溺死体で見つかったんです」

「溺死体⁉」

「はい。埼玉の外れに田鶴摩(たづま)湖って小さな湖があるんですが、そこに浮かんでいるところを、釣り人が見つけたそうです」

「田鶴摩湖って聞いたことがあります。自殺の……名所みたいになってるって」

「警察によると、湖の北側にある崖から転落したようで、自殺、事故、他殺の線で捜査をしているとか」

犬頭がきいた。

「塚本はどうやって、現場まで行ったんだ?」

「自家用車が駐車場に駐めてあったそうです。そこから崖までは、徒歩で五分足らず」

「付近の交通機関は?」

「近くにＪＲの駅があります」

「なるほど。もし他殺だった場合、犯人は深夜、塚本の車で現場まで行き、すべてを済ませた後、始発を待ち、電車でそこを離れた。そういうことか」

「はい。警察も駅周辺の聞きこみをしているそうですが、成果はないとかで。警察としては、自殺説に傾きつつあるようです」

「おまえ、ずいぶん捜査情報に詳しいな」

「刑事が塚本さん宅に何度かやって来て、あれやこれや質問攻めにされたんです。その過程で、いろいろ教えてもらいました」

日向と犬頭のやり取りを聞きながら、恵美子は悪寒(おかん)めいたものを感じていた。不可思議な水漏れに、住人の溺死。これはどう考えても、クレームの領域を超えている。

「あのぅ、日向さん、こんなこと言いたくないのですが、お話を聞く限り、これは警察にすべて任せた方が……」

「いえ、ダメです！」

突然、日向はテーブルの上で恵美子の手を握り締めた。

「え……あの、ちょっと」

振り払おうとするが、ものすごい力だ。

「お願いです。見捨てないで」

「み、見捨てるも何も……」

「僕にも呪いがかかっているんです」

「はぁ？」

「四日前のことです。僕、あのマンションで突然、意識を失いましてね」

「突然？」

「ええ。前後の記憶がはっきりしないんです。あの日は異臭騒ぎでご迷惑をかけた一階、二階の方にご挨拶をして回ったんです。一階を終えて、管理人さんのところで休憩して、二階に上がって、外廊下を歩いているとき気が遠くなって……」

日向はいまだ、恵美子の手を握ったままだ。無理に引き離すことをあきらめ、そのままの状態で話を聞くこととした。

「気がついたとき……」

その瞬間の恐怖を思いだしたのか、日向の顔色がさらに蒼くなった。

「水をはった浴槽の中にいたんです」

「浴槽？　どこの？」

「四〇四号室のですよぉ！」

これにはさすがの恵美子も、背筋が凍った。目の前で怯える男の恐怖が、手を通して自身に流れこんでくるようだった。

「あの……」

恵美子は無意識の内に手を振り払い、呆然と、手元にある冷えたコーヒーの入ったカップを見つめていた。

日向は涙を流しながら、続けた。

恵美子が入店した際、日向がしていたのと同じポーズを取ることになったわけだ。

「服もカバンも持ったまま、浴槽に浸かっていたんですよぉ。部屋は真っ暗だし、もう、僕……僕……」

犬頭が身を乗りだし、大きな手を彼の頭に置いた。

「想像以上の恐怖だ。おまえはよく耐えたよ」

日向が白目を剝き、そのまま背もたれに崩れ落ちた。

「ちょっと、犬頭さん！」

「心配するな。眠らせただけだ。ここ最近、ほとんど眠れていなかったのだろう。精神は破綻寸前だ。だがもう大丈夫。適当に記憶をかき回しておいたからな。目が覚めたときには、けろりとしているはずだ」

「記憶を？　そんなことして、大丈夫なんですか？」

「ありもしない呪いに怯えて過ごすよりは、よっぽどましだろう」

「それはそうですけど……ありもしない？　今、そう言いました」

「言ったとも」

「すると、四〇四号室の呪いは嘘なんですか？」

「呪いというのは、本当にある。だが、今回のものはデタラメだ。恐るるに足らずだ」

「どうしてそう言い切れるんです？」

「本当の呪いを知っているからさ。こんなものじゃないぞ。さて、行こう」

犬頭は立ち上がると、店員に向かって言った。

「少し休ませてやってくれ。起きたら、熱いコーヒーを一杯、振る舞うのだ」

犬頭は革の財布から札をだし、店員に渡した。

「それって、また木の葉ですか？」

恵美子は耳打ちする。

「木の葉は木の葉だが、前よりも技術は向上している。時間がたっても元に戻らないんだ。どうだ、すごいだろう」

「それって、偽札じゃないですか」

「バレなければ、本物さ」

犬頭は揚々と店を出て行った。

「待って下さい。これからどうするんです？」

恵美子は慌てて後を追った。

三

「サンドリアス」は、古びた住宅街と再開発による新築マンション群がせめぎ合う、丁度、境目に建っていた。日向が言っていたように、リフォームが完了したばかりで、外壁は眩(まぶ)しいほどの白さである。

建物の両側は新築のマンション、向かいは古びた木造の家屋が並ぶ。裏手には神社があり、クスの巨木が周囲を圧するように葉を茂らせていた。

「見た感じ、普通のマンションですけどねぇ」

恵美子は六階建ての四角い建物を見上げ、言った。一方、犬頭は恵美子の傍を離れ、鼻をクンクン鳴らしている。

「ふん、下水管の修繕は、終わっているようだな」

「何だい、あんたら」

マンションの正面玄関に、四十前後の男が顔を見せた。豊かな顎鬚を蓄え、長く伸ばした髪を無造作に後ろで束ねている。チェックのシャツを着て、手にはちりとりと箒を持っていた。

「私たち、大島不動産販売の者なのですが」

男は「ほう」と口をすぼめた。

「オレはここの管理人で、額野遼と言います。日向さんから話は聞いています」

額野は恵美子たちを、エントランスへと入れてくれた。玄関を入って左が管理人室であり、右は集合ポストのスペースになっていた。正面にはエレベーターがあり、その脇は一階居室に通じる通路となっていた。

「サンドリアス」は一階に四戸、二階から六階にそれぞれ六戸、合計三十四戸の部屋がある。

額野は浮かぬ顔のまま、ため息をついた。

「ところで、日向さんは元気ですか？」

「大分、参っておられるみたいです」

「無理もないねぇ。こう立て続けにいろいろあったんじゃあ。四〇四号室の呪いって、この界隈じゃ、評判になってるよ」

額野がマスターキーを取りだし、恵美子に渡した。それを見た犬頭が尋ねる。

「マスターキーは普段、どこに保管しておく？」

「保管も何も。管理人室の壁にかかっているよ。ほかに何か？」

「いや、今のところは」

「それじゃあ悪いけど、二人だけで行ってくれる？　引き継ぎの書類作らなくちゃならなくてね。オレ、今月いっぱいでここの管理人、辞めるんだ」

「そう。別のマンションに変えてもらえるよう、頼みこんだってわけ。命は惜しいからね」

「額野さんは、ドリーム住宅サービスの社員なんですよね」

額野はそう言って、管理人室のドアの向こうに消えた。

恵美子は手渡された鍵を掲げ、肩を落とす。

「何だか、こんなことばっかり」

「恵美子君、何度も言うが、これは呪いでも何でもない。事象の組み合わせにすぎないぞ」

「つまり、偶然ってことですか。偶然にしては……」

「出来すぎているだろう？　だから調べるのさ」

そう言って犬頭は、管理人室のドアに目をやる。鍵穴の周りをちらりと見た後、にっこり笑って言った。

「さて、行こう。今日は気持ちのいいことに、ちゃんと鍵がある」

犬頭は自分の右足をポンと叩き、言った。

「これの出番もなさそうだ」

グオングオンとけたたましい音をたてるエレベーターで四階に上がる。外廊下は薄暗く静まりかえっており、手すりの向こうには神社の森が、黒く迫っていた。

日向に植えつけられた先入観ゆえか、見るもの聞くもの、すべてが不気味に思える。

「犬頭さん、アメリカのときみたいに、急にいなくならないで下さいね」

「心配無用だよ。今は雅弘の容体も安定している。ただ、今回の一件は、どうも退屈で張り合いがないいな」

「これのどこが退屈なんですか！」

四〇四号室の前に立ち、鍵穴に鍵を差しこむ。手が震え、何度かやり直すはめになった。

金属の重い音がして、鍵が開く。ノブを回し、そっと中をのぞきこんだ。湿気を帯びたカビ臭い空気が、暗い部屋の中に淀(よど)んでいる。

足がすくむが、今回は犬頭もついている。絶対に大丈夫だ。

大きく息を吸いこむと、足を踏みならしながら、恵美子は中に入った。

部屋の間取りは１ＬＤＫである。入って左に洋間があり、右側はバス、トイレになっている。廊下を進んだ突き当たりが、リビングダイニングとキッチンだ。

廊下を抜け、リビングダイニングに入る。キッチンカウンターで仕切られた、ガランとした空間が広がっている。フローリングの床は、まだ完全に乾燥していないのか、ところどころに染みが広がっていた。

恵美子は部屋のまん中で、腰に手を当てて立ち、言った。

「何てことないじゃないの。ねえ、犬頭さん」

犬頭の姿はなかった。

「え⁉」

部屋の中に気配はない。

「ちょっと、ちょっと‼」

恵美子は部屋を飛びだした。転がるようにして外廊下に出ると、犬頭は隣の部屋の前に立ち、玄関のドアをまさに開こうとしていた。

「ちょっと、犬頭さん‼」

自分でも驚くほど、大きな声が出た。犬頭はキョトンとした顔で、恵美子を見返す。

「今叫んだのは、恵美子君、君か？」

「私です！」

「驚くべき声量の変化だ」

「変化をもたらしたのは、あなたです！　どうして急にいなくなるんですか？」

「いなくなったりはしていない。こうしてここにいる」

「どうして私一人を残して、部屋から出ていったんですか？」

「犬の勘というヤツだよ。君を待っていたのでは効率が悪い。ちょちょいと先に調べておこうと……」

「私、心臓が止まるかと思いました」

「君の心臓は強い。簡単に止まりはせんよ」

「止まるくらい、怖かったんです。お願いですから、私を一人に……」

恵美子は半分開いたままのドアに目を留めた。

「犬頭さん、何をやってるんです？」

「開いた」

「開いたじゃないです。マスターキーは私が持っているんですから。また何か変な力で……」

「違う、最初から開いていたんだ」

ドアを全開にする。恵美子がのぞきこむと、戸口に白い作業着姿の若い女性が、スマホを持ったまま固まっていた。作業着には、引越業者の名前がプリントされている。靴脱ぎ場で作業していたとき、いきなり犬頭がドアを開いた。スマホから顔を上げたところを、犬頭によって金縛りにされた――。目の前で手を振っても、何の反応もない。

「犬頭さん、またやったんですね」

「いちいち目を三角にすることはないだろう。説明するのも面倒だし、時間がもったいない。中を見ろ、ここの住人は引越をする予定らしいぞ」

廊下には、パッキングされた段ボールが整然と並んでいる。

犬頭は固まった女性を指さして言った。

「住人はいないらしい。業者の人間が最終確認に来たのだろう」

見れば女性の左手には、この部屋の鍵が握られていた。

「確認を業者に任せますか？」

「部屋には近づきたくもないのだろう。恵美子君と同じだよ」

すぐ隣が呪いの部屋となれば、たしかにうなずける。

「とりあえず急ごう。この女のお仲間がもうすぐやって来るぞ」

犬頭はスタスタと中に入っていく。

「待って下さい。お隣に入って、何をするつもりなんですか？」

「確認だよ」

リビングの方から声が聞こえてくる。

恵美子は固まったままの女性に「ごめんなさい」と頭を下げると、後を追った。

間取りは四〇四号室とまったく同じ。家財道具のパッキングは完全に終わっており、室内には壁に沿って整然と積まれた段ボールのほかは、何もなかった。

犬頭はリビングを横切り、ベランダに通じる窓を開けた。

「見ろ、恵美子君、思った通りだ」

段ボールの山を避けながら、恵美子もベランダに出る。

「すごく広いですね。ここなら日光浴もできますよ」

「日光浴とは随分、古い発想だな」

犬頭はそう言いながら、手すりの下に置かれた空の植木鉢を拾い上げた。縁が欠け、黒い土がこびりついている。

「ここの住人は、ガーデニングを行っていたようだな。それ用の設備も整っているようだし」

犬頭は、端にある水道の蛇口を指さした。

「すごい、こんな所に蛇口が。ここから花に水をやるんですね」

「そういうことだ。そして、そのすぐ向こうは、四〇四号室だ」

蛇口があるのは、隣の部屋との仕切り板があるすぐ横だった。仕切り板は、非常時に打ち破れる特殊なボードでできており、床と接する部分には数センチの隙間(すきま)があった。

「ホースを繋げば、水なんていくらでも使い放題だぞ」

犬頭は踵を返すと、部屋の中に戻っていく。再びリビングを横切り、玄関へ。固まったままの女性の手からスマホを取った。

「ちょっと何するんです」

「引越の日程を調べるだけだ。水漏れがあったのは、今から約一週間前だったな」

　犬頭はスマホに向かって「きぇぇぇぇ」と意味不明の気合いをかける。そうやると、パスワードなどのセキュリティが解除されるらしい。原理は一切、不明だ。

「見積依頼があったのは十三日。水漏れがあった翌日、塚本が姿を消した日だ。ここの住人は、その時点で既に、この部屋から離れていたようだ」

「つまり、十二日夜、この部屋は無人であったわけですね」

「誰かが深夜に忍びこんで、ベランダから水を拝借、隣の部屋にぶちまけたんだ。ここの住人、今月の水道料金を見たら、腰を抜かすぞ」

「でも、玄関に鍵がかかっていたはずですよ」

「管理人の言葉を聞いただろう。マスターキーは管理人室に剝きだしで置いてある。しかも、さきほど確かめたところ、あの管理人室の鍵は、極めて旧式だ。額野のいない深夜に侵入し、マスターキーを使い放題だ。まったく、管理のできん管理人など、袋に詰めて埋めてしまえ」

　犬頭はスマホを元通り、女性の手に握らせる。

「さて、ここでの用件は済んだ」

　犬頭は固まっている女性の額を人差し指で小突いた。

「……え？」

意識を取り戻した女性は、突然現れた犬頭と恵美子の姿にとまどっている。恵美子は犬頭を外に押しだすと、

「どうもすみません、ちょっとした手違いで。失礼します」

と笑みのままドアを閉めた。犬頭はそんな恵美子の奮闘を顧みることなく、外廊下を進み、階段を下りていく。

「ちょっと、犬頭さん！」

三階に下りた犬頭は、フンフンと鼻歌を口ずさみながら、三〇四号室の前まで進んでいく。追いついた恵美子は彼と並んで、閉じたままのドアを見つめる。

「部屋の住人が変死したんですから、当然、警察の捜索を受けているはずですよね」

「ひと通り、荒らされているだろうな。だが、封鎖もされず、立ち番もいないところを見ると、事件と直接関係なしという判断らしいな」

犬頭はまず鍵穴を確認する。ピッキングなどによる傷はついていないようだ。恵美子はマスターキーで鍵を開け、さっと身を引いた。

「お先に、どうぞ」

「先に行くのはいいが、何だか嫌な臭いがするな」

犬頭はクンクン鼻を鳴らしながら、入っていく。

犬頭の言う通り、中の空気は、四〇四号室以上に淀み、臭かった。カビ、汚水の臭いが入り交じり、恵美子はハンカチで口元を押さえた。

「腐った雑巾みたいな臭いですね」

「雑巾は布だろう？　腐るのか？」

「ものの喩えです。それに、布は腐らなくても、水は腐りますから。それより、犬頭さんは鼻が敏感なんでしょう？　大丈夫ですか？」

「嫌な臭いを嗅がなければ大丈夫さ」

犬頭が指をパチンと鳴らす。たちまち、嫌な臭いが消えてなくなった。

恵美子はハンカチを戻す。

「すごい！　さすが！」

それでも、まとわりつくような湿気はなくならない。ギシギシと軋む廊下を通り、リビングに入る。この部屋の間取りも上階と同じだったが、その無残な有様に、恵美子は目を丸くした。

塚本はこの部屋を仕事場として使っていたようで、デスクにはパソコンが二台、スキャナーやプリンター、カメラなども揃っていた。一見したところ、問題ないように見えるが、プリンターに差しこんだ紙は水に濡れてしわくちゃとなり、パソコンやスキャナーにも水の滴った痕がくっきりと残っている。

さらに酷いのは、床や寝床代わりに使われていたと思しきソファだった。床に積み上げられた本や書類には、水による茶色い染みが浮き出ており、いまだ完全に乾ききってはいない。そんな紙類が床一面に散らかり、足の踏み場もないほどだ。ソファには、点々とまだらの染みがつき、丸められた布団や毛布も、まだ湿っているようだった。

フローリングの床はほぼ乾いているようだが、乾いた紙がへばりついていたり、埃などで白くなっている部分も多い。さらに壁は、茶色い筋が何本もうねり、不気味なことこのうえない。天井に目を向ければ、茶色いまだら模様が全体に広がっていて、悪魔が描いた抽象画のようだった。

それらを見ているだけで、恵美子は気分が悪くなってきた。

そんな中、犬頭は部屋の中を歩き回り、壁を手で軽く叩いたりしている。

犬頭が言った。

「天井からの水漏れはまず、照明器具の取りつけ部から始まったようだな。その後は、天井全体にじわじわと広がり、最終的には、壁伝いに下り、ついには床全体に広がった。見たところ、東側の壁が一番酷いな」

「この建物って、コンクリート製ですよね。なのに、どうしてこんなに水漏れが？」

「恵美子君、コンクリートは防水材ではない。きちんと処理をしなければ、水は漏れる。わずかな隙間やヒビなどがあれば、水はいくらでも浸入してくる。だが、今回の件で言えば、建設業者やリフォーム業者に瑕疵はなさそうだ」

「じゃあ、この被害はどうなるんです？」

「責任の所在か？　通常であれば、上階の住人が責任を負うのだが……」

「犬頭さんの推理通り、隣室の四〇三号室から水をひいてきてまいたとすれば、それをやった人が責任を負うわけですね」

「当然だ。わざとそんなことをすれば、すなわち犯罪だ」

「でも、この部屋の住人塚本さんは、もう亡くなってるんですよね」

「そこだよ。ここはやはり、塚本という男の人となりを知る必要がある」

「ライターをされていること以外、何も判らないんです。日向さんに聞こうにも、あの通りだし……」

「なーに、心配はいらん。情報は向こうから歩いてやって来る」

犬頭は意味の判らないことを言いながら、部屋を出て行く。

「犬頭さん、ここはもういいんですか？」

「酷い有様であることは判った。それで充分さ。そんなことより外だ。時は金なりだぞ」

恵美子は、干からびて床に散っている紙を避けつつ、犬頭の後を追う。

恵美子が外廊下に出るのと、エレベーターのドアが開くのは、ほぼ同時だった。犬頭は腰に手を当て、廊下のまん中で仁王立ちになっている。

エレベーターからは、黒いスーツ姿の屈強な男たちが現れた。全部で三人、そして彼らの後ろには、管理人の額野が怯えた表情で身を縮めている。

彼らの目的が恵美子たちであるのは、その目つきから見て間違いなかった。額野を恫喝し、無理矢理、中に入ったのだろう。

そんな男たちを犬頭はだまって見ていた。

「そら、情報が服を着てやってきた。このあたりは、いつものパターンだろう？」

「じゃあ、いつものパターン通り、やっつけて下さい。ただし、毟ったり、潰したりするのはなしですよ」

「君も大分、物の道理が判ってきたようだな」

先頭の男が、目をぎらつかせながら怒鳴った。

「おぃ、おまえら……」

犬頭の拳が男の鼻に炸裂する。

「まだ、全部……言ってないのに」

男は後ろに倒れこむ。犬頭は男の体を蹴って脇にどけると、残る二人に向かって言った。

「俺が必要としているのは、塚本に関する情報だ。それを与えてくれるのは、どっちだ？」

「てめえ、やっぱり……」

右側の男が腰にさしていたナイフを抜き、切っ先を犬頭に向けた。

犬頭の右足が唸り、男の手からナイフが消える。相手の右手を蹴り上げ、ナイフをはじき飛ばしたのだ。ナイフは今、天井に突き刺さっている。

男は自分の右手を見つめ、「はっ？　へ？」と首を傾げている。そんな男の顔に、犬頭の左拳がめりこんだ。男は壁に叩きつけられ、そのままずるずると倒れこむ。

残った一人は完全にパニックとなり、腰から拳銃をだした。

「おいおい、武器がレベルアップしていくぞ。四人目がいたら、バズーカか手榴弾が出てきたところだ」

「この、化け物め！」

「化け物とは失礼千万。犬と言え！」

目にも止まらぬ速さで銃をもぎ取ると、右肘を顎に叩きつける。

「犬頭さん、情報！」

「あ……」

男は目を回して倒れこむ。

犬頭は奪った拳銃を指でくるくる回しながら、気絶している三人を見下ろした。

「やれやれ」

「やれやれじゃありません。どうするんです」

「どうしようか」

首を傾げつつ、ちゃっかり銃を懐にしまう。

そこに、隅で震えていた管理人の額野がおずおずと進み出てきた。

「あなた、強いなぁ」

そう言って、犬頭の両手を握る。

「こいつらは、暴力団の構成員でね。もう手を焼いていたんだ」

恵美子は犬頭の背後から顔だけだし、尋ねる。

「そんな人たちが、どうしてこんな所へ？」

額野は顔を顰め、吐き捨てるように言った。

「塚本さんだよ。死んだ人のことを悪く言いたくはないけど、あの人、強請屋まがいのことをやっていたらしくてね」

「強請屋？　ライターと聞いていたんですが」

「それだけでは食っていけなかったのかねぇ。人様の秘密を暴いて、証拠写真を撮って、それを買い取らせていたみたいだよ。ただ、そんなことだから、もめ事が絶えなくてねぇ。こんな連中が時々、乗りこんできては、すったもんだしていたよ」

話し終えた後、額野は不安げな面持ちで、伸びている三人を見下ろす。

「これ、どうすればいいかねぇ」

犬頭が明るく言った。

「我々がきっちり面倒みるから心配ないぞ。こんな輩、生きていても仕方ないから、消してしまおう」

「はぁ？」

恵美子は犬頭を突き飛ばし、代わって答えた。

「今のは、ものの喩えでして、えーっと、私たちの方できっちり話をつけるということです」

「話って……」

「この人たちの目的は、多分、私たちです。塚本さんのことを嗅ぎ回っていると知って、押しかけてきたと思うんです。もうこちらには来ないよう、言ってきかせますから」

「物の道理が通じる相手じゃないよ」

「大丈夫です。犬頭がいますから」

「そう、俺がいるから心配ない。あんたは部屋に戻って、せんべいを食いながら、時代劇でも見ているんだな」

額野は不審げな眼差しを隠そうともしなかったが、面倒事には関わりたくないのか、そのまま、階段を使って、下におりていった。

残った犬頭は、両拳をポキポキと鳴らし、舌なめずりをしながら、伸びた男たちを品定めしている。

「よし、最初につっかかってきた、血気盛んなこいつにしよう。おい、起きろ！」

髪を摑んで頭を持ち上げると、頰を平手で叩いた。かなり力がこもっていたらしく、張られた頰がみるみる赤く腫れていく。

「おい、起きろ！　起きないと、痛い目に遭わすぞ」

「犬頭さん、その人、充分に痛い目に遭ってます。そんなに叩いたら、起きるものも起きませんよ」

「それもそうか」

男をその場に転がし、立ち上がる。

「さて、どうしたものかな」

エレベーターが到着し、ドアが開く。額野が姿を見せた。

「何だ、また来たのか」

彼の後ろから、二人の男が現れる。共に大柄で、手には鉄パイプを所持していた。

額野は頭を抱えつつ、ゆっくりと後退していく。

「こ、この人たちも塚本さんに用事があるみたいでね……」

犬頭はため息をつく。

「それでまた、ご丁寧に案内してきたのか。大人しく時代劇を見てろと言っただろう」

「こんなものを振り上げられて脅されたら、誰だって言うこときくさ」

額野は鉄パイプを示し、言った。

「そんなことはない。俺は言うことなんかきかないぞ」

犬頭はさきほどかっぱらった銃を抜くと、男たちの足下に三発撃ちこんだ。二人は鉄パイプを持ったまま、ぴょんぴょんと跳びはねる。

「愉快、愉快、それが死の舞踏というヤツだ。もっと激しく踊れ」

さらに三発撃ちこむ。右側の男は、腰が抜けたらしく、その場にへたりこむ。もう一人は、もう少し骨があった。

「テメエ、六発撃ったな。もう弾はねえはずだ」

「そう思うか」

犬頭はもう三発撃った。全弾、男の至近距離をすり抜けていった。

「俺が撃てば、弾はいくらでも出る。さあ、ちょうどいい、おまえにききたいことが……」

男は立ったまま気絶していた。

「やりすぎたな」

「もう、犬頭さん！　そんなに撃ったら、通報されますよ！」

「大丈夫。発砲音は、我々以外に聞こえない。しかし、またも気絶させてしまったぞ」

「多分、大丈夫だと思います」

エレベーターが上がってくる。ドアが開くと、派手なシャツを着た三人組が躍り出てきた。

さすがに額野は乗っていなかった。

犬頭は立ったまま失神している男を正面から蹴りつける。巨体が後ろにはじけ飛び、新参の三人をなぎ倒した。

「ぎゅうぅぅ」

一番下になっていた男を片手で引きずりだすと、犬頭は「ウウウ」と唸り声を上げた。

「あぎゃ、ひえぇ」

今度の三人は、皆、さほど屈強というわけではない。だが、三人とも刃渡り八センチほどのナイフを鞘に入れて腰に下げていた。引きずりだされた男は、すばやく右手を鞘に伸ばす。

犬頭はその手を摑んでねじ上げた。

「悲鳴のわりに元気じゃないか。では、こちらの問いに答えてもらうぞ」

「あぎぐげ、苦しい……」

「おまえらの目的は？　誰の依頼でここに来た？」

「誰が言うか、バカめ」

「なら言うな、別のヤツにきく」

犬頭は相手の体を壁に押しつけると、腰のナイフを抜き、男の顔面に向かって突きたてた。

「ちょっと犬頭さん！」

「大丈夫、殺しはしない」

ナイフは耳たぶの数ミリ下に突き立っていた。頬には細い傷が一本走り、血がタラタラと流れている。

「うーん、失禁の香りだ。さあ、答えろ」

「僕たちは、ある人に頼まれて、塚本が持っているデータを処分しに来ました」

男は催眠術にでもかかったかのように、抑揚のない言葉で語りだした。

「塚本というのは、やはり強請屋だったのか」

「はい。表向きはライターを名乗っていましたが、裏ではもっときわどいネタを摑んで、相手から金を巻き上げていました」

「なるほど。殺したがっているヤツは多かったが、データを処分しないことには手がだせない。ところが今回、何者かが塚本を消してしまった。皆が疑心暗鬼となり、お互いに探りをいれ合っているときに、俺たちがやって来たというわけだな」

「そうです。その通りです」

「ふん」

犬頭は押さえこんでいた手を離す。男はその場にズルズルと崩れ落ちた。

決して広いとはいえない外廊下。そこに今、八人の男たちが倒れ伏している。

「犬頭さん、この人たちって、それぞれ違う人の依頼を受けて、ここに来たのですか？」

「そういうことだろう。塚本という男も、随分、手広くやっていたんだな。ここまで命があったのが、不思議なくらいさ」

恵美子は倒れている男たちを見渡して、言った。

「犬頭さん、もしかして、これで解決なんじゃないですか？　水漏れを起こしたのは、塚本さんの情報を狙った人ですよ」

「ふむ、たまには人の推理を聞くのもいいものだな。続けてくれ」

「塚本さんに脅迫されていた誰かが、塚本さんを殺害した。でも、問題は彼が持っていた、データ化されている情報。それがどこにあるのか判らないから、すべてを一気に処分してしまおうと考えた」

「それが、水漏れか？」

「ええ。あの部屋の様子を見たでしょう？　全部、水浸しで、パソコンもカメラも使い物にならなくなっていました。書類も濡れて破けていましたし、それこそが、犯人の狙いだったんですよ」

「一理ある」

「でしょう！」

恵美子は飛び上がりたい気分だった。これで、この忌まわしい建物からも離れることができる。妙な呪いに怯えなくてもすむ。

だが、犬頭は普段と打って変わって、静かである。恵美子の推理への反応も薄い。

「犬頭さん？」

「君の推理は見事だが、まだ一つ解決していない問題がある」

「何です？」

「日向だよ。あいつが襲われて、四〇四号室の浴室で目覚めた件はどうなる？」

「そ、それは……」

「その件も含め、どうもしっくりこない。一連の騒動を起こした犯人は、四〇四号室の呪いにこだわりをみせている。呪いのせいにして、いろいろなものを有耶無耶にしようとしているのだ。だが、この男たちを見ろ。そんなことを考える輩か？　こいつらは何事も力勝負。正面突破の猿だ」

案件解決への期待は、風船の空気が抜けるように萎んでしまった。今の時点で説得力のある報告書を書くことはできるが、日向の件などを突っこまれた場合、恵美子には返答のしようがない。報告書でヘマをすれば、それは責任者である雅弘のせいになり、彼を放逐する理由の一つとなってしまう。

ダメだ。慎重のうえにも慎重を期さなくては。部屋で寂しく寝ている雅弘の姿を思い浮かべ、恵美子は再び気持ちを奮い立たせた。

「これから、どうするんですか？」

「二〇四号室に行く」

「二階ですか？　でも、二階は……」

犬頭は恵美子の問いを無視し、さっさと階段を下りていく。廊下には、男たちが伸びたまま
まだ。

「犬頭さん、この人たち、どうします？」

「もう用なしだ。勝手に帰るか、誰か引き取りに来るだろう」

「いいのかなぁ……」

恵美子が二階に下りたとき、犬頭は二〇四号室のインターホンを押しているところだった。

今回は、正面から堂々と入るつもりらしい。

スピーカーに女性の声で応答があった。

「はい」

犬頭は一歩下がり、恵美子を前に立たせる。

「え？」

「ここからは君の領分だ。水漏れ被害の確認に来たと言え」

「でもここは二階です。水漏れなんて……」

「いいから！」

スピーカーから不安そうな声がする。

「あの……どなたですか？」

恵美子は営業用の声をだし、言った。

「大島不動産販売から参りました。えーっと、水……水漏れの件で」

すぐにチェーンと錠を外す音がして、ドアが開いた。顔をだしたのは、二十代後半の女性である。化粧気のない顔にメガネをかけ、髪は無造作に束ねている。

「確認ならこの間、済んでますけど。被害の状況も書いて提出しましたよね」

「被害？　この部屋にも水漏れの被害があったんですか？」

女性の表情が険しくなった。

「あったんですかって、今さら何言ってるの？　全部、あなたの会社の日向さんに説明したわよ。金額的には大したことないけど、壁紙とかの張り替えやなんかは、全部、そちらでやってくれるって」

「あの、申し訳ありません」

恵美子は名刺を渡す。

「私、日向とは別会社のもので、全戸の戸別訪問をして被害の再確認を行っているのです」

適当な理由をでっちあげた。

「ご面倒をおかけして恐縮ですが、今一度、被害についてお聞かせ願いたいのですが」

女性は口を尖（とが）らせたが、すぐに表情を緩（ゆる）めた。

「あなたたちも大変よね。こんなポンコツ物件の管理させられて。いいわ、入って。中で説明する」

女性はスリッパをペタペタ言わせて、中に入っていった。恵美子も靴を脱ぎ、「おじゃまします」と小さくつぶやきながら、後に続いた。犬頭は気配を消すかのごとく、口を閉じ足音もたてず後ろをついてくる。

ここも上階と同じ間取りの１ＬＤＫだ。

ダイニングには椅子とテーブルが並び、大きな食器棚が置かれていた。キッチンには調理器具が整然と並び、流しの横には食洗機まであった。

リビングには、Ｌ字形の大きなデスクが据えられ、パソコンやプリンターなどが、これもまた整然と並んでいた。

「塚本さんの部屋と似てますね」

恵美子は犬頭に小声で告げた。

女性がデスクの引きだしから名刺をだし、恵美子に渡した。

「イラストレーター　稲垣紗綾(いながきさや)」とある。

「まだ駆けだしなんですけど」

恵美子は名刺をしまうと、今一度、室内を見回した。よく見ると、リビングの壁が一部、黄ばんでいる。天井にも茶色い染みの痕が残っていた。

「もしかして、あそこから水が？」

「ええ。三階の方の被害とは比べものにならないけれど、東側の壁伝いに水が流れ落ちたみたい」

塚本の部屋も、同方向の壁が一番被害が大きかったはずだ。

「机の上のパソコンなどに被害は？」

「それは大丈夫だった。正直言うと、私物に被害はなかったの。強いて言うなら、壁に貼っていたイラストくらいかな」

「そのイラストだが」

突然、犬頭が身を乗りだしてきた。「主に何を描いていたんだ？」

「……風景、人物、いろいろなものよ。町で目についたものを、その場で描くの。特徴を素早く摑んで、素早く描くための訓練みたいなものよ」

紗綾はデスクの引きだしから、Ａ４サイズの紙束をだした。

「画用紙を切って作ったものよ。出かけるときは何枚かバッグに入れて行くの。いつでもどこでも、すぐ取りだして描くことができるから」

「その紙だが、どうやって壁に貼っていた？」

「……紙テープで。賃貸なんで壁に痕をつけちゃまずいと思って」

「ほほう、感心感心。イラストは、何を使って描いていた？」

「水性のサインペンよ。ねえ、そのことが水漏れと何か関係があるの？」

「あると言えばある。ないと言えばない」

「言ってる意味がよく判らないんだけど」

紗綾は不審げな表情で、恵美子を見た。

「あ、後々、問題にならないよう、気になる点はすべてきいておくんです。あまり、気にしないで下さい」

犬頭はじっと壁を見つめたまま、無遠慮に質問を重ねる。

「水漏れがあったとき、ここに貼ってあったイラストは何枚だった？」

「三枚」

「何を描いたものだ？」

「そんなこと、関係あるの？」

「とても重要だ。それですべてが決まる」

紗綾は首を傾げている。再び恵美子に視線を送ってきたが、今度ばかりは、フォローのしようがない。恵美子にも、犬頭の目的が判らないからだ。

恵美子は心の中で頭を下げながら言った。

「保険の査定にも関わってくるんです。ご面倒で恐縮ですが、お答えいただけますか」

紗綾は苦笑して言った。

「別にお金とか貰おうとは思っていないけどね。えっと、一枚は人物。電車の中で見た人を描いたもの。残りの二枚は風景。近所の公園にある噴水と、隣町の商店街にある街路樹を描いたものよ」

「その人物を描いた時間と場所は？」

「そんなことまで必要なの？」

「必要だ。もし答えないと言うのなら、記憶を吸いだして……」

恵美子は慌てて犬頭を制した。

「保険！　保険です。保険で必要なんです。最近はいろいろと細かくなってしまって」

「別に隠すことでもないから、いいけど。描いたのは、十日前。場所は電車の中なのよ。二子玉川に用事があって、その帰り道」

ということは、田園都市線か。

「時間は二時十五分ごろだったかな。まん中あたりの車両に乗っていて、乗降口の所を見たら、男が一人で立っていたの。その顔、どこかで見たなと思って。考えたけど思いだせないので、イラストにしたの」

「素晴らしい！」

犬頭が派手に手を叩いた。

「何が、そんなに素晴らしいのかしら？」

「素晴らしいのはこっちのことだ。君はその後、まっすぐ帰宅したのかね」

「そのつもりだったけど、あの日はとにかく酷くって。渋谷で降りたら、下り電車が車両故障で運転見合せ。ホームは人であふれかえっていたわ。何とか改札階まで出たけど、今度は、乗客たちと駅員がもめて乱闘騒ぎよ。警察も来て、大騒ぎだった。そこを抜けて、山手線（やまのてせん）のホームまで行ったら、電車の発車ベルが鳴ってた。慌てて駆けこんで、ギリギリ間に合ったけど、足をくじいちゃって」

紗綾は右足首を示す。そこにはまだ包帯が巻かれていた。

「やっとここに帰ってきて、イラストを壁に貼って、仕事の続きにかかろうとしたら、例の異臭よ。鼻が曲がるかと思った。息もできないくらいで、逃げだしたいけど足をくじいてたからそれもできず、ホント、地獄だったわ」

「その件に関しては、担当者がホテルの部屋を用意してくれたんだな？」

「ええ。対応が早くて助かった。その夜のうちに移動して、三日間、ホテル住まいよ。けっこう優雅な気分が味わえたわ。ところが、帰ってみると、今度は水漏れ。被害は最小だったけど、もう踏んだり蹴ったり。このマンション、最近、嫌な噂が立ってるのよ。呪いだとか何とか。そういうの、信じる方じゃないけど、こう続くとね。引っ越そうかと思って」

「よし帰ろう」

犬頭は威勢良く言うと、恵美子たちの方を見ようともせず、部屋を出て行った。

「ちょっと何なの、あれ……？」

恵美子は礼と謝罪を述べると、慌てて後を追った。外廊下に出ると、犬頭は階段で一階に下りていくところだった。

待つっていうことを知らないいんだから！

犬頭は一階エントランスの集合ポスト前で、靴の踵をカチカチ鳴らしながら、恵美子の到着を待っていた。

「遅いぞ」

「犬頭さんが早すぎるんです。もう、用件が終わるとすぐ帰っちゃうんですから。せめて、紗綾さんにきちんとお礼くらい……」

「すべてが終わったあと、向こうから礼を言ってくるさ。ところで、ネットで調べ物をして欲しい」

押し切られる格好で、恵美子は携帯をだす。

「何を調べるんです？」

「異臭騒ぎのあった三月十日だ。田園都市線沿線で起きた重大事件がないかを調べて欲しい」

「どうしてそんなことを？」

「理由は後だ。早く！」

適当なキーワードを入れ、検索する。検索のトップに出てきたのは、何と、殺人事件の報道だった。

「その日、溝の口駅近くで、三十代の女性が殺害されています。死因は……溺死……。自宅の浴室内で見つかったたって」

「だが警察は自殺や事故ではなく、殺人事件としているんだな」

「記事には、そうあります」

「その殺人について、もう少し詳しい情報が欲しい。そういうときは、いつもの手だ」

「……篠崎さんですか？」

「そう！　そのナントカ言うヤツだ。まったく役に立たん男だが、こういうときには役に立つ」

「つまり、役に立つってことです。あんまり篠崎さんのこと、悪く言わないで下さい」

恵美子は篠崎にかける。すぐに応答があった。

恵美子の「処遇」に責任を感じている篠崎は、こちらのお願いをいつも無条件で聞いてくれる。

「今度の案件も何だか不気味だから、気になっていたんだよ」

心配そうな篠崎に対し、恵美子は努めて明るい声で言った。

「大丈夫です。問題ありません。それで、今回もちょっと調べていただきたいことがあって」

「ああ、何でも言ってくれ」

大島不動産販売の持つ人脈を駆使して、大抵の情報は手に入れてくれる。恵美子は溝の口で起きた事件について話した。

「この件についての詳細を知りたいのですが」

「了解。任せてくれ」

返事はあっさりとしたものだった。大島不動産販売のコネを使えば、警察情報も簡単に入手可能というわけだ。

恵美子は指でオーケーマークを作ると、スマートフォンをしまった。

「少ししたら、連絡があるはずです」

「よし、あのでくの坊がウロウロしている間に、こっちも仕事をしよう」

犬頭は相変わらず、篠崎に対して辛辣だ。それは、本来、雅弘を守るべき立場にありながら、社長派たちに封じこめられ、手も足も出ないという状態への苛立ちもあるのだろう。

「仕事って、何をするんです？」

「あそこを見ろ。気力を取り戻した男が、ふらふらとやって来る」

建物前の通りをやって来るのは、日向だった。犬頭はああ言ったが、到底、気力を取り戻しているとは思えない。今もおっかなびっくりの足取りで、電柱や車の陰に身を隠しながら、こちらの様子をうかがっている。

犬頭は正面玄関を出ると、右手を高々と上げ、日向に向かって言った。

「ようよう、日向君。いいところに来てくれた」

車の陰にいた日向は、ピョコンと飛び上がると、こちらに背を向け駆けだそうとする。

「待て待て」

犬頭が叫んだ途端、日向が転んだ。立ち上がって逃げようとすると、また転ぶ。

「待てと言ったら、待つのだ。まったく、おまえの心臓はノミかガラスか」

そんな犬頭の袖を恵美子は引く。

「ダメですよ。ああいうタイプの人には、もっと優しくしないと」

「充分、優しいだろう」

「何度も転ばせて、鼻から血が出てるじゃないですか」

「充分に優しいぞ。できることなら、あいつのケツを蹴り上げて、四〇四号室の浴槽に叩きこんでやりたいところだ」

「そんなことをしたら、死んじゃいますよ」

恵美子が駆け寄ると、日向は路上にしゃがみこんで、シクシクと泣いていた。涙と鼻血が交じり合い、顔がまだらになっている。

「歌舞伎だ！」

それを見て、犬頭は笑う。

「犬頭さん！」

恵美子は一喝した後、ハンカチで日向の顔を拭いてやった。

「体調はもういいんですか？　このマンションの近くまで来て、大丈夫ですか？」

「はい。喫茶店で目が覚めたら、気分も良くなっていました。そのまま帰ろうかと思ったのですが、あなたたちのことが気になって」

「心配してくれたんですね。でも大丈夫ですよ。ね、犬頭さん」

犬頭の顔からは、先ほどまでの小馬鹿にしたような表情は消えていた。

「ふむ。やはりおまえは、人間にしては見所がある。安心しろ。おまえを悩ませている呪いだの何だのは存在しない。すべての謎は俺が今日中、いや、一時間の内に叩き潰してやる」

「犬頭さん、叩き潰しちゃ、ダメです。解決して下さい」

「どっちでもいいだろう、そんなもの」

「ダメです！」

そんなやり取りを見ていた日向の顔に、かすかな笑みが浮かぶ。

「あなたがた二人って、本当に面白いなぁ」

「べ、別に面白いことなんて、何もやってないんですけど」

「ほんの少しですけど、気が楽になりました。ありがとうございます」

「お礼なんて言わないで下さい」

恵美子の横に犬頭が立つ。

「礼のついでに、一つ教えて欲しい。水漏れ事件があった夜は、一階、二階の住人は居なかったんだな」

「はい。異臭騒ぎで、皆さん、ホテルにおられました」

「無人となった一階、二階には、警備員を置いたとおまえは言った」

「はい」

「それは住人が帰宅するまで、二十四時間、常に、監視していたということか」

「監視は言いすぎかもしれませんが、実質、そういうことになります。外廊下に二人の警備員が交代で常に目を光らせていましたから」

「つまり、その間、一階、二階フロアへは誰も出入りできなかったということか」

「いえ、希望があれば、住人が出入りすることはできました。ただし、それらはすべて記録に残ります」

「二〇四号室だが、出入りの記録はどうなっている？」

日向はそうしたデータを、ほぼ暗記しているらしい。答えはすぐに返ってきた。

「二〇四号室ならすぐに判ります。出入りをした人はいません」

「確かか」

「はい」

「もう一つ、住人たちがホテルに移る前、おまえは各戸の写真を撮ったか？」

「はい。許可をいただいて、室内の写真を、それぞれ何枚か。住人の方が部屋を出られたときの様子をしっかりと記録しておく必要があったので」

その理由は恵美子にも判った。

「部屋を出たときと戻ったとき、部屋に変化がないことを確認してもらうためですね」

「その通りです。賃貸物件ではよくある手法です。借り手が入居する際、既についている傷や汚れを写真に撮り、後日の紛議（ふんぎ）を未然に防ぐ——というものです」

犬頭はそれを聞いて、満足したようだった。ウンウンと一人うなずくと、背後に建つ、マンション「サンドリアス」を仰ぎ見た。

「後は、あの唐変木（とうへんぼく）からの返事だが……」

恵美子の携帯に着信があった。篠崎からだった。

「若宮君、事件概要と捜査状況については、簡単にまとめて、データを送った。君の携帯で見ることができるはずだ。確認してくれ」

「ありがとうございます。助かります」

「いやいや、僕にできるのは、このくらいだ。申し訳ない限りだが、がんばってくれたまえ。君の働きに我々の……」

通話が切れた。目の前では、犬頭がニヤニヤ笑っている。

「犬頭さん、通話を切りましたね！」

「何ががんばってくれたまえだ。雅弘が追放となれば、自分も放逐だ。結局は保身なのだよ」

「たしかに、それもあるかとは思いますけど、篠崎さんは私たちのためにも、一所懸命やってくれています」

「まあいい。今はヤツが送ったデータだ。しかし、恵美子君の携帯では画面も小さいし、確認しにくい」

日向が言った。

「僕、パソコン、持ってますけど……」

犬頭はさっと右手を前に翳した。

「心配無用。管理人室で借りる」

そう言い置くと、犬頭はいつものように、一人、さっさと歩いて行った。

恵美子は日向に頭を下げる。

「ごめんなさい。悪気はないんですけど」

「いえ、いいんです。お二人に頼んで、本当に良かったと思っています。一人で悩んでいたら、今頃……」

「結果が判ったら、ご連絡します」

「お願いします。ありがとうございます」

頭を下げる日向をその場に残し、恵美子も再び、マンション「サンドリアス」に入る。

最初のときのような、重苦しい恐怖感は、既に消えている。

エントランスでは、犬頭が管理人室のドアをガンガン叩いていた。

「開けろ！　開けろ!!」

「犬頭さん、そんなに叩いたら、ドアが壊れちゃいます」

「蹴破る前に、こうして声をかけているんだ。これでも、多少、気を遣っている」

「遣ってる部類に入りませんよ」

犬頭を押しとどめ、恵美子は軽くドアをノックし、言った。

「額野さん、大島不動産販売の者です」

まもなく、薄くドアが開いた。長髪、鬚面の顔がのぞく。

「何だい？　寝てたんだけど……」

「管理人室にパソコン、ありますよね。それをちょっと使わせていただきたいのですが」

「ああ、別に構わないよ」

額野は二人を入れてくれた。細長い部屋には、監視カメラのモニターやファイル類が所狭しと並べられていた。向かって左には、エントランスに面したガラス窓があり、デスクと椅子がある。パソコンはその上に載っていた。そして、奥の壁にはマスターキーが、剝きだしでかかっている。

「外部の人に触らせてはいけないんだけど、まあ、大島不動産の人だから」

額野はパスワードを入れると、恵美子のために椅子を引いてくれた。

「ありがとうございます」

礼を言いながらも、恵美子は額野のセキュリティに対する意識の低さに、唖然としていた。

そんな額野は、部屋を出て行こうとはせず、恵美子を挟み、犬頭の横に立つ。監視しているというポーズのつもりだろう。しかし狭い部屋に三人、しかも二人は体格のよい男性だ。

何となく空気が薄くなったように感じる。

恵美子は篠崎からのデータをパソコン上で開く。

「ああ充分だ。恵美子君、適当に見ていってくれ」

「犬頭さん、これでいいんですか？」

いつも適当、適当って、本当に適当なんだから。

恵美子は画面をざっと目で追っていく。

事件が起きたのは、溝の口にあるマンション「パラゴーン」。被害者は、三階に住んでいた女性、三原朱代（みはらあけよ）三十一歳である。死因は浴室での溺死。張ってあった水に、無理矢理、顔を突っこまれたらしい。部屋からは現金、カード類が盗まれており、警察は強盗殺人の線と怨恨（えんこん）の線との両面で、捜査を展開していた。

恵美子は画面をスクロールさせていく。

三原朱代は派遣社員であったが、男関係は派手で、過去にもそうしたトラブルに巻きこまれていた。殺害当時も、複数の男性と交際していたらしい。

警察は男性関係を中心に、容疑者の洗いだしを行っているが、いまだ一人も特定できていない。というのも、朱代自身が非常に用心深く立ち回っており、スマホやパソコンなどに、そうした情報がまったく残っていないためらしい。警察は、周囲の聞きこみを徹底し、「パラゴーン」に出入りしていた人物の絞りこみを行っている。しかし、成果は芳しくない。

唯一、手掛かりとなりそうな情報は、事件当日の午後二時、不審な男性が「パラゴーン」のエントランスで住人に目撃されていることだ。警察はモンタージュを作成し、人物の特定を急ぐとしている。

犬頭が言った。

「警察にしては、ずいぶんとがんばっているじゃないか。犯人逮捕も間近なんじゃないのか」

犬頭が警察を誉めるなんて、珍しいこともあるものだ。

「報告は以上のようです」

「白昼の犯行でありながら、目撃者も最小限、さらに強盗に見せかける細工もしている。計画的犯行の線が強いな。動機は、別れ話か、強い嫉妬か」

「でも犬頭さん、この殺人事件と今回の水漏れ事件と何の関係があるんですか？」

「ありもあり、大ありじゃないか。そもそも、溝の口の殺人がなければ、こんな水漏れは起きなかったし、塚本もとばっちりで死ぬことはなかったんだ」

「それは、どういう意味です？」

「あのぅ」

額野が右手を挙げながら言った。

「こみ入ったお話があるなら、外でやってもらえないか？　ここは、狭いし」

だが犬頭は首を振る。

「いや、ここでやる。今日はそんな気分なんだ。出て行くなら、おまえが出て行け！」

「そんなこと言われても……。一応、管理責任があるし」

「管理？　責任？　マスターキーをぞんざいに扱っておいて、今さらよくそんなことが言えたものだ。この鍵の管理がもう少しまともだったら、ここまでの事件にはならなかったぞ」

「そんなこと、言われても……」

額野は口を尖らせるが、言い返すこともできないらしい。肩をすぼめ、小さな声で言った。

「じゃあ、お茶でもいれよう」

体を斜めにしながら、犬頭の後ろをすり抜け、ファイル類が入っている棚の前に移動する。事務用品の箱が置いてある陰から、電気ポットが姿を見せた。横には急須と茶筒もある。

「私物なんです。たまに住人の方とこれを飲みながら話をしたりするんですよ」

湯呑(ゆの)みも揃っているらしく、まもなく、煎茶(せんちゃ)の穏やかな香りが漂(ただよ)ってきた。

犬頭は、腰をかがめ、かいがいしく茶の準備をする額野を見ていたが、やがて恵美子に向き直ると言った。

「話を戻す。二〇四号室の女……名前は忘れた」

「稲垣紗綾さんです」

「そう、それだ。その女が電車に乗っていて絵を描いた。それが三原朱代が殺害された当日だ」

「それはとっくに気づいていますけど……」

「朱代を殺した犯人が溝の口駅から田園都市線に乗る。そして、二子玉川駅で稲垣紗綾と同じ車両に乗り合わせる」

「それはまぁ、可能性、ありますね」

「そして、稲垣紗綾が何となく犯人の顔をイラストに描いてしまったら？」

「可能性としてはあり……え？」

「犯人はそのことに気づく。それでなくとも、犯人は現場付近で顔を見られている。早晩、モンタージュなどが作成されることも判っていた。だから、そのイラストは何としても処分したかったんだ。それも、あまり目立たない方法で」

「考えられるのは、彼女のあとをつけて、このマンションを突き止め、留守の間を狙って部屋に侵入、こっそり持ち去る――」

「犯人も同じように考えていたはずだ。ところが、その方法を取るには、いくつか問題があったのだ。まず一つは、その夜、このマンションで異臭騒ぎが起きた」

「そうでした！　一階、二階の住人はホテルに移動したんですよね。でも、犯人にとっては、かえって好都合なんじゃないですか？」

「それがそうではない。日向が言っていただろう、留守宅の見張りのため、二十四時間、警備員が立つことになったと」

「そうでした。そうなると、常に人目があるから、犯人は二〇四号に忍びこめない……」

そこへ額野が湯呑みを持って、戻ってきた。

「どうぞ。ここに置くよ」

恵美子の座るデスクに、湯呑みを二つ並べる。だが今は、それを飲んでいるどころではなかった。

犬頭は言う。

「そこで犯人は一計を案じたのさ。四〇四号室は、住人の自殺以来、空いたままだ。そして真下の三〇四号室には、素行のよろしくないライターが住んでいる。犯人はまず四階に上がり、引越前で無人となった四〇三号室に侵入する。そしてベランダにある蛇口からホースで隣に水を引き、ぶちまけた。ホースを片づけ四〇三号室を出た犯人は、塚本の帰宅を待つ。水漏れ被害で、当然塚本は騒ぎだす。あとは、ホテルに避難した塚本と連絡を取り、捕らえ、車で湖まで運び殺害する。殺したのは、四〇四号室の呪いに対するインパクトを強めるため。溺死を選んだのも、同じ理由だ。いくら素行がよくないからといって、こんな理由で殺されたのではたまったものではないな」

「なるほど。判ってきました。四〇四号室にまいた水のため、塚本さんの部屋は水浸し。パソコンなどのデータもダメになってしまう。人々の注目は、そっちに集まりますね」

「その通り。呪いだの、塚本が集めた恐喝用のデータだのに皆の目が向く。その陰で、二〇四号室も水漏れの二次被害に遭っていた」

「壁伝いに垂れた水は、壁に貼ったイラストを濡らし、ダメにしてしまう。イラストは水性のペンで描くって、彼女言ってましたしね。でも……ちょっと確実性に欠けませんか？」

「犯人は塚本の部屋にも侵入し、東側の壁に水をまいたのだ。あの部屋は東側の壁が特に被害が酷かっただろう。いつどういう順番で、どれだけの水をまこうと、水は水、区別はつかない。犯人の計画立案、実行力、なかなかのものだよ」

「でも、まだいくつか疑問があるんですけど」

「いいとも。言ってみろ」

「まず、前も問題になった日向さんの件です。今の話だと、やっぱり日向さんの事件だけ浮きませんか」

「そんなことはない。これは、同じ理論だ。四〇四号室の呪いと絡めることで、本当の狙いから目をそらしたのさ」

「どういうことです？」

「日向は何者かに襲われ、気を失った。目覚めたとき、四〇四号室の浴槽内にいた。荷物もすべて持ったままだ。つまり、ヤツの持っていたパソコンなども、すべて水に浸かったことになる。恵美子君、ヤツは何と言っていた？　異臭騒ぎで住人をホテルに移すとき、部屋の写真を撮った」

「あ……」

「ヤツは、二〇四号室の写真データを持っていたんだよ。せっかくイラストそのものをダメにしても、画像が残っていては元の木阿弥だ。犯人はそれを処分したかったのさ。そうとは気づかれないようにしてな」

「つまり、すべてはイラスト一枚を始末するために仕組まれたこと、なんですか？」

「さっきから、そう言っている」

「まだ疑問点があります。一つ目は、なぜ犯人が、そのイラストをそこまで執拗に狙ったかです。紗綾さんは、誰かに似てると思っただけで、実際には面識のない人だったわけですよね。そこまで気にする必要はないと思うんですけど」

「なるほど。的確な指摘だ。だが、答える前に、ほかの疑問点もきいておこう」

「犯人が紗綾さんの後をつけ、このマンションを突き止めたという点です」

「ほほう、そこに気づくとは、恵美子君もなかなかやるようになったな」

「紗綾さんが渋谷で降りたとき、ホームは人でごった返していて、さらに、改札階では乱闘まで起きて大混乱だったとか。そんな中で、犯人が紗綾さんを尾行できたのか疑問です。そのうえ、彼女は発車待ちをしていた山手線にギリギリで飛び乗っています。足をくじくくらいの勢いで。犯人が同じ電車に乗れた可能性は低いように思うんですけれど」

「ふむ……。で、三つ目もあるのか？」

「あります。犬頭さんの推理だと、犯人はこのマンションのことに、すごく精通している必要があります。四〇四号室が事故物件だったことも、ベランダにガーデニング用の蛇口があることも、塚本さんの素性も、全部、知っていなければ、ここまで迅速に犯行計画を練って実行することは不可能です。それに、どの部屋にも不法に侵入した痕跡は皆無でした」

犬頭は満足げな笑みを浮かべた。

「まさに君の指摘したことこそが、すべてなのだよ。そろそろ時間もなくなってきた。君の指摘には、まとめて答えるぞ。まず、犯人は彼女の知人である可能性が高い」

「彼女は顔を見て、イラストまで描いているんですよ。知人なのに気づかないなんて、変です」

「変装をしていたのだよ。彼女はどこかで見たことがあると感じ、ペンを執った。常人より鋭い観察眼が、彼女をそうさせたのさ。犯人からすれば、大いなる誤算だ。変装後の顔を見られ、記録されてしまったのだから。いずれ彼女は、犯人の正体に気づくかもしれない。何としてもイラストを奪い去りたいと思うのは当然だろう」

「たしかに、紗綾さんと犯人が知人だったとすれば、尾行の謎も解けますね」

「そう。犯人はもともと、彼女の自宅を知っていたんだ。だから尾行する必要なんてなかったのさ」

「まさか、犯人はこのマンションの住人ですか？　それなら、マンション内のことに詳しかったのも、うなずけます」

「まさに。そういうことだよ」

「でも、一番の問題はここからです。このマンションには、かなりの数の住人がいます。誰が犯人なのか突き止めるのは……」

「そうだな。だが、ここからは警察の仕事だよ。お得意の人海戦術というヤツで、しらみ潰しに当たってもらうとしよう。恵美子君が求められている報告書は、別に犯人の名前までは必要としていないのだろう？」

「はい。ここまでで充分だと思います」

「よし、任務完了だ。では、ひと息ついたところで、茶を貰うとしよう」

犬頭は、額野が置いた湯呑みを取る。

「ところで恵美子君、謎がまだ一つ、残っていたぞ」

「何です？」

「日向が意識を失った理由だよ。ヤツは外廊下を歩いているとき、突然、意識が遠くなったと言っていたな」

「ええ。そういえば、妙ですね。犯人はどうやって彼を昏倒させたのでしょう？」

「ヤツは、一階、二階の部屋を戸別訪問するために襲われたのかも」

「もしかして、訪ねた部屋の住人の誰かに襲われた」

「意識をなくすと言っても、様々な方法がある。殴ったり、薬を嗅がせたり。いずれにしろ、襲われた記憶がまったくないというのは、不可思議だ」

「何か薬でも飲まされたんでしょうか。部屋を訪問したのなら、お茶くらいだしますよね」

「それだよ、恵美子君。日向は言っていたじゃないか。戸別訪問をした後、管理人室に寄って、お茶を飲んだと」

恵美子は口元にまで持ってきていた手を止める。目の前には、薄い緑の液体がある。

犬頭が自分の湯呑みを掲げながら、壁際でじっとしている額野に言った。

「おまえ、この茶を飲んでみろ」

「え？　いや……」

「おまえが自分でいれた茶だぞ。飲めないのか」

「ぼ、僕は、いれ直した熱いヤツをいただきます」

「あの日、日向の茶に強力な睡眠薬をいれたな？　昏倒させ、四〇四号室に運んだのだ。それにおまえは、マスターキーを自由に使える立場にいる。付け加えるなら、四〇三号室で使ったゴムホース。あれも、マンション共用のものがあるのではないか？」

「し、知らん。僕は……」

「この茶を鑑定すれば、すぐに判るぞ」

「くそっ」

額野がポケットから飛びだしナイフをだした。犬頭は恵美子に向かって言う。

「またナイフだ。つまらんな」

犬頭はナイフを払うこともせず、真正面から額野を蹴りつけた。体が吹き飛び、ドアを突き破りエントランスに転がり出た。床を二回転して、集合ポストの真下に倒れそのまま意識を失う。

「今回はドアを蹴破らないつもりだったが、最後の最後にやってしまったよ」

恵美子は証拠品でもある湯吞み二つをそっとデスクに置き、犬頭に微笑みかけた。

「一枚くらいなら、別にいいんじゃないですか？」

額野は床に大の字となっている。

「見ろ、変装が解けた」

カツラと付け髭が外れ、細面で彫りの深い男の顔があった。

「稲垣紗綾に面通しさせれば、話は早いな」

「判りました、私、呼んできます」

「ああ、頼む」

恵美子が紗綾を連れて戻ってきたとき、犬頭の姿は既に消えていた。

四

「へえ、恵美子さん、泳げないんだ」

ベッドの上で、雅弘が言った。

「そうなんです。運動は苦手じゃないんですけど、水泳だけはダメで」

「ふうん」

今日の雅弘は調子も良く、ベッドの上に起き上がり、本を読んでいた。

「僕はまだ、一度も泳いだことがないんだ。夏、プールで泳ぐのが夢なんだよ」

「素敵ですね。私も連れていってもらおうかな」

「ダメだよ。泳げない人は連れていけないよ」

「それまでには、練習して泳げるようになっておきますから」

「うん。楽しみにしてるよ」

インターホンが鳴り、玄関ドアの開く音が聞こえた。あの鳴らし方、あのドアの開け方――。恵美子は心の内でため息をつく。

「お客様みたいですから、ちょっと下に行ってきますね」

床の拭き掃除をいったん取りやめ、階段を下りる。果たして、ホールにたたずんでいたのは、片山だった。灰色のコートを着て、脇には封筒を挟んでいる。

相変わらず、陰気な人。

恵美子は塩をまきたくなった。

そして、片山は陰気に微笑む。

「やあ、この間は大変だったねぇ。結局、殺人事件絡みだったんだね。呪いじゃなくて、よかったねぇ。ヒヒヒ」

「ご用件は？　どうせ、次のお仕事を持っていらしたんですよね」

「さすが、よく判ってるねぇ」

片山は封筒を差しだした。

「君は前に、ゴミ屋敷のクレームを処理してくれたよね。今度はもっと手強そうだよ」

恵美子は封筒を開け、中の書類を見た。

「何です……これ……」

木造の古い二階家だった。長い年月を経て、渋く趣のある外観となっているはずが、今は白い鳩の糞に覆われ、まだら模様ができあがっていた。開けっ放しにした二階の窓には、何羽もの鳩が止まり、よく見ると、室内にもかなりの数がいる。

「鳩屋敷だよ。住人が鳩への餌やりを止めなくてね。今では、部屋の中にも入りこんで、ものすごいそうだよ。あ、鳩の糞は人間にも有害なんだって。寄生虫もいるみたいだし、吸いこまない方がいいよ。マスク、用意してね。ヒヒヒ」

片山は玄関から出ていった。

恵美子は写真を見つめたまま、しばしたたずんでいたが、

「何が鳩よ！」

台所に行くと、調味料カゴの中から塩の缶をだし、中身をひと掴みする。

そのまま玄関から出て、石畳の上にまき散らした。

「何が鳩よ！　鳩なんて、怖くないんですからね！」

頭の上に嫌な感触を覚えた。慌てて手をやってみると、何やらネバネバとした感触がある。

指先を見てみると、鳩の糞がべっとりついていた。

見上げると、三羽の鳩が、クルクルと鳴きながら飛んでいく。

「もう！　許さないんだから！」

鳩の集まる部屋

一

「今日は、すぐに帰っちゃうの？」

ベッドの上で、雅弘が尋ねた。サイドテーブルを拭きながら、若宮恵美子はうなずく。

「はい。会社の仕事なんです」

「ここ以外にも、仕事があるんだ？」

「ええ。ごくたまにですけど」

「大変なんだね……」

夏に向かい、力を増す日差しの中、雅弘の顔は透き通るように白い。アメリカから戻って半年近くになるが、いまだ屋敷からはほとんど出ていない。通院のため、大学病院まで車で往復することが、彼にとっての唯一の外出である。

それでも最近は調子もいいのか、熱をだすこともなく、静かで平穏な日々が続いている。ベッドの傍にある戸棚の真ん中で、犬太はどこか微笑んでいるようにすら見えた。

テーブルを拭き終えると、雑巾とバケツを持ち、恵美子は言った。

「ヘルパーさんが来たら、交代します。明日は一日、ここにいますから」

「うん。ありがとう。今日は何処に行くの？」

話し相手を失うのが寂しいからか、雅弘は次々と話題をだしては、引き留めようとする。

そんな雅弘の気持ちを無下にもできず、恵美子は時間の許す限り、おしゃべりにつき合うのが常だった。

「えっと、何と言えばいいのかしら……そう、鳩、鳩を見にいくんです」

「鳩って、空を飛ぶあの鳩？　あんなものを、わざわざ見にいくの？」

「ええ。鳩がたくさんいるんだそうです」

「ふーん、僕にはよく判らないや。鳩、好きなの？」

「好き……でも嫌いでもないです」

「昔、まだ公園に行けてたころは、鳩に餌をやったよ。そういえば、一度、犬太が酷い目にあったんだ」

思わず、「えっ!?」と声が出てしまった。雅弘は怪訝そうに首を傾ける。

「どうかした？」

「いえ、何でもないです。それで、犬太がどうしたんですか？」

「公園で一緒に遊んでいたら、頭にポトッて、鳩の糞が」

「あらら」

「それからが大変だったんだ。汚れたから捨てるって言いだす人もいてね。僕は絶対にダメってがんばったんだ。あのときは、えみちゃん、若宮さんが来る前にいた、お手伝いさんなんだけど、えみちゃんが一晩かけて洗ってくれてね。朝、目を覚ましたら、跡形もなく綺麗になっていて、びっくりしたよ。僕思うんだけど、犬太は多分、鳩が嫌いだよ。怖がっているかもしれない。あんなに酷い目にあったんだもの」

恵美子の表情は、強ばっていたかもしれない。

「あの、そろそろ時間が」

と雅弘の顔色を確認することもなく、部屋を飛びだした。心臓の鼓動が聞こえる。

今回の仕事は、「鳩屋敷」と呼ばれる家の処理だ。一戸建ての住人が餌やりを止めないため、おびただしい数の鳩が、家に集まるようになった。周辺は鳩の糞などで大変な被害と迷惑を被っているという。

それでも、今回の案件に限っては、恵美子にも勝算があった。以前、「ゴミ屋敷」の案件を扱ったことがあり、「鳩屋敷」「猫屋敷」の類いも、基本的には同じであると、何かの本で読んだからだ。

それに、いざとなれば、恵美子にはジョーカーとも言うべき切り札がある。正体不明の探偵、犬頭光太郎だ。雅弘を守るためには手段を選ばない、味方でいる間は心強いが、絶対に敵に回したくはない男。

今回も犬頭が現れ、恵美子を助けてくれるはず——そんな思いがあった。

だが、今の雅弘の話が本当であるなら、無敵と思えた犬頭にも、鳩という弱点があることになる。

どうしよう……。

恵美子は言いしれぬ不安に襲われ、バケツと雑巾を持ったまま、廊下のまん中に立ち尽くした。

二

目白(めじろ)駅から徒歩二十分、高級住宅街と言われる一角を横切った先に、その家はあった。築四十年を超える木造の二階家だが、樋(とい)は曲がり、ブロック塀にはヒビが入り、廃屋(はいおく)にしか見えない。しかも、門を入ったすぐ脇に楓(かえで)の巨木があり、生い茂る枝葉に遮(さえぎ)られて、建物の東側半分はほとんど確認できないという有様だ。

家の周辺は、同様の古い木造一戸建てが並び、雰囲気はお世辞にも明るいとは言えない。かつてはここも「高級住宅地」と言われたのだろうが、その面影は今やない。

恵美子は、家までの経路を表示した携帯を手に、少し離れた場所から、様子をうかがっていた。

辺りの状況が、恵美子の予想をかなり上回っていたからだ。無論、悪い方に。

第一に、臭いが酷い。動物園とはまた違う、どこか生臭さの交じった腐臭が、風にのって届いてくる。生理的な気持ち悪さという点では、かつて「ゴミ屋敷」で嗅いだあの臭いよりきつかった。

第二に、臭いの元となっている糞のすさまじさだ。周辺は碁盤の目に区切られた一方通行の道が整然と走っている。舗装もしっかりとされた道だが、問題の家を中心としてワンブロックほどは、表面が白くざらついていた。十字路を示すマークも、車道と歩道を分けるラインも、すべてが覆い尽くされている。

鳩の糞は道だけではなく、建物にもこびりついていた。壁には落下した無数の糞が、太い矢印のような形となって、へばりついている。駐車場の車にも点々と痕跡がある。各家の庭にも糞の洗礼は顕著であり、木々はもちろん、精魂こめたと思われる花壇の花々にまで、容赦のない攻撃を加えていた。

そして第三は、糞を生みだした鳩たちだ。問題の家を中心として、おびただしい数の群れがいた。五十羽は優に超えている。ある一群は電線に並んでとまり、ある一群は住宅の屋根の上で、のんびりと羽をつくろっている。人を恐れる様子はまるでなく、塀や生け垣の上にも、平気で体を丸めており、恵美子が近づいていっても、逃げようともしない。

クルクルー、クルクルーという低い鳴き声も、これだけの数となると、不気味だ。

昼前だというのに、通りに人影はなく、車もほとんど通らない。どんよりと曇った空をバックに、無数の鳩が黒いシルエットとなって、丸く太った体をフクフクと動かしている。

ネットなどで鳩被害のことも調べたし、マスクと軍手も持参、汚れてもいい、動きやすい服で、ここまで来た。でも、これ以上はとても無理だ。

恵美子は、未練がましく後ろを振り返る。いつものように、あの傲慢な人を食った笑い顔を期待してのことだ。

今のところ、期待は裏切られ続けている。

鳩屋敷と舐めてかかっていたのが悪かったのか。それとも、雅弘が言っていたように、本当に鳩が苦手なのか。とにかく、いつも現れるはずの救世主、犬頭は、今回に限って、いまだ姿を見せていない。

鳩エリアの手前で立ち止まったまま、十分が過ぎた。このままここでグズグズしていても仕方がない。

一歩を踏みだそうとするが、前方では道のまん中にポトリと糞が落ちてくる。

ああ、やっぱりダメ。

その場で足を踏みならしているとき、ぽんと肩を叩かれた。

このタイミング。この現れ方。恵美子は心の中でガッツポーズをしながら、振り向いた。

「犬頭さん！」

だが、そこに立っていたのは、五十代半ば、頭のはげ上がった、何ともさえない男性だった。小太りで背は恵美子と同じくらい。グレーのスーツを着て、黒縁メガネの分厚いレンズの向こうから、細い目で恵美子を見つめている。

「え……あ？」

両腕を大きく広げ、犬頭をハグしようとしていた恵美子は、腕の引っこめどころがなくなり、その場で固まった。

「えっと、あな、あな、あなたは？」

「私、こういうものでして」

手品師のように、手のひらに名刺が現れる。

『豊島区　鳩対策課　大塩伸八（おおしおしんぱち）』

「……鳩対策課って、鳩の対策をする課ですか？」

「ええ。鳩の対策をします。だから、こうして、ここに来たのです」

大塩は両目をキュッと三日月形に細め、鳩たちをぐるりと見回す。何とも掴みどころのない不気味な雰囲気を持つ男だが、一方の鳩たちは、そんなことに頓着（とんちゃく）はしない。視線を受け流し、ポッポーとさえずっている。

「やれやれ。こうなると、なかなか厄介（やっかい）ですな。鳩というのは、酷く執着心の強い鳥だ。追い払うのは簡単じゃない」

「区の方では、具体的にどんな対策を？」

「まあ、要望に応じて、いろいろとやってはいるのですが、どれも効果は薄いですなぁ。例えば、あれです」

大塩が指さしたのは、家の軒先にぶら下がる、風船だった。黄色い風船のまん中に、黒い丸が描かれている。離れて見ると、大きな目玉のようだ。これが「目玉風船」と呼ばれる、害鳥避けアイテムの一つであることは、恵美子も事前に調べて知っていた。

大塩は顔を顰め、首を振る。

「視覚効果を狙ったものとのことですが、効果はほとんど確認できていません」

実際、風船を吊るしている軒先は、糞でドロドロだ。

「あっちの家も気の毒です」

大塩が示したのは、この界隈では珍しい新築の三階建てだった。建物は完成しているようだが、住人は越してきていないらしい。窓にはカーテンもなく、ガラス越しに見える室内は、がらんとしたままだ。そしてもちろん、その家も鳩の洗礼を受けていた。住人がいないためか、糞による汚れはほかより酷い。さらに、追い払う者がいないため、相当数の鳩が屋根やベランダにとまっていた。中でも恵美子の目をひいたのは、ベランダの手すり上に設置されている、剣山器具だ。プラスチック製の針が垂直に立っているもので、それを敷き詰めることで、手すりなどに鳩のとまるスペースをなくす……というものだ。だが、見たところ、鳩はトゲトゲの先にも平気でとまっている。幾分、居心地は悪そうだが、頑なにそこを動こうとはしない。

大塩はどこか醒めた口調で続けた。

「まあ、今のところ、一番有効なのは、鳥避けのネットを張ることですかねぇ」

ちょうど恵美子たちの正面にある家は、一階のテラスや二階のベランダを、細かい網目状のネットで覆っていた。

「あれだと、たしかに鳩は侵入しませんが、結局、本来の目的では使えなくなってしまいます」

大塩の言う通り、せっかくのテラスであっても、ネットに覆われていては、テラスに出る気にもならない。

「ただ、ネットも常に張りを確認しないとねぇ。たるみがあったりすると、そこの隙間から侵入しましてね。そうなると逆に外敵もいないものだから、かえって暮らしやすくなる。巣を作られてしまうと、もうダメです」

大塩の口調は、どこか他人事のようでもある。仕事柄、鳩には詳しいのだろうが、仕事に身が入っているようには見えない。

「つまり、もう処置なしってことですか？」

大塩は恵美子を見つめながら、笑う。

「そんなことはないですよ。鳩害をなくす唯一の方法はですね、鳩が集まる元凶を潰せばいいんです」

そう言って、十字路の先にある問題の家に人差し指を向けた。

「あの家、通称、鳩屋敷。この一年ほど、住人が鳩への餌やりを続けているとの報告がありました。餌やりを止めさせれば、鳩は来なくなる。そうではないですか？」

「ええ。私もそう思います」

「大島不動産販売の若宮恵美子さんですね？　鳩屋敷の隣家、佐久間末吉さんの依頼でいらした。あの鳩屋敷を何とかしてくれというね」

どうして、この男がそこまで知っているのだろう。会社の誰かが、区の担当者ということで、連絡をしたのだろうか。

大塩はこちらのとまどいを見透かしたかのように、また、ニヤリと笑う。

「あなたのことは、佐久間氏本人から聞いたのですよ。彼は区役所の常連でしてね。ほぼ毎日来ると言ってもいい。隣家の鳩を何とかしろと、いつもすごい剣幕だ。何日か前、彼が誇らしげに言っていたのですよ。大島不動産販売というところに、クレームを入れた。いずれ担当者がやって来る。区役所の職員は税金泥棒の役立たずだ――と、まくしたてていかれました。さきほどからあなたの様子を後ろで見ておりまして、大島不動産販売の方ではなかろうかと、考えたわけでして」

すると、恵美子が尻ごみする一部始終を、大塩は見ていたわけだ。言い訳をすることもできず、恵美子は名刺を渡す。

「おっしゃる通りです。佐久間さんから依頼を受けまして、やって来ました。ただ、何分、鳩については素人でして……」

大塩は「フフフ」と低い声で笑う。

「ほとんどの人がそうですよ。鳩は日常の鳥です。よく知っているようで、その実、何も知らない。素人が付け焼き刃で対処しようとするから、余計にこじれるのですよ。ここのようにね」

何とも耳の痛い話だ。恵美子は正直に言う。

「ここに来る前、鳩被害についてそれなりに勉強したつもりだったのですが、まさかこれほどとは」

「鳩が集まる原因もはっきりしているのに、行政はなかなか手がだせない。鳩被害はそこが一番の問題ですな。ところで若宮さん、あなたはこれからどうされるのです？」

「まず佐久間さんとお話をしてみようと思ってます。被害の現状と、佐久間さんの言い分を聞いてみるつもりです」

「それはいい。ご一緒しても構いませんか？」

「あなたが、ですか？」

「はい。区役所は佐久間さんのご機嫌をすっかり損ねたようで、会ってくれません。あなたと一緒に出向けば、追い返すようなことはしないと思うのです」

何とも図々しい申し出であった。摑みどころのない、少々不気味な大塩と同道するのは、正直、気が進まない。とはいえ、犬頭も現れず、ずらりと並んだ鳩に射すくめられて、動けなくなっていた恵美子だ。ここは、力強い援軍が現れた――と考えるべきかもしれない。

「判りました。よろしくお願いします」

「ではでは、参りましょうか」

大塩は先に立って、軽やかに歩き始めた。

いいように言いくるめられた気もするが、まずはお手並み拝見といこうではないか。恵美子は黙って後ろからついていくこととした。

大塩は道のどまん中を早足で進んでいく。道の両端は、特に糞が酷い。電線や住宅の塀、庭木にとまる鳩のせいだ。糞は乾いて固まり、小石大になっているものもある。風が吹くと、白い細かな粉末となり、空気中に舞い上がった。

恵美子は慌ててマスクをつける。

「鳩の糞には、ウィルスが含まれていますから、マスクは必携です。『クリプトコックス症』や『ニューカッスル病』、サルモネラ菌が含まれている場合もある」

そう言いながらも、大塩自身は、マスクをつけるつもりはないようだ。

「鳩は糞があると安心するらしいのです。だから、糞がたくさんあると、鳩もたくさん集まってくる。集まってくるから、糞が増える。恐ろしい悪循環ですよ」

問題の「鳩屋敷」が迫ってきた。楓の枝葉を通して見える壁には、ほぼ隙間無く鳩の糞がついている。元の色はもう判らない。白、緑、灰色のまだら模様が浮き出た壁からは、耐えがたい臭気が漂ってくる。

二階にある大きな窓は、ガラスが外されており、自由に鳩が出入りしている。見たところ、室内も糞だらけのようだ。

恵美子の頬に鳩の羽根が飛んできた。慌てて払い落とす。羽根はふわふわと宙を漂い、再び近づいてきて肩に乗った。

「もう」

一枚、二枚と羽根は次々、飛んでくる。服、髪に容赦なくくっつき、払っても払っても、効果がない。

泣きそうになりながら、「鳩屋敷」の隣家、佐久間宅の前に立った。

築十年ほどだろうか。これといって特徴のない二階建てだ。門を入った所が車の駐車スペースになっており、その先の南側に猫の額ほどの庭がある。現在、駐車場に車はなく、空いたスペースは道路と同じく鳩の糞で覆われていた。

家の軒下には、土だけになったプランターが数個、空気が抜けてクシャクシャになった目て散乱していた。

玉風船が二個、そのほか、鳩の忌避剤と思われるスプレー缶が数個、やはり糞まみれになって散乱していた。

大塩は上空を気にしながら、インターホンを押した。ハタハタと音をたて、屋根から屋根へ鳩が飛び移っている。うかうかしていると、糞の直撃を食らいそうだ。

傘、持ってくればよかったかな。

そんなことを思っていると、玄関のドアが開いた。顔をだしたのは、アフロヘアの丸顔の男だった。ピンクと白のチェックというシャツを着て、こちらを手招きしている。

「門の鍵はかかってねえから、早く入って来い！　ヤツらにやられるぞ」

クールクル、ポッポー。

屋根にとまった五羽の鳩が、じっと男を見下ろしている。

大塩と恵美子は小走りになりながら、車の駐車スペースを通り、玄関へと飛びこんだ。屋根の下というだけで、緊張が解ける。

ホッと胸をなでおろして顔を上げると、佐久間と大塩がじっとこちらを見つめていた。

「あ……」

慌てて佐久間に名刺を渡し、挨拶をする。

佐久間は受け取った名刺を指で弾きながら、

「よく来てくれた。上がってくれ」

と言った。恵美子が上がり、つづいて大塩が靴を脱ごうとすると、佐久間が額に青筋をたてて怒鳴る。

「おっと、おまえまで上がれとは言ってねえ。この役立たずの税金泥棒が！」

「いえ、あの、この方は……」

慌てて二人の間に割って入る。

「私が頼んで来ていただいたんです。そのう、その方が、話が早いと思いまして」

「ふん。鳩ポッポ課に何ができるって言うんだか。まあいいや。隣のポッポ野郎を何とかしてくれれば、こっちとしては文句ねえ」

恵美子がかばっている間に、大塩はさっさと靴を脱ぎ、ちんまりと背中を丸め、控えている。

二人が通されたのは、廊下の右側にある和室だった。和室といっても、障子は黄ばみ、畳の所々には、煙草と思われる焼け焦げがある。隅には発泡酒と焼酎のケースが積まれ、テーブルには飲みさしのコップが放置されていた。

東側には大きな窓があり、庭に出られるようになっている。だが庭は手入れもされず草ボウボウであり、緑の雑草の上にも、鳩の糞が落ちていた。

居心地の悪さを覚えつつ立っていると、座布団を二つ抱えた佐久間が戻ってきた。

「さあ、座ってくれ。男の一人暮らしなんで、汚れてててすまないな。ろくに掃除もできねえんだよ。まあ、掃除したところで、無駄なんだけどよ」

吐き捨てるように言い、隣家のある方を睨む。

恵美子はペチャンコの座布団に座る。こうしている間も、外では鳩の羽ばたく音が、ガラス窓ごしに聞こえてくる。

佐久間はテーブルに肘をつき、言った。

「いちいち追い払う気力も失せたぜ。今じゃ、そこの縁側まで、平気で下りてきやがる」

「それで……鳩のことなんですが……」

「おう、それよ。あんたの所に頼めば、何とかしてくれるって、噂を聞いたからよ。役所のクソ野郎共には、何を言っても無駄なんだ。風船とかワイヤーとか、鳩が嫌がる液体とか、勧められるまま、何でもやった。その結果がこれだ。鳩は増える一方。たまりかねて俺は、殺鼠剤をまいたんだ。鳩のヤツは何でも食いやがる。これでも舐めて死にやがれってな。ところがどうだ、俺が何度相談に行っても、役所のカウンターから出ても来なかったヤツらが、血相変えて飛んできた。鳩を殺したら罪になるってな」

鳩について調べていて、この点には恵美子も驚いた。鳩は鳥獣保護法によって保護されているのだ。したがって、許可なく殺すことはできないし、万が一、巣を作られ、そこに卵があったり、雛などがいる場合は、勝手に撤去することすらできないのである。

佐久間はテーブルを拳で叩く。

「そんなバカな話があるかってんだ！　俺たちがこれだけ苦しんでいるのに、その元凶は法律で守られているんだぜ。まるっきり逆だろうがよ。鳩が税金を払うのか？　払ってるのは、俺たちだぞ」

　大塩が首をすくめながら、言った。

「佐久間さん、少し落ち着きましょう」

「これが落ち着いていられるかってんだ！　俺のかみさんは、こんなところに住めるかって、去年、子供を連れて実家に戻っちまった。俺は仕事もあるし、この家のローンだって残ってるし、ここを離れるわけにはいかないんだよ。なあ、頼むから何とかしてくれよ」

　佐久間の大きく見開いた目は、潤んでいた。

　じっと見つめられ、恵美子はいたたまれない気持ちになる。

「えっと、その……、これだけ鳩が集まってくるのには、原因があります。まずは……」

　佐久間が人差し指で、恵美子をさした。

「そこ、そこよ。さすが、よく判ってるじゃないか。悪の権化は隣に住むクソ野郎さ。あいつが毎日毎日、餌をばらまくから、鳩が次々やって来る」

　大塩が低い声で口を挟んだ。

「ええ、その件はですね、前にも申しましたように……」

「テメエは黙ってろ。法律で強制的に止めさせることはできない。家に立ち入ることもできない。ないないづくしのダメ野郎だよ、おまえらは！」

　大塩は大人しく、口を閉じた。佐久間は興奮のためか、顔をまっ赤にして、恵美子を睨んだ。

「で、あんたは何をしてくれるんだい？」

「は？」

「隣の野郎を、何とかしてくれるんだろう？」

「……えっと、そのあたりは、まだ何とも」

「そりゃ何だよ。頼りない姉ちゃんだなぁ」

　佐久間という男、いったん火がつくと止まらなくなるようだ。

「この際だから、言っておく。あんたがどうにもできないんだったら、俺の方にも考えがある。もう人には頼まねえ。俺がこの手で、決着をつけてやる」

　大塩が、オズオズと右手を挙げ、きいた。

「決着と言いますと、どのような形で」

「おまえらには関係がねえだろう」

「佐久間さん、もし何か、法律に触れるようなことを考えておられるのなら……」

　そのとき、玄関ドアの開く音が聞こえた。

「何だよ、でかい声だして。外まで、丸ぎこえだぜ」

太い男の声がした。「何だよ、客か！　じゃ、庭に回るぜ」

「おいおい、気にすることはねえ。上がって来いよ」

佐久間が廊下をのぞいている間に、男が一人、雑草だらけの庭に現れた。ヒゲをはやし、首にタオルをかけ、左手には何と、傘を広げて持っている。糞避けのつもりだろう。

佐久間は苦笑しながら、窓をガラガラと開ける。

「何だよ、そんなところから。いいから上がれって」

「でも、お客さんだろ？」

半開きになった窓に右腕をついてもたれ、こちらにチラチラと視線を送ってくる。

佐久間は言った。

「別に構わねえさ。大島不動産の人が来てくれてるんだ。ほら、一昨日、話したろ。クレーム処理の名人がさ」

情報が完全に一人歩きしている。恵美子は身を縮める。

佐久間が恵美子たちに向かって言った。

「こいつは俺の飲み友達で、芳野智吉（よしのともきち）って言うんだ。ここから少し行ったところに『クルクルポー』ってスナックがあんだけどさ、そこで知り合ったの」

芳野は傘を斜めに翳（かざ）しながら、鋭い目をこちらに向ける。

「あんたらも見ただろう？　酷いよなぁ。鳩だらけ。もうどうなっちゃってんのよ。晴れていても、こうして傘が手放せねえ。晴れ時々糞さ！」

大塩は黙ったまま、うつむいているだけだ。

「おい、鳩ポッポ課のおっさんよ、黙ってちゃ、判らねえよ。何だかんだ言いながら、あんたらは何もしねえんだよ。サクちゃん、ここはがーんと言ってやんなきゃ」

サクちゃんこと、佐久間は、胸を張って言い返す。

「今、がーんと言ってたところさ。おまえが来てギャーギャーまくしたてるから、訳が判んなくなっちまったじゃねえか。そんなとこに立ってないでさっさと上がれよ」

「おう、そうだったか。そいつはすまなかったな。いや、長居するつもりはないからさ。今日は昼からぽっかりと空いちまってよ。暇なら、『クルクルポー』で一杯やらねえかと」

「お誘いはありがたいが、せっかくこの人たちが来てくれたんだ。今日はここにいるよ」

「そうかい。じゃ、一人で行ってくるかな」

芳野は恵美子と目を合わせると、隣家の方角を指さして言った。

「相当な難物だぜ。ひなびたおっさんと、かわいいお嬢さんだけで、太刀打ちできるのかねえ」

佐久間が力なく笑って言う。

「まあ、とりあえず、任せてみるさ。それでダメだったら、こっちにも考えがある。我慢もそろそろ限界だ」

芳野はうなずく。

「俺も手を貸すぜ。思い知らせてやろうぜ。あんたらよ、そうなってから慌てたって遅いんだぜ。しっかりやんな」

傘をくるくる回しながら、芳野は庭を出て行く。その気配に驚いたのか、門の方では、ハタハタと鳩の飛び回る音がする。

佐久間は舌打ちをして言った。

「まったく、慌ただしい野郎だ。だけどあんたら、いま聞いたこと、忘れるんじゃないぜ。こっちの我慢も限界なんだ。この界隈の住人、みんな、困ってるんだ。誰か一人が犠牲になって、みんなが助かるんなら、俺は躊躇しないぜ」

大塩が泣きそうな顔で言う。

「佐久間さん、さっきからそうおっしゃっていますが、何をなさるおつもりなんです？　どうか、手荒なことは止めて下さい」

「俺にそんな面を見せてる暇があったら、さっさと行って、餌のばらまきを止めさせろ！」

「ですが……」

そんな大塩を、恵美子は止めた。

「とりあえず、私、行って話をしてみます」

すっかり興奮してしまった佐久間は、大きく右手を振り上げ、叫ぶ。

「ああ、行け、行け。しっかりと話をつけて来てくれよ」

佐久間の態度に釈然としないものを感じつつも、恵美子は外に出た。大塩もぴたりと後ろについてくる。

「大塩さんは、どうされます？」

「一緒に行ってもいいですかね」

「ええ、もちろん」

実に頼りない相方ではあるが、誰もいないよりはましだ。

隣家を見ると、二階の窓からは、今も頻繁に鳩たちが出入りしている。屋根の上にも十羽以上がとまり、羽づくろいなどをして、くつろいでいた。

恵美子は表札も何もない門の前に立つ。

片山が寄越したわずかな資料によれば、この家の住人の名は内海道彦（うつみみちひこ）で、この地に住んで十年以上になるという。年齢は五十二歳。四年前まで銀行に勤務していたが、体を壊し入院、一年の療養を経て、病は回復したものの、銀行はそのまま退職、以後、定職にはついていない、とのことだ。

鳩など、鳥への餌やりが始まったのは、退院後、しばらくしてからで、当初はスズメなどの野鳥も集まり、近所の人々も好意的であったらしい。その内、鳩が大挙してやって来るようになり、雀などほかの鳥たちは、追い散らされる形で姿を見せなくなった。餌場は、あっという間に鳩によって占領されたが、内海は餌やりをやめなかった。鳩の数はどんどん増え、気づいたときには、周辺に糞害が広がっていた。

近隣住民は直接苦情を申し入れたが、内海は聞く耳を持たず、餌やりを続けた。

内海には十歳違いの妻がいた。夫の療養中も懸命に介護するなど、近所でも評判の女性であったが、鳩をめぐる騒動に疲れ果て、今は家を離れていると資料にはある。

「この家に一人暮らしか……」

糞に覆われた家を見上げ、恵美子は思わず、つぶやいた。

最近ではほとんど外出もせず、家に閉じこもっているらしい。

「ところで、大塩さん？」

振り返った恵美子の眼前で、大塩は煙草に火をつけようとしていた。口に煙草をくわえライターをカチカチさせている。

「ちょっと、大塩さん！」

「え？」

「え？　じゃないですよ！　こんなところで吸わないで下さい」

「でもここ、路上喫煙禁止じゃないし」

「そういう問題じゃないと思いますけど」

「どうも私は中毒と言いますか。一本だけ」

拝む手つきをして、煙草に火をつける。心底、美味（うま）そうに煙を吸い、そして吐いた。右手にはライターに代わり、金色に光る筒状の物体が握られている。

「何なんです、それ」

「携帯灰皿です」

蓋（ふた）を開くと、中に灰を落とせるようになっている。

「そんな派手なものにしなくても……」

「せめてもの主張です。最近は、職場も全部、禁煙になっちゃいましてねぇ」

「喫煙者の方には同情しますけど……」

「止めよう、止めようと思いつつ、つい、欲求に負けてしまって」

弱々しく笑うと、大塩は眼前の住宅を見上げた。

「この家、私も何度か訪ねたのですが、会ってもらえませんでしてねぇ。食事とか、いったいどうしているのか」

「まさか、中で亡くなっているとか」

「いえ、それはないです。そこに茂ってる木があるでしょう。二階の窓ギリギリのところまで枝が張りだしている。そこのところに、餌箱があるんですよ」

なるほど、言われてみれば、木の太い枝に、木製の箱が縄で結（ゆ）わえつけてある。箱の周りには、鳩が群がっていて、交互に首を中に突っこんでいる。

「餌を食べているんですよ。つまり、今朝方、餌が補給されたんです」

「餌は、どこから入手しているんでしょう？」

「さあ。鳩は雑食ですからなぁ。パン屑でもピーナッツでも、米でもいい。どうにでもなりますよ」

「それでも、かなりかかりますよね、餌代」

「でしょうなぁ」

大塩は吸い殻を金ぴかの携帯灰皿にねじこむと、素早く二本目を取りだし、恵美子が止める間もなく火をつけた。

「ちょっと、大塩さん！」

「この一本で止めます」

「まったく」

頰を膨らませながら、恵美子はインターホンと思われるボタンを押した。家の中で、ジリジリとベルのような音がする。

しばらく待ってみたが、応答はない。もう一度、押してみる。ジリジリと音が鳴るたび、窓から鳩が何羽か驚いて飛びだしてくる。

家の中は、どうなっているんだろう。考えただけで、ぞっとする。

「家にはいると思うんですがねぇ。今日も、出てこないですねぇ」

大塩は他人事のような口調で言う。

恵美子は肩を落として、道の左右を確認する。いつもこういうとき、あの長身の黒い影が、どこからともなく現れる。だが、道に人影はなく、ただ、路上におりた鳩が、チョコチョコと首を前後に振りながら、歩き回るだけだ。

あきらめて門の前を離れようとしたとき、玄関ドアの開く音がした。現れたのは、灰色のジャンパーをはおった、猫背の男だった。毛糸の帽子をかぶり、薄い色のサングラスにマスク着用という出で立ちだ。

「何か？」

マスクごしの、くぐもった声が聞こえた。

突然のことで、すぐに言葉が出てこない。

「えっと、あのぅ、内海さんですか？」

「はい」

「私、こういうもので……」

名刺をさしだすが、内海は受け取ろうとはしない。両腕はだらんと横にさげたまま、ただ、じっと恵美子と大塩を見つめている。

恵美子は名刺を引っこめると、なるべく自然に見える笑顔を作った。いや、作ろうとした。

「本日は、鳩の件でうかがったのですが」

恵美子の目の前に、糞が落ちてきた。思わず叫び声が出た。一方の内海は、微動だにせず、ただ、ぼんやりと飛び回る鳩を眺めていた。こんな青天井に、いつまでもいられない。恵美子は気を取り直し、内海に向き直った。

「内海さん、鳩への餌やりを止めていただけませんか」

反応なし。

「内海さん！」

「だって、可哀想じゃない」

「は？」

「鳥がさ。餌なくてひもじい思いしてたら、可哀想でしょ」

「そんなことはないと思いますよ。鳩はただでさえ増えすぎて、餌やりを禁止する方向で動いているくらいですから」

「だから、それが可哀想だって」

声は弱々しくか細いものだったが、そこに迷いは微塵もなく、自分の行為が他人にどのような結果をもたらすかなど、まったく頓着していない。

かつて、ゴミ屋敷の問題に直面したとき、「ホーダー」という、物を集め貯めこんでしまう人々について調査をした。この内海からは、「ホーダー」とよく似たオーラが発散されていた。

「鳥が可哀想だとおっしゃいますけど、あなたの餌やりによって、たくさんの鳩が集まってきています。糞や臭いで、周辺の方が困っておられるんです」

「それについちゃ、申し訳ないと思ってるけどね」

「では、餌やりを止めていただけませんか」

「うーん、そういうことであれば、止めてもいいけどね」

その言葉を聞いても、恵美子の心は浮き立たない。その場限りだと判っているからだ。約束をして、二、三日は止まるかもしれない。それでも、結局はまた餌やりが始まるに違いない。実際、佐久間たちとも、同じようなやり取りが繰り返され、今に至っているのだろう。

内海は目をしょぼつかせながら言った。

「餌やり止めます。それでいいんでしょ」

恵美子たちに背を向け、家に入ろうとする。

「あの、内海さん、家の中を見せていただいても、構いませんか?」

「いや、散らかってるから」

ドアがピシャリと閉じられた。

「あの通りなんだよ。まあ、今日一日くらいは、止まるかもしれない。明日か明後日(あさって)にはまた、木の上の餌箱が一杯になるよ」

大塩が言った。くわえていた煙草も、手にしていた灰皿もなくなっている。

恵美子は木の上を見上げ、肩を落とす。

「そうでしょうねぇ……」

「本人の許しがなければ、家に立ち入ることもできないし、糞や羽根の掃除をすることもできない。家の中には、鳩の死骸もたくさんあるに違いないんですよ。ハエやゴキブリも出てねぇ。特に夏場は大変です」

やはり、どこまで行っても、他人事だ。恵美子はムッとして思わず言ってしまった。

「それを何とかするのが、鳩対策課なんじゃないんですか」

大塩はばつが悪そうに頭を掻く。

「それはそうなんだけど、なかなかねぇ」

佐久間の訴える鳩害を解決するには、内海宅を何とかしなければ、根本的な解決にはならない。それは判っているが、今現在、恵美子にできることは皆無と言っていい。鳩を捕らえることはおろか、卵のある巣の撤去すらできないのだから。鳩は繁殖力が旺盛だ。対策が遅れれば、ますます、鳩は増える。

それにしても、内海という人に何があったのだろう。アメリカなどでは、「ホーダー」に対するカウンセリングが問題解決の手法として一般的だという。そこに持っていくしかないのかな。いずれにせよ、解決までにはかなりの時間がかかりそうだ。

恵美子は暗澹とした気持ちになる。依頼主である佐久間は、既に堪忍袋の緒が切れた状態だ。実際、何か手荒な手段に訴えようとしている節もある。解決には時間がかかると説得しても、聞く耳を持つとは思えない。

佐久間の機嫌を損ねれば、恵美子の任務は事実上の失敗となる。恵美子の失敗は、名目だけとはいえ、責任者の大島雅弘に及ぶ。社長派に、彼を放逐するための口実を与えてしまう。それだけは絶対に避けたかった。

もう、犬頭さん、どうしちゃったんだろう。

彼は雅弘の危機には、いつも駆けつけてきてくれた。やり方は随分と荒っぽいが、迅速的確に真実を暴き、首謀者を一網打尽(いちもうだじん)にし、懸案事項を綺麗に解決してくれた。

これからどうしよう。自分がいかに、犬頭におんぶに抱っこであったかを思い知る。

門の前でしばし考えてみるが、これといった妙案も浮かばない。そうしている間にも、頭上には鳩の群れが飛び交っている。

「あのぅ」

大塩が控えめな声をだした。わずかな間だが、そこにいることすら、忘れていた。

「何でしょう？」

「別居されている奥さんを、訪ねてみてはどうでしょうか」

「話をききたいとは思っていましたけど、どこにお住まいなのか、判らないのです」

「私の方で摑んでおります」

自信なさげで存在感の薄い男であるが、時おり、抜け目のない目をして、ニヤリと笑う。鳩対策課などという訳の判らない部署ではあるが、関係者の個人情報を知るくらいはできるのだろう。

正直、この摑みどころのない男が、恵美子は苦手である。とはいえ今は、大塩がだしてくるカードにすがるよりない。

「お住まいは近くなんですか？」

「歩いて十分ほどの所ですよ」

「そんな近くに⁉」

「事情というか、思惑があるのでしょうなぁ。ただ、家がこんな状態では、とても一緒に住めたものじゃない。私は、奥さんに同情しますな」

大塩はそう言って、歩きだした。

「どこに、行くんです？」

「あれ、行かないんですか？　奥さんの所」

これなら犬頭の方が何倍かましだ。怒りと情けなさで波立つ心を抱え、恵美子は大塩の後につづく。

うつむき加減でトロトロと歩く大塩に、恵美子は言った。

「突然の訪問は失礼ですよね。連絡をいれた方がいいと思います」

「では、そうして下さい」

「私が、連絡するんですか？」

「ええ。先方の電話番号は判っています」

恵美子は大塩の言う番号にかけた。数回、呼びだし音が鳴った後、応答があった。

「内海マキでございます」

恵美子は自分の身分と訪問の目的を簡単に説明する。

マキの声は沈んでいて、時おり、ため息も交じっていた。

「判りました。お会いする場所なんですけど、近くの喫茶店でもよいでしょうか」

「ええ、場所はどこでも構いません」

「では、商店街の中に『鳩』という喫茶店がありますので、そこで」

「鳩……!?」

「ええ。この界隈に、喫茶店はそこくらいしかなくて」

悪い冗談としか思えない巡り合わせだが、ここは先方の指定に従うよりない。

「判りました。では、十分後に、『鳩』で」

恵美子は電話を切る。

三

内海マキのマンションは、本当に歩いて十分、きっかりのところにあった。駅から続く商店街にも近く、立地としてはかなり良い。

恵美子たちはマンションの前を素通りし、指定の喫茶店に向かう。

「鳩」は、寂(さび)れた商店街の中ほどにあった。昔ながらの喫茶店を想像していたが、店内は広くて明るく、チェーン店のような装いだった。店の中ほどからガラスで仕切られ、手前が禁煙、奥が喫煙のスペースになっている。禁煙席より喫煙席の方が混んでいた。

そんな喫煙席の奥に、マキはスマホを手に座っている。既に三人分の水が置かれていた。

立ち上がって頭を下げたマキは、どこか疲れた感じのする、地味な印象の女性だった。四十代前半とのことだが、やや老けて見える。化粧気もなく、どこか怯えたような様子で、恵美子たちを見た。

大塩と恵美子はそれぞれ、名刺を渡す。

席につき、コーヒーを人数分注文すると、恵美子は切りだした。

「電話でもお話ししましたが、内海さんのご自宅の件で……」

マキはきゅっと肩をすぼめ、

「本当に申し訳ありません。私としても、早く何とかしたいと思っているんですが……」

大塩が煙草に火をつけた。まったく、いくら喫煙席とはいえ、少しくらい我慢できないのかしら。そんな恵美子の険しい視線にもまったく気づかないのか、ものすごい速さで一本吸い終えると、すぐに煙草の箱を取りだした。銘柄はセブンスターだ。

「おや」

箱は空だった。大塩は小銭入れをだすと、百円玉を四枚取りだし、テーブルに置いた。そして、

「あの、奥さん、すみませんが、レジで煙草を買ってきてくれませんか？」

「は？」

マキと恵美子は同時に声を上げていた。

大塩は両手で拝むポーズをして言った。

「レジ横に、野球帽をかぶった男がいるでしょう？　ええ、広島カープの。実は、あの人も、内海さん宅の鳩害を被っている一人なんです。何度か役所の窓口に来て、佐久間さん並みの怒鳴り声を上げて、もう大変でした。こんなところで私と顔を合わせると、また面倒なことになりますので」

それなら、煙草くらい、我慢すればいいじゃないの。腹に据えかねた恵美子は言った。

「じゃあ、私が行ってきますから」

「いえ」

大塩は恵美子を制し、阿るようにマキの方へと百円玉を押しやる。

「奥さん、お願いします」

別居中とはいえ、夫の行いに対する後ろめたさもあるのだろう。不満そうな顔もせず、マキは立ち上がり、レジへと向かった。二人だけになったところで、恵美子は大塩に噛みつく。

「あれは何なんですか！　使い走りなんかさせて、失礼じゃないですか！　それに、レジ横の人は、鳩屋敷の被害者でしょう？　奥さんを見たら、余計に……」

「大丈夫です。少しだけ、やりたいようにやらせて下さい」

大塩は何とものんびりとした笑みを浮かべ、じっと前を見つめている。

マキはすぐに戻ってきた。手にはセブンスターの箱がある。だが、それを大塩には渡さず、モジモジしている。

「ありがとうございます」

手を伸ばした大塩に、マキは言った。

「六十円足りなかったんですけど」

「え？　ああ、これは失礼しました。私としたことが」

再び小銭入れをだし、十円玉を手渡す。

「お使い立てして、申し訳ありませんでした。その分、一所懸命、働きますので」

よく言うわ！　恵美子は隣で唇を尖らせる。

マキは小銭をしまうと、不安げにきいた。

「内海のことで、ききたいことがあるとおっしゃっていましたが……？」

恵美子は言葉を選びながら、慎重に話を進めていく。

「内海道彦さんについて、おききしたいんです。内海さんは、いつごろから、鳩に餌を？」

「もともと、鳥が好きな人でした。スズメなんかの野鳥に餌をあげたり、一時は文鳥のつがいを飼ったりもしていたんです。それが……」

マキは顔を顰める。

「一年半ほど前、会社をリストラされて、再就職もできなくて、だんだん鬱ぎこむようになりましてね。その頃だったと思います、みさかいなく餌をやり始めるようになったのは。最初はいろいろな鳥が集まってきたんですけど、その内、力の強い鳩が独占するようになって、あれよあれよという間に……」

「失礼ですが、カウンセリングに通わせようとは？」

「もちろん、しましたよ。でも、本人が頑として嫌だと言いましてね。もう、毎日、毎日、喧嘩でした」

マキは垂れた前髪を指でくるくると巻き上げる。髪は傷んでいて、白髪も目立っていた。

「耐えられなくなって、一年前に逃げだしたんです。正直、離婚してすっきりしたいんですけど、向こうが絶対にウンと言わないもので。裁判をするにも、お金がかかりますし」

「それで、今はこの近くのマンションに？」

「本当はもっと遠くに行けばいいんでしょうけど、私、駅前のスーパーでマネージャーをやってるんです。パートから始めて、正社員になって、やっとここまで来たんです。手放したくないから、ここを離れられないんです」

マキは潤んだ目にハンカチを当てた。

マキの証言は、佐久間の言うことを裏付けていた。やはり、内海に辛抱強く、カウンセリングを勧めるしかなさそうだ。無理に餌やりを止めさせても、事態は悪化するばかりで、改善はしないだろう。

顔を上げると、マキは思い詰めた目で、恵美子を見つめていた。

「私、どうすればいいんでしょう。夫が周りの方に迷惑をかけているのは判ります。夫を見捨てて逃げだした私のことを悪く言う人がいることも。でも、どうしようもないんです」

マキはいよいよ、ハンカチに顔を埋めて泣き始めた。周りの客たちが、チラリチラリと視線を向けてくる。

何とかしてあげたいのは山々だが、今の恵美子には慰める言葉すら見つからない。

「そんなに泣くことはないじゃないか」

その男の登場は、あまりに突然だった。皺一つない紺色のスーツに、深紅のネクタイ、靴はピカピカに磨き上げられている。同じスーツ姿でも、大塩とはあまりに対照的だ。顎のラインは力強く、首も太い。一方で、縁なしのメガネとその奥で穏やかな光をたたえている目は、真面目さと優しさを感じさせる。

世間一般的に言って、かなり「いい男」だ。

男は恵美子や大塩には目もくれず、泣いているマキの前にかがみこんだ。

「大丈夫か？　だから一緒に行くって言ったのに」

マキは左右に首を振る。

「あなたに迷惑はかけたくなかったの」

「そんなこと……」

肩を抱こうと手を伸ばしかけ、ようやく、恵美子たちの存在に気づいたようだった。

「あ、これは失礼しました」

立ち上がり、ポケットから名刺をだす。そこには、「スーパー・バビラン駅前店　店長高瀬鷹史」とあった。

高瀬とマキの様子を見れば、二人がどういう関係であるのかは判る。恐らく、マキがマネージャーをやっているスーパーというのが、このバビラン駅前店なのだろう。

「あの、どうぞ、お座り下さい」

恵美子は立ったままの高瀬に言う。彼はマキの隣に座り、そっと彼女の膝に手を置いた。

さて、この状況でいったい、何をきけばいいのだろうか。横目で大塩を見るが、彼はスパスパ煙草を吸いながら、二人の様子を見て、ニコニコ笑っている。そしてなぜか、店の灰皿を使わず、自前の金ぴか携帯灰皿に灰を落としていた。これも大塩の言う自己主張というものだろうか。

仕方なく恵美子は、基本的なことから尋ねることにした。何とも無粋(ぶすい)で、損な役回りだ。

「お二人はどういうご関係なのですか？」

答えたのは、高瀬だった。

「今、一緒に住んでいます。そのぅ、もちろん、マキが今どういう立場にいるのか、承知しています。すべてを判ったうえでのことです」

マキは泣くのを止め、膝に置かれた高瀬の手を上からぎゅっと握り締める。

どうやら、これ以上、きくべきことはなさそうだった。彼ら二人もまた、立場こそ違え、佐久間同様、助けを求める被害者だ。

そして、彼らを救うためには、内海を、鳩屋敷を何とかしなければならない。

暇(いとま)を告げようとしたとき、高瀬が口を開いた。

「僕がこんなこと言うのも変なんですけど、佐久間さん、大丈夫なんでしょうか」

「と言いますと？」

「内海さんのせいで、大変な鳩害が発生しているんですよね。中でも、隣に住む佐久間さんがものすごく怒っているとか」

「ええ。まあ、現場を見れば、怒るのも判りますが」

「実は僕、聞いちゃったんです」

「何をです？」

「この商店街に、佐久間さんがよく行く、スナックがあるんです。僕も時々、職場の同僚と行くんですけど、この間、酔っ払った佐久間さんが、かなり危ないことを口走っていて」

「どんなことをです？」

「そのぅ、役所に任せておいても、何の進展もない。もう我慢も限界だ。内海を家ごと消してやるって」

「消してやる……」

大塩が突然、口を挟んだ。

「そのとき、佐久間さんはどなたかと一緒でしたか？」

「ええ。お友達と一緒でした。カウンターで並んで飲んでいました。ヒゲをはやしていて、ちょっとお腹の出た……」

おそらく芳野だ。

高瀬は眉を寄せながら、続ける。

「その友達が、けっこう過激な人で、煽(あお)ってたみたいなんですよね。酔ってたせいもあるのか、佐久間さんもその気になっちゃってて」

「それは、いつ頃のことです？」

　大塩が尋ねる。

「三日ほど前かな」

　高瀬の証言は無視できない。恵美子は思った。証拠があるわけではないが、さきほど佐久間に会った感じからすると、たしかに、何かやりかねない雰囲気はあった。

「それじゃあ、僕、仕事に戻らないと。バイヤーと会わなくちゃならないんです」

　高瀬が立ち上がる。マキも続いて腰を上げた。

「内海のこと、どうかよろしくお願いします。私ではもう、どうしようもなくて……」

　深々と頭を下げる。二人の言葉を聞くたび、恵美子にはプレッシャーという重しがのしかかってくる。

　鳩なんて簡単に追い散らせる。そう思っていたが、甘かった。鳩の害は人の心を蝕み、生活を壊していく。

　コーヒー代を置こうとするマキを押し止め、恵美子は二人を見送った。残ったのは、大塩と冷えたコーヒーだ。

　恵美子は、ぐったりと椅子の背にもたれかかる。

「何だか、気分が滅入ってきました」

「たかが鳩、されど鳩です」

「解決までには、時間がかかりそうですねぇ」

「……そうですかね」

「え？」

「スナックに行きませんか？」

大塩はくいっと何か飲む仕草をする。

「はぁ？」

「いえ、あくまで仕事です。佐久間さんが行きつけにしているという、例のスナックです」

「そんなところに行って、どうするんです？」

「もしかすると、会えるんじゃないかと思いましてね」

「誰に？」

「芳野さんにです」

「会えるとは限らないでしょう」

「いえいえ、多分、会えますよ。我々が行くのですから」

大塩はゆるゆると腰を上げ、「どうも、ごちそうさまでした」と言った。恵美子は伝票を引き寄せ、レジに向かう。

支払いをしながら、恵美子は首を傾げる。

こんなこと、前にもあった気がする。

四

スナック「クルクルポー」は、パン屋と寿司屋の間にある細い路地を入った右側にあった。その路地はかつて、スナックやバー、赤提灯(あかちょうちん)が軒を連ねていたらしい。今は「クルクルポー」をのぞくすべてが潰れ、往年の面影はない。どこも荒れ放題で、廃屋同然の家もある。

昼でも暗い寂れた路地には、「クルクルポー」の看板がぼんやりとした光を放ち、店の前にあるたくさんの植木鉢には、正体不明の植物が青々と葉を茂らせていた。

路地に面した方に窓はなく、ただ、くすんで灰色になったドアがあるだけだ。

恵美子はノブに伸ばした手を止める。

「本当に入るんですか？」

背後の大塩が「うん」とうなずく。

なら、先に入ってよね。

半ば自棄(やけ)になり、ドアを開いた。カランというベルの音と共に、トイレ用芳香剤の臭いが恵美子を包む。

まっ先に目に入ったのは、カウンターの向こうでアイスピックを手に微笑む、女性だった。

目も口も鼻も大きく、そこにきて化粧が濃いものだから、サーカスのピエロのように見える。長い睫毛がぴくぴくと動き、赤くテカった唇が「マァ」という形に大きく開いた。

「珍しいお客様。どうぞ、入って、入って」

店に客はいない。そしてやけに暗い店内には、八つのスツールが置かれ、その奥では、カラオケ用のモニターが富士山の映像を映しだしていた。そのモニターの光のおかげで、何とか店内の様子が判る――、そんな感じだ。

恵美子は大塩を振り返って言う。

「芳野さんどころか誰もいないじゃないですか！」

「まあ、そんなときもありますよ」

さっさと一人、スツールに座る。そのまま帰ろうかと思ったが、そんなことをしては、すべてが水の泡だ。苛立ちと居心地の悪さをこらえ、大塩の隣に腰を下ろす。スツールは固く、高さも中途半端なので、腰にくる。

ママは、ボウルに入った柿の種を二人の間に置くと、大塩の真正面に立ち、言った。

「ここ、初めてよね」

「ええ」

「何になさる？」

「実は、ここで人と待ち合わせているんです」

「あらぁ、誰と？」

「芳野さん」

「あらぁ、彼のお友達？」

「ええっと、まあ、友達かな。知り合って日は浅いんですけど」

「彼ならもうじき来るわよぉ」

「僕は水割りを貰おうかな」

　恵美子は「ウーロン茶」とだけ言って、会話の輪からなるべく距離をおくべく、口を固く閉じた。

　大塩はグラスを受け取ると、さっそく煙草に火をつける。ご自慢の携帯灰皿は、カウンターの上にちょこんと置いてある。

「ママも何か飲みなよ」

「あらぁ、じゃあ、同じものをいただいていい？」

「もちろん」

「じゃあ、かんぱーい」

　ママは恵美子の存在など無視し、大塩とグラスを合わせた。くっとひと息でグラスの半分を空けると、「きくー」と恍惚（こうこつ）の表情を浮かべる。

「芳野さんって、何している人なのかな」

煙草を吸い終わり、吸い殻を携帯灰皿に押しこめると、大塩は尋ねた。もともと存在感のない男だが、それだけに、何気ないやり取りの後、するりと相手の懐に飛びこみ、口を軽くさせてしまう術に長けている。

「この街の人じゃ、ないみたいよ。隣町だか、その隣の町だかに住んでいて──」

「佐久間さんと仲がいいみたいですね」

「そう、さくちゃん。面白い頭してるけど、いい男なのよぉ。駅向こうにあるネジ作ってる工場に勤めてるんだけどね、ここんとこの不況で、仕事が減っちゃって、時々、自宅待機になったりしてんのよ。そんなときなんか、もう大荒れよ。それにほら、あの界隈、いま酷いことになってるじゃない」

「鳩ですか」

「そう！　私も一度見に行ったけどさぁ、もう臭くて、気持ち悪くて、すぐに帰ってきちゃったわよ。原因はあの家よ、さくちゃんの隣にある、何とかいうヤツが住んでるトコ」

「内海さん、でしたかね」

「そう！　さくちゃんもう怒り狂っててさ。もう殴りこむだの火をつけるだの大変よ。一緒にいる芳野さんが焚きつけるもんだから、余計にね」

「ほほぅ、火をつけるね」

「それにしても、さくちゃん……」

ママが口を開いたとき、カランとベルが鳴り、ドアが開く。外の明かりでぼんやりと照らしだされたのは、ほかならぬ、芳野の顔だった。

「あらぁ、芳野さん」

ママが手をパチパチ叩く。ひげ面の芳野は、ハイテンションのママに冷たく顔を顰めると、

「何だよ、のっけからうるせえな」

「今、あんたの噂をしていたのよ」

ママが並んで座る恵美子と大塩を示す。芳野は「おっ」と小さくつぶやくと、恵美子たちの後ろを通り、一番奥のスツールに腰を下ろした。店が暗いうえ、背後からモニターの光を受けるため、芳野の顔は深い影に覆われてしまった。

ママが大塩に言った。

「気にしないでね。あの場所、彼の指定席なのよ。芳野さん、何にする？」

「水割り」

ママが支度を始めるのを待ち、芳野は低い声で言った。

「で、首尾はどうなんだい？」

芳野は大塩を無視して恵美子に尋ねてきた。

「ええ、まぁ……」

「こんなこと、俺が言っても仕方ないいんだけどよ、早いとこ、何とかした方がいいぜ」

「それは、もちろん。ただ、鳩は執念深い鳥と言いますので……」

「鳩じゃねえよ。佐久間のことさ」

「佐久間さん？」

「ヤツ、大分、カッカきてただろう？」

「はい。だからこそ、私共に連絡をされたのかと」

「実を言うとさ」

芳野はママが持ってきた水割りのグラスを受け取り、一口飲む。

「後悔してんだよ。ママも聞いてただろうけど、ここでけっこう危ない話をしてたのよ。隣に殴りこむだの、火をつけるだの」

「ええ。いま、ママから聞いたところです」

「あんときは酔ってたからさ、無責任にあんなこと言っちまったんだけどよ」

芳野はポケットから煙草をだし、自前のライターで火をつけた。二口、三口と吸ったところで、カウンターの上に目を走らせる。

「ママ、灰皿」

「ああ、ごめんなさい」

背後の棚から一枚取ろうとして、手を滑らせる。ガラスの灰皿は音をたてて砕けた。

「あらあら」

芳野の手にした煙草は今にも灰が落ちそうだ。

「ちょっと、これ、借りるぜ」

彼は大塩が置いたままにしていた携帯灰皿に手を伸ばし、蓋を開けると中に灰を落とす。

「ありがとよ」

「どういたしまして」

大塩は頭を下げると、携帯灰皿をポケットに入れた。

恵美子は芳野に向かって言う。

「それで、芳野さん、話の続きなんですが」

「話って、何だっけ？」

「佐久間さんのことです！　彼がカッときて殴りこみをかけるとか……」

「ああ、そうそう。ヤツも可哀想なんだよ。家族のことも聞いたろう？　精神的にも参ってさ。こんなことを言うと告げ口みたいで気が進まないんだが……」

恵美子はカウンターを平手で叩く。

「告げ口が世界を救うことだってあります」

「あんた、見かけの割に面白いことを言うな」

「百戦錬磨ですから」

「たしかに、こんな仕事してりゃあ、百戦が錬磨にもなるわな」

言葉の意味を正しく理解しているのかどうか、心許ない限りだったが、酔いも手伝ってか、芳野の口はふわふわと軽くなっていた。

「佐久間のヤツ、灯油だかガソリンだかを買いこんでいるのさ」

「それは、冬に備えてですか？」

「バカ。来たるべき、最後の日に備えてだよ。あいつ、隣の家に殴りこんで、焼き払うつもりだ」

「何ですって？」

「直接交渉してもダメ、役所は当てにならず、法律も守ってくれない。なら、自分でやるしかないってな。酔った勢いであいつ、つぶやいてたよ。顔はマジでさ、冗談とは思えなかった」

「そんな……」

「それならば、大丈夫です」

突然、恵美子の隣に座る大塩が言った。先までの影の薄さはどこへやら、胸を張り、高々と空になったグラスを掲げる。

芳野はポカンとした顔で、その様子を見つめる。

「それは、どういう意味？」

「本日、皆様から状況をお聞きしまして、不肖大塩、目が覚めました。この問題は、一刻も早い解決が望まれていると」

「だから、佐久間たちは何ヶ月も前から、そう言ってただろうが」

「明日、内海氏宅に、立入りを実施します！」

「何⁉」

「明日、鳩対策課の総力を挙げ、内海氏宅の立入り調査をいたします。内海氏の生活状態、家内の状況などを精査しまして、一日も早い、鳩害解決を図るつもりでおります」

　これには、恵美子も驚いた。

「大塩さん、それ、本当なんですか？」

「無論です。こうして区民の皆様を前にして言っているのです。嘘は申しません」

　芳野は「へっ」と吐き捨てるように言った。

「どうだかな。そりゃ、おまえさんはそう言うがな、縦割りの役所だぜ。上司が何て言うか」

「私に任せて下さい。明日、必ず、内海氏宅に乗りこみます」

　そんな大塩に、ママが拍手を送る。

「まあ、私、ちょっと見直しちゃったわ。どう？　景気づけついでにもう一杯？」

「いえ、私はこれで。明日の準備がありますので」

　すっくと立ち上がった大塩はひらりと身を翻すと、店を出て行こうとする。恵美子はその背中に叫んだ。

「大塩さん、お勘定は？」

「若宮さんに任せます」

「任せるって!?」

カウンターの向こうで、ママが伝票を手に、ニヤニヤと笑っていた。

五

「どういうことなんですか。一万円も取られましたよ。あれじゃあ、キャッチバーと変わらないじゃないですか」

怒る恵美子の横で、大塩は黙々と歩き続ける。

「あれ？　どこに行くんです？」

てっきり職場に戻るか駅に向かうと思っていた大塩だが、その足はまっすぐ、内海宅を目指していた。

鳩が群れていた一帯も、日が暮れた今は静けさを取り戻している。とは言っても、鳩が消えたわけではない。そこここに身を潜めているのは、間違いない。実際、得体の知れないザワザワとした気配を、恵美子は感じていた。

大塩は先ほどまでとは別人のように、スタスタと足早に進んでいく。

「恵美子さん、マスクと手袋をつけておいた方がいいです」

「いいですって……大塩さん、これから何処に行くつもりなんですか？」

「敵さんの本丸(ほんまる)です」

「本？　丸？」

「あれですよ」

道の向こうに、ぼんやりと黒い建物が見える。内海の家、通称、鳩屋敷だ。その右側には、佐久間宅の明かりもある。

「まさか、これから内海さんを訪問するんですか？」

「ええ」

「非常識ですよ」

「常識に囚(とら)われていては、こんな仕事はできません」

大塩はぐんぐんと前に進んでいく。

「大塩さん、昼間とキャラクターが変わっていませんか？」

「夜行性なんです」

「冗談を言ってる場合じゃありませ……」

恵美子が言い終わらぬ内に、大塩は内海宅の門を開いていた。そのまま、玄関前へと歩を進める。

「ちょっと、インターホン、押さないんですか？」

「大丈夫、私の推理が正しければ……」

玄関扉の前で膝立ちとなり、鍵穴に向かって何やらやっている。

薄暗がりの中で、カチリと金属音が響いた。恵美子も今の仕事をやるようになってから、何度か聞いた音。ロックの外れる音だ。

大塩は無言で玄関扉を開く。

「ささ、どうぞ」

「どうぞじゃないですよ。これじゃあ、泥棒です！」

「なあに、泥棒で鳩害が解決すれば、安いもんですよ」

公務員の言葉とも思えない。それでも、恵美子は大塩の言葉に従うこととした。ここで大塩を止めたところで、結局、鳩の害はなくならない。それどころか、業を煮やした隣家の佐久間が、犯罪に手を染めることとなるかもしれない。

部屋の中は当然、真っ暗だ。一歩足を踏み入れた途端、猛烈な悪臭が襲ってくる。マスクをしていても、かなり強烈だ。鳩の糞がだすあの特有の臭いに加え、もっと直接的な、野生動物の臭気がこもっている。

突然、目の前がぼんやりと明るくなった。大塩の手には、ライターが握られている。

「床も壁もボロボロだ。想像以上に酷いですねぇ」

恵美子は身をかがめ、そろりそろりと足をだす。本当は大塩の背にしがみつきたいほどなのだが、それだけは絶対にできない。

廊下に鳩の姿は見えないが、気配だけはする。実際、ライターの光の中には、鳩の羽根がふわふわといくつも浮かんでいた。ミシミシと軋む床にも、点々と糞の跡がある。

恵美子は資料にあった、内海家の間取図を思いだす。階段の脇を過ぎ奥に進むと、二階に上がる階段、そして右側は、客間に通じるドアになっている。廊下を進むと、キッチンとリビングだ。二階は寝室と書斎になっていたはずだが、外から見る限り、すべて鳩に占領されているとみて間違いない。

家の主である内海は、どこに寝ているのだろうか。

大塩が客間のドアを開ける。恐る恐るのぞきこむと、そこは畳敷きになっていた。とはいえ、畳は毛羽立ち、鳩の羽根がびっしりと絡みついている。恵美子は思わず目をそらした。中に入ると、悪臭はますます酷くなる。二階の窓はすべて開け放しているので、階段からかすかな風が吹き下りてくる。それが臭気を運んでくるのだ。

恵美子の我慢もそろそろ限界だった。鳩の死骸が転がっていないのが、せめてもの救いだ。

「大塩さん、私……」

そんな恵美子を置いたまま、大塩は奥のリビングに入っていく。

「ちょっと、お願いですから……」

リビングに入ると、わずかに臭いがましになった。床はフローリングになっており、食器入れや電子レンジなどの家電はひと通り揃っていた。無論、それらが最近使われた痕跡はなく、どれも埃と糞と羽根にまみれている。

キッチンには膨らんだゴミ袋が山をなしていた。半透明の袋だが、恐ろしくて中身を確認することはできない。

大塩がライターを消した。室内は闇に包まれたが、窓から入る街灯のぼんやりとした光で、うっすらとではあるが、室内を見通すことができる。

大塩が壁際に置かれた三人掛けのソファに歩み寄り、ゴトゴトと動かし始めた。ソファを前にだし、背もたれと壁の間に隙間を作ろうとしている。

「大塩さん、何をしているんです？」

「ここに、隠れようと思いましてね」

わずかにできたスペースに、大塩は体をねじこむ。

「隠れる……って？」

「若宮さんもどうぞ。狭くて、埃っぽくて、臭いですが、まあ快適ですよ」

狭く、埃っぽく、臭いことより、大塩と二人、暗闇で身を寄せ合うことに一番抵抗がある。しかし、この場でそれを言うこともできない。恵美子は大塩の体と接触しないよう、身を縮こまらせ、ソファの後ろに滑りこんだ。

「こんな所で、何をするんです？」

「待つんです」

「何を？」

「すぐに判ります」

そのまま大塩は黙りこんでしまう。すぐにって、いつなのよ。恵美子は体を斜めにして体育座りをする。何となく、この体勢が一番落ち着くのだ。

心を無にして、ただ、じっと……。玄関先の方で、何やら物音がした。

早っ！

ここに潜んで、まだ十分とたっていない。大塩の様子をうかがうが、彼は膝立ちの姿勢のまま、じっとその場を動かない。

「まったく、何だっていうのよ」

女の声が聞こえた。

「仕方ねえだろ。今夜中に片をつけちまわねえと、一年の努力が水の泡だぜ」

「ホント、大丈夫なんでしょうね」

「今さら何だよ。何もかも、おまえのためなんだぜ」

「そりゃ、感謝してるけど」

「こいつが済めば、あとは何でもやり放題さ」

ガタゴトと、何かを室内に運びこんでいるようだ。物音はだんだんと近づいて来る。やがて、恵美子たちの潜む、リビングへと入ってきた。

女の声が響く。

「ねえ、明かりはないの？」

「バカ、明かりなんてつけたら、目立つだろうがよ」

その声を聞きながら、恵美子はさらに身を縮める。この状況で明かりをつけられたら、あっという間に見つかってしまう。

どさっと何か重いものを下ろす音。その後、男女は部屋を出ていった。しばらくして、壁ごしに声が聞こえてきた。どうやら客間にいるらしい。

「さて、ちょっとばかし、重労働だぜ」

「ねえ、私もいなくちゃダメ？　気持ち悪いし」

「テメエ、誰のせいでこんなことになってると思ってんだ？」

この声……。聞き覚えがある。

恵美子が顔を上げたとき、すぐ横で大塩が動いた。ソファの後ろから出て、床にしゃがみこむ。恵美子も続いて、そっと腰を上げた。目に飛びこんできたのは、床に横たわる人形(ひとがた)の物体だった。近づいて目をこらすと、それは佐久間である。力なく大の字になり、口は半開き、低くいびきもかいている。顔を近づけてみると、かなり酒臭い。酔い潰れているようだ。

その様子を確認した大塩は、足音を殺しながら、廊下に通じるドアの前まで行く。客間の話し声は止み、かわりに、土を掘る音が聞こえてきた。

大塩が恵美子の元に戻ってくる。

「ここにいて下さい。彼らがあれを掘りだしたら……」

強烈な光が、恵美子たちを照らしだした。恵美子が顔を上げると、バットを振り上げた男が、飛びこんできた。

「うおおおお」

立ち上がろうとした大塩の脳天に、バットを振り下ろした。

卵が割れるような、嫌な音が響き、大塩の頭頂部から血が天井にまで噴き上がった。頭部は奇妙な形に陥没しており、薄くなった髪の毛の間に、太く深い傷が走っている。

男はさらにバットを振り下ろす。メガネが粉々に砕け散り、顔全体が果物のように砕け散った。血があちこちに噴きかかり、肉片が壁にへばりつく。大塩の顔はもはや原形を止めていない。力を失った体は、振り返ろうとした姿勢のまま、左右に小刻みに揺れ、やがて床に倒れ伏した。流れ出る血が、みるみる床にたまっていく。

返り血を大量に浴びた男は、バットを下ろし、興奮でぎらついた目を恵美子に向けた。肩は大きく上下し、胸も波打っている。恵美子はあまりのことに声も出ない。

「テメエらがここに隠れていることくらい、とっくに判ってたさ」

バットを握り直した男、芳野智吉はニヤリと笑う。ドアの所で懐中電灯を持っているのは内海マキだ。

「あ、あんた……いくら何でもやりすぎじゃないのかい？」

「仕方ないだろ。見られたんだから」

「で、でも……」

「気にすんな。いくら殺しても、最後には、佐久間の仕業になるんだ」

「そ、その女はどうすんのさ」

「決まってんだろ」

芳野は笑いながら、べっとりと血のついたバットを右手一本で振り上げた。

「ごめんな……」

頭から大塩の血を浴びた恵美子は、床にへたりこみ、ただ呆然と自分に向かって振り下ろされるため、持ち上がっていくバットの軌跡(きせき)を見つめていた。

「ごめんの一言で、人殺しが許されるとでも思っているのか？　このクズめ」

闇がゆらりと歪み、白いぼんやりとしたものが浮かび上がる。フワフワと空気中を漂う霧のように見えたそれは、やがてくっきりとした人形となり、恵美子のよく知る人物となって、現れた。

「犬頭（いぬあたま）さん！」

「犬頭（いぬがしら）だ！」

懐中電灯の光が消え、辺りは闇に包まれる。

にもかかわらず、恵美子には犬頭の不敵に笑う顔を見ることができた。黄色いジャケットも、黒のパンツも、すらりと伸びた姿勢のよい全身も、確認することができた。

それは、芳野も同じであったらしい。驚きのあまり、ぴょこんと飛び上がると、頭上でバットをブンブン振り回す。

「何だ、何だ、おまえは」

「犬だよ、人間」

「うおおお」

頭に落ちてきたバットを、苦も無く手で摑むと、芳野の手からもぎ取ってしまう。そして、両手で飴（あめ）でも扱うように、くにゃりと曲げた。

「ふん、こんなもの」

Uの字型に折れ曲がったバットを、芳野に向けて投げつける。すさまじい勢いで回転しながら、バットは芳野の数ミリ横を通り抜け、壁の真ん中に突き刺さった。

芳野は悲鳴を上げ、ソファの後ろに逃げこんだ。さっきまで、恵美子たちがいた場所だ。

犬頭は胸を張り、高い鼻を天井に向け、クンクンと鳴らす。

「うむ、鳩臭い」

「もう犬頭さん！」

　ここまでの鬱憤（うっぷん）がたまった恵美子は、彼のスネを思わず蹴り上げていた。

「痛い、さすがに痛いぞ、恵美子君」

「今までどこにいたんですか！　どうして、もう少し早く出てきてくれなかったんですか。大塩さんが、大塩さんが……」

　大塩が倒れた床を指す。だが、無残な遺体は跡形（あとかた）もない。血だまりもない。それどころか、壁や天井に噴きかかった血しぶきも、恵美子自身の体についたおびただしい血も、すべて消えてなくなっている。

「え？　これって……？」

「大塩は死んでなどいないぞ。ヤツなら昨日の晩から自宅で眠りこけている」

「いや、そんなバカな。だって、大塩さんは昼からずっと私と……」

　恵美子は犬頭を見上げた。

「まさか……」

「君が会っていた大塩は俺だ。あれは俺の変装さ」

「バカ言わないで下さい。変装って、背丈や声も違ったじゃないですか」

「細かいことはいいじゃないか。雅弘の部屋にあったＤＶＤを見たんだよ。古い推理ドラマでな、最後に探偵が変装して出てくるのだ。背中の曲がった老齢の庭師が、一瞬でタキシードの美男に変わった。変装とはああいうものなのだろう？」

「そんなことはどうでもいいです！　どうして、変装なんか？　初めから出てきてくれれば良かったのに」

「俺が最初から出てくれれば、その瞬間に事件は解決していたぞ。それでは、君たちが真相を知ることができないだろう。報告書だって書けない。だから、姿を変え、君を導いたのだ」

「私には、まだ何がなんだか判らないんですけど。どうして、芳野さんがここに？　それも、内海さんの奥さんと。あ！　奥さんは？」

見れば、ドアの前で驚愕の表情を浮かべたまま、硬直している。

「犬頭さんの仕業ですね」

「けたたましい悲鳴を上げられそうだったのでな。あのまま庭に飾っておけば、明日には鳩の糞まみれだ。ちょっとした見物だぞ」

「ダメです、そんなことしちゃ。それより、説明してくれませんか？　家の持ち主である内海さんはどこにいるんですか？」

「隣の客間の下に、埋まっているのだろう」

「埋まってる？」

「この世にはいないということだ」

「そんな。だって私、昼間に内海さんと……」

「内海が死んだのはもっと前だ。多分、一年ほど前」

「そんなはずないです。犬頭さんだって会ってるじゃないですか。昼間、この家の前で」

「マスクで顔を半分隠した初対面の男だぞ。あれが本物の内海だったとどうして言える」

「本物って……？」

「あのとき、我々の前に現れた内海は偽者だ。ソファの後ろで震えている、芳野の変装さ。佐久間宅で我々と会った後、ここに入り、内海の扮装をして待ち受けていた。本物の内海が死んだのは、一年前。そう、ちょうど、鳩への餌やりが酷くなり始めたころだろう」

「いろいろと聞きたいことはありますけど、まず、内海さんはなぜ亡くなったのです？」

「殺されたのさ。そこで固まっている女にな。その後のドタバタから考えて、計画的に殺したわけではないだろう。諍いがあり、発作的に殺害した。諍いの原因は、女の男性関係と想像できるな。死体を前に震え上がった女は、懇ろの男に連絡をした。それが、芳野だ。ヤツは女を救うため、一計を案じた。それがすべて、今回の鳩屋敷騒動に繋がっている」

恵美子は首を傾げるばかりだ。

「ごめんなさい、やっぱり、ちんぷんかんぷんです」

「チンでもプンでも構わんよ。説明してやる。芳野はまず内海の死体を床下に埋める。そして、自分が内海に成り代わり、鳩への餌をやり始めた。病み上がりでもあり、近所付き合いも減っていた内海だからできたことさ。自宅に引きこもっていても、周囲の人はまた、病が重くなったのかと勝手に思う。さらに、鳩を呼びこんだのは、見事な着想だった。

一石二鳥ならぬ、一石三鳩（きゅう）だ。鳩に餌をやることで、病を印象付けることができる。そして、家から人を引き離すことができる。さらには、悪臭により、死体の腐臭をごまかすこともできる。まったくもって、鳩様々だ」

「鳩の件は納得できますけど、犬頭さん、一人、忘れていますよ。内海マキさんには、同居している高瀬鷹史さんという男性がいます。もしマキさんが助けを求めたとするなら、高瀬さんにじゃないですか？」

「その通り、あの女は不倫相手であった高瀬に助けを求めたのだ」

「犬頭さん、今、彼女は芳野さんに助けを求めたって」

「どちらも正しいのだ」

「……え？」

「この一件はシンプルだ。関わっていたのは、ひと組の男女、それだけだ。後にも先にも、それ以上の関与はない」

「よく判りません。少なくとも、女性一人と男性三人……あ！」

恵美子は芳野が隠れているソファに目をやった。芳野の顔かたちを思いだそうとするが、輪郭はぼやけ、顔の特徴などもはっきりとは形作れない。

「芳野が、我々の前に現れたときのことを考えてみろ。最初は佐久間の自宅だ。なぜか中には入らず、庭先から、しかも傘をさしての登場だった。二度目は暗いスナックの店内、それも、モニターの光を背後から浴びながらだった。こいつは、意図的に自分の顔を隠そうとしていたのさ。それはなぜか」

「芳野と高瀬は、同一人物……」

「内海も忘れるな。つまり、君が出会った三人の男たちは、実は一人だったのだよ」

「三人ともですか⁉　いくら何でもそんな……」

「証拠はあるぞ！　臭いだ。人間は見た目にまどわされる。嗅げば、同一人物かどうかすぐ判る」

「でも、それは犬の場合でしょう」

「そう、犬だ！」

「私は人間だし、こんなこと、報告書に書けませんよ」

「心配いらない。その点も考慮して、俺はわざわざ大塩に化けたんだ。あの三人が同一人物だという根拠はある。まずはこの灰皿」

犬頭は金ぴかの携帯灰皿を取りだす。

「こいつは、傍目（はため）には何だか判らない。蓋の位置もよく判らない。にもかかわらず、芳野はこれが携帯灰皿であると知っていた。しかも、誰にきくこともなく、一発で蓋を開けた。あの何とかいう店で……」

「クルクルポー」

「そう、そのポーでだ。なぜ芳野はそのことを、あらかじめ知っていたのか。ヤツは目撃していたのさ、俺がこれを携帯灰皿として使うところを」

「そんなシーン、ありましたっけ？」

「内海マキと喫茶店で会ったときだ。途中から現れた高瀬の前で、俺は灰皿を使ってみせた。そのことが記憶にあったのだ。喫茶店と言えば、内海マキとの待ち合わせは君が電話をかけて決めたのだったな」

「はい」

「待ち合わせの喫茶店に行くと、彼女は喫煙席の四人がけの席で待っていた。そして、テーブルには水が三つ。どうして、訪ねてくるのが二人と判ったのだ？　君は電話で、人数まで言っていない。さらに、どうして訪問者が喫煙者だと判ったんだ？　マキ自身が煙草を吸わないことは確認済みだ。彼女は煙草の値段を知らなかった。足りない金額を持たせ、買いに行かせたところ、そのまま出向いていった。喫煙者ならば、値段くらい知っているだろうからな」

「それは、つまり、どういうことなんですか？」

「情報が伝わっていたと見るべきだろう。あのとき会った内海は、我々が二人であることも、俺が化けた大塩が煙草を吸うことも見ていた。そこから、マキに情報が伝えられていたのさ」

「でも、どうしてそんなことを？　一人三役までして、彼らは何をしたかったのです？」

犬頭はソファの向こうに鋭い視線を送りつつ、得意げに語り続ける。

「さっきも言ったように、事の発端は、内海マキが亭主を殺してしまったことだ。高瀬との不倫はその頃から続いていたのだろう。そしてある夜、事件は起きた。マキは恋人である高瀬に助けを求める。その時点で、芳野という男はこの世に存在もしていなかったのさ。相談を持ちかけられた高瀬は考える。マキが罪を逃れ、同時に、マキと別れずに済み、将来的には一緒になれる方法を」

「それが、鳩屋敷」

「そうだ。内海がもともと、やや度をこした鳥好きであったことを利用し、見事なまでの鳩屋敷を作り上げた」

「でも、やっぱり変じゃありません？　鳩屋敷を作ったために、かえって近所と争いが生じて、結局、区役所にまで話が行くことになってしまいました。逆に、目立ってるんじゃありません？」

「そこだよ。死体を隠し、鳩屋敷を作っても、いずれは行き詰まる。だが、高瀬はそこまで考えていた。隣家の佐久間を使うつもりだったのさ」

当の佐久間は酔い潰れ、この修羅場の床で寝息をたてている。

「芳野という人物は、そのために、必要だったのさ。高瀬は芳野として佐久間に近づき、飲み友達になった。芳野の役割は、とにかく佐久間を焚きつけることだ。隣の鳩屋敷について、内海自身の態度、行政の無能さ、法律がいかに役に立たないかなどを吹きこみ、人前でわざと激高させた。いつしか佐久間は、隣家の行為に追い詰められ、何をするか判らない人物に仕立て上げられたんだ。そして、待つこと一年。高瀬たちにとって念願の日がやってきた。佐久間が大島不動産販売にクレームを入れた。第三者であり、高瀬とも初対面の人間がやって来る」

「つまり、私のことですね」

「そう。高瀬たちはここぞとばかりに攻勢をかけた。佐久間の家には、わざわざ芳野の姿で現れ、それとなく『放火』のおそれを臭わせた。続いて内海、そして最後は、高瀬。堂々と三人を演じ分けたんだ」

「犬頭さんの言ったことが真実だとすると、佐久間さんがここに連れて来られたのは……」

「これから壮絶な花火が上がる予定だったのさ。佐久間が貯めこんである灯油だかガソリン。それをまき、火をつける。鳩屋敷は全焼。焼け跡から見つかるのは、ボロボロに炭化した内海の骨と佐久間の焼死体だ。鳩屋敷にぶち切れた隣人が思いあまって火をつけ、自分も逃げ遅れて死んだ。内海マキは晴れて未亡人となり、ほとぼりの冷めるのを待ち、高瀬と一緒になる。めでたくない、めでたくない。以上」

「うわわわ」

　ソファの後ろから、芳野が飛びだしてきた。犬頭をぐるりと壁伝いに迂回すると、戸口で固まっているマキを突き飛ばし、廊下へと消える。その衝撃でつけヒゲが取れ、芳野の顔は高瀬へと変わっていた。一方、突き倒されたマキは、驚愕の表情を浮かべたまま、山積みされたゴミ袋の中に頭から突っこんだ。二本の足がマネキンのように突きだしている。

「もう犬頭さん、彼女、早く戻して下さい」

　高瀬が戻ってきた。手には灯油の入った容器を持っている。血走った目を犬頭に向けると、床に灯油を流し始める。

「こうなったら、おまえらごと、燃やしてやる」

　部屋に灯油の臭気がたちこめる。その中で、高瀬は高笑いをしながら、自分のライターを掲げた。

「食らえ、化け物」

　火は、床に溜まった灯油のまん中に落ちた。だが、燃え広がる様子はない。

「誰が化け物だ？　失礼な」

　犬頭が指を鳴らすと、高瀬の全身が炎に包まれた。

「燃えるのは、おまえ一人だ、バカめ」

高瀬は悲鳴を上げながら、その場で手足をばたつかせる。

恵美子は言った。

「犬頭さん、いくら何でも、酷すぎます」

「心配するな。幻覚だ」

犬頭が再び指を鳴らすと、炎は消え、高瀬が一人躍り狂っているだけだった。

「さあ、恵美子君、帰ろう」

「ダメですよ、この二人、このままじゃ……」

「あと五分もすれば、勝手に術は解ける。これだけの悲鳴だ。もうすぐ警察も来るだろう。君は帰って休むのだ」

犬頭に促され、鳩屋敷を出る。闇夜に高瀬の悲鳴だけが響き渡っていた。

駅に向かう道を歩きながら、恵美子は尋ねた。

「犬頭さん、鳩、怖いんですか？」

「鳩か！　以前、酷い目にあったことがあるが、怖くはない。今では、良き友達だ」

犬頭がついと頭を上げる。道の左右に伸びる電線に、無数の鳩が並んでとまっていた。

「おまえたちも、ここにいると、いずれ狩られてしまう。どこか、遠くに行くのだ。人間に邪魔されないところで、幸せに暮らすのだぞ」

犬頭が指をパチンと鳴らすと、鳩たちはいっせいに飛び立った。舞い散る羽が、恵美子の周りで渦を巻く。

悲鳴を上げ、思わず目を閉じた。数秒後、目を開いたとき、鳩の羽も犬頭の姿も、すべて消えていた。

終(つい)の部屋

一

「わぁ、気持ちがいいね」

車椅子に乗った大島雅弘は、大きく伸びをしながら、澄み渡った空を見上げる。風もなく、穏やかな日だ。

「雨続きでしたから、外に出るの、久しぶりですね」

車椅子を押しながら、若宮恵美子は言う。

難病と闘う雅弘だが、ここ三ヶ月ほどは、調子がいい。アメリカでの治療も効果がなく、今も病状の進行を抑える薬を飲んでいるだけなのだが、恵美子の目から見ても、雅弘の回復ぶりはめざましい。これには主治医も驚いており、近々、あらためて検査を行うことになっていた。

『まったく奇跡的としか言いようがない』

医師たちは回復の原因が判らず、首を捻る。そんな中で恵美子だけが、皆の知らない事実を知っていた。

雅弘が寝ているベッドの横にある戸棚。そのまん中に鎮座している、ぬいぐるみの「犬太」だ。

まあ、誰も信じないだろうけど……。

「どうかしたの、ぼんやりして」

ふと気がつくと、雅弘が後ろを振り向き、見上げていた。

「ごめんなさい。何でもないの」

恵美子は車椅子を、庭のまん中まで移動させる。雅弘の住まいである屋敷は、広大な敷地を有しており、庭だけで五百坪はある。四季それぞれに咲く花々が植えられ、木々は常に緑を失わぬよう、考え抜かれたバランスで配置されている。百坪に及ぶ芝生と生い茂る緑は、都会のまん中にいることをつかの間、忘れさせてくれる。濃い緑の香りとふんわりとかすかに湿気を帯びた空気。恵美子もこの庭に立つと、生まれ変わったような気持ちになれる。

「あっ、鳥！」

雅弘が指をさす。白に薄い茶色の模様が入った、スズメに似た鳥が、木々の枝の間をひょいひょいと飛び回る。

「あれは、ヤマガラです」

「へぇ。スズメかと思った」

平日の昼間でありながら、ここだけは外界と隔絶された、穏やかな時が流れている。

鳥に目を奪われている雅弘を見つめながら、恵美子はホッと息をつく。

このひと月ほどは、片山からの連絡もなく、自宅とこのお屋敷を往復するだけの毎日だ。雅弘の体調が安定しているせいもあり、緊張から解放された日々が過ぎている。

ついあくびが出そうになり、慌てて引っこめる。そのとき、ふと視線を感じた。

庭は高い塀と木々に囲まれており、外から中をのぞくことはできない。ただ、東側にある勝手口の周囲だけが生け垣となっていて、そこの隙間からなら、わずかではあるが、中を見通すことができた。

恵美子がそちらに視線をやると、人影が見えた。向こうも恵美子の動きに気づいたのだろう、慌てて生け垣の前を離れる。

どうしよう……。

現在、屋敷には恵美子と雅弘の二人だけだが、厳重な警備システムが完備されており、何かあれば数分で警備員が駆けつけることになっている。警備員は恵美子が持っている携帯からでも呼ぶことができ、その点についての不安を覚えたことは、今まで一度もなかった。

ここで恵美子が慌てては、雅弘に余計な不安を覚えさせることになる。

恵美子は平静を装いつつ、言った。

「雅弘さん、そろそろ、中に入りましょうか」

返事はない。見れば、雅弘は穏やかな寝息をたてていた。恵美子は車椅子を押し、屋敷の中に入る。生け垣の周囲に注意を向けていたが、人の気配は既に消えていた。

警備会社に不審者のことを報告した後、眠っている雅弘をそっとベッドに横たえる。年齢の割に小柄であり、手足も細い雅弘は、恵美子一人でも、充分に運ぶことができる。

布団をかけ、ふと戸棚の犬太を見ると、その顔がどこか悲しげだ。雅弘に何かあったのかと、慌てて熱を測り、脈を取るが、これといった異常はない。

「もう、脅かさないでよ」

犬太に向かって語りかけながら、窓に近づく。少し暑く感じたためだ。窓を細く開け、何とはなしに屋敷前の道路に目を落とした。

そこには、杖(つえ)をついた老婦人が立っていた。生け垣の隙間から、屋敷内をうかがっている。庭で見た人影は、彼女だったのだ。恵美子に気づかれたためいったん姿を消したが、ころ合いを見て戻って来たに違いない。

いったい、何のつもりだろう。好奇心を刺激され、恵美子は部屋を出る。すぐに警備員を呼ぶべきだったが、相手は老婦人だ。自分一人の方が、穏便に対処できるのではないか。そんな思いがあった。

一階に下り、台所にある裏口から庭に出る。勝手口はすぐ正面だ。

恵美子は音をたてないよう、慎重に戸を開くと、表の様子をのぞき見た。

老婦人はこちらに気づいた様子もなく、どこか不安げな面持ちで、屋敷内をうかがっている。歳のころは七十代前半くらいだろうか、左手に杖を持ち、小さなバッグを肩にかけている。シルバーグレイの髪をきちんとまとめ、他人の家をのぞき見しているにもかかわらず、どこか上品さを感じさせる雰囲気の持ち主だった。

恵美子は思いきって彼女の前に進み出た。

「何をなさっているのですか？」

驚かせすぎてもまずいし、かといって舐められるわけにもいかない。ここは毅然(きぜん)とした態度で臨むべし。

そんな恵美子の顔を、老婦人はしばらく無言で見つめていたが、やがて、ハラハラと涙をこぼし始めた。

頻繁でないとはいえ、人の往来もある道だ。通りかかった会社員の男性が、不審げにこちらを睨んでいく。

傍目には、恵美子が老婦人を泣かせているように見えるのだろう。

思わぬ反応に、恵美子はただ立ち尽くすよりない。

老婦人はバッグから白いハンカチを取りだすと、目頭をそっと拭った。

「お見苦しいところをお見せしてしまって……」

「えっと、あの……大丈夫ですか？　お加減が悪いのですか？」

「いえ、大丈夫。ただ、久しぶりに坊ちゃんの姿を見たものだから。顔色も良くって、本当に良かったわ」

坊ちゃん？　それは、雅弘のことだろうか。正体不明の老婦人に対する興味は、ますます膨れあがっていく。

「あのぅ、あなたさきほど、この生け垣から、お庭をのぞいていませんでしたか？」

「はぁ……気づいていらっしゃったのね。お恥ずかしい。本当にごめんなさい」

深々と頭を下げる。これまた、通りかかった買い物帰りの女性が、眉を顰(ひそ)めて恵美子を睨む。

私がこの人を、いじめてるみたいに見えるじゃないの。

頭を上げるよう懇願する。

「私、このお屋敷で働いている者なんです。どうして、中をのぞいていたんですか？」

老婦人は万引きの現場を押さえられでもしたように、肩をすぼめ悄然(しょうぜん)としている。

「どうしても、ひと目、坊ちゃんのお姿を見たくて、やって参りました。本当に申し訳ございません」

「坊ちゃんというのは、雅弘さんのことですか？」

「はい。お見受けしましたところ、あなた様が坊ちゃんのお世話をして下さっているようで。幾重(いくえ)にもお礼申し上げます」

そう言って、前回以上に深々と頭を垂れた。

「あの、止めて下さい。通行人が見ていますので」

「え？」

老婦人はようやく気づいたようだ。

「あら、私ったら。重ね重ねごめんなさい。これじゃあ、あなたが悪者に見えてしまうわね」

「失礼ですが、あなたと雅弘さんはどういうご関係なのですか？」

老婦人は居住まいを正すと、言った。

「私、薦田（こもだ）恵美子と申します。一昨年まで、雅弘坊ちゃんのお世話をさせていただいておりました」

恵美子……私と同じ名前。雅弘さんの世話をしていたって……。

「も、もしかして、えみちゃん!?」

薦田恵美子は、誰もがホッとできる母性に満ちた笑みを浮かべうなずいた。

「はい。あなたは、若宮恵美子さんですね」

自分が雅弘の世話係として採用される前、彼が生まれて以来、ずっと身近で世話をしてきた、まさに伝説のお手伝いさんだ。恵美子とは入れ替わりでお屋敷を出てしまったため、一度も会うことがかなわなかった女性が、目の前にいる。

恵美子は一人、うろたえてしまった。自分は今、初対面である彼女のことを「えみちゃん」と呼んでしまったのではないか？

「あ……あの、えみちゃ……いえ、恵美子さん、初めまして、私、恵美子と申します」

蔦田恵美子――えみちゃんは、さきほど涙を拭ったハンカチで口元を押さえ、上品に笑う。

「こちらこそ、初めまして。よろしくお願いしますね」

「こんな所で立ち話も何ですから」

杖をついたえみちゃんは、右足に痛みがあるらしい。重心を移動させたり、杖に体を預けたりと、さきほどから辛（つら）そうな様子が見て取れた。

恵美子は勝手口を示して、言った。

「どうぞ、中へ。と言うより、どうして表から訪ねてくださらなかったのです？　こんな所から、のぞいたりして……」

「私はこちらのお屋敷を出た身ですから、表から上がりこむなんて真似は、できません。それに……」

えみちゃんの顔が曇る。恵美子は話の続きを待ったが、えみちゃんはそれきり、口をつぐんでしまった。

「遠慮なさらず、どうぞ」

「でも……」

「ひと目、雅弘さんにも会ってあげて下さい。とても喜ぶと思います」

「いえ、それはいけません」

今度は眉をきっと吊り上げ、きっぱりとした調子で言い放つ。

「私が顔をだせば、坊ちゃんには何度も説明して、判っていただいたこと。今また、私がお屋敷を出ることは、坊ちゃんのお気持ちが揺らぎます」

恵美子は何も言い返すことができなかった。生け垣の隙間から、そっと雅弘を見つめ、涙していたえみちゃんだ。彼に会いたくないはずはないだろう。その思いをこらえ、お屋敷に入ろうともしない覚悟は、恵美子には到底及びもつかない、深く強い絆(きずな)と愛を感じさせる。

えみちゃんはハンカチをしまうと、言った。

「お時間を取らせて申し訳ありません。坊ちゃんの元気な姿を見られて、もう思い残すことはありませんわ。ここで失礼します」

「待って下さい」

去ろうとするえみちゃんの手を、思わず摑んでいた。

「思い残すことがないって、どういうことですか？　雅弘さんに会うつもりがないのなら、あなたはどうして、今日、ここに来たのですか？」

えみちゃんは背中を丸め、悲しげなため息を一つ、ついた。

「お別れを言いに来たんです」

「でも、あなたがお屋敷を出られたのは、一年以上前です。それに、雅弘さんとは……」

「いえ、私が言うのは、この世でする最後のお別れのことで」

「この世?」

その意味することには、すぐに思い至った。

「そんな……」

「この年ですから、覚悟はできています。ただ、最後にひと目、坊ちゃんのお姿を見たくなりまして。のぞき見をしてしまいました」

「それならば、なおさら中にお入り下さい。このままお帰ししたのでは、雅弘さんに怒られます」

「さて、困りましたねぇ」

えみちゃんもこれでなかなか頑固なようだ。その場を一歩も動かず、足元に伸びた自分の影を見下ろしている。

「そんな所で立ち止まっていても、問題は解決しないぞ、えみちゃん」

新たな影が、いつのまにか、えみちゃんと恵美子の間に伸びていた。長身の男がキラキラ光る白い歯を見せながら、笑っている。

「犬頭(いぬあたま)さん!?」

「犬頭(いぬがしら)だ! 恵美子君ともあろう者が、えみちゃんの顔を知らなかったとはな」

当のえみちゃんは、突然現れた男に、目をぱちくりさせている。

「えー、あなたは……？」

「犬頭光太郎。探偵だ」

「どこかで、お会いしたことがありますかしら？」

「さて、会っていると言えば会っている。初対面と言えば、初対面だ」

「あなたのように目立つ方、一度お会いしていれば忘れるはずはないのだけれど……。でも変ねぇ、何だかとてもなつかしい気持ちがする。なぜかしら」

犬頭は地面に膝をつき、小柄なえみちゃんと視線を合わせる。

「あなたは、困り事を抱えている。一つ、我々に話してみないか」

「あら」

えみちゃんは、犬頭のジャケットの袖に手をやった。

「この色、とてもなつかしい。昔、犬太に作って上げた服と同じ色……」

えみちゃんはそこで、はっと顔を上げた。

「会っていると言えば会っている。初対面と言えば、初対面」

えみちゃんと犬頭は、お互いを見つめあいながら、微笑んだ。

「そう……あなたなの」

「どうだね。話す気になったかな？」

「そうねぇ。あなたにだったら、話してもいいかしら」

「恵美子君、交渉成立だ。キッチンでお茶をふるまってくれるかな」

「ええ、喜んで」

三人は、勝手口から、そっと屋敷の中に入る。えみちゃんはやはり足が痛むらしい。顔を顰める彼女に、犬頭がそっと腕をだした。

「あらあら、ごめんなさいね」

「遠慮などいらないさ」

犬頭に誘導され、えみちゃんはキッチンにしずしずと入って行った。

その間、恵美子は一人で二階に上がり、雅弘が眠っていることを確かめる。

キッチンに戻ると、既にえみちゃんがお湯をわかし、戸棚から紅茶の入ったガラス瓶を取りだしていた。

「どうぞ、座っていて下さい。私がやりますから」

駆け寄る恵美子に、えみちゃんは微笑みながら答える。

「置き場所が変わっていなかったものだから、つい」

「何もかもが使いやすい配置になっていて、何も動かしていないんです。ここを使うたびに考えていたんですよ。前にいらしたのは、どんな方だったんだろうって」

えみちゃんは目を細め、傷みの目立つ壁や天井を眺める。

「人生の大半を、このお屋敷で過ごしたから。本当になつかしい」

薬缶がピーと音をたてた。半ば強制的にえみちゃんを座らせ、恵美子は三人分の紅茶をいれる。えみちゃんは、大きく息を吐くと、右足をさすり、杖を椅子の脇にちょんと置いた。

「久しぶりに遠出をしたものだから……。あ！　坊ちゃんは？　こんな所で喋っていて大丈夫？」

「はい。よく寝ておられますから」

恵美子が言うと、えみちゃんは、そう、とうなずいて、紅茶を一口飲む。

「おいしい。一人で暮らしていると、わざわざいれることもしなくなって。毎日、ティーバッグを使っているのよ。でも、やっぱり味が違うわ」

恵美子はカップに口をつけながら、犬頭の様子をうかがう。彼は紅茶には手をつけず、長い足を組んだまま、ご機嫌な様子で窓の外を眺めている。

カップを置いて、恵美子はきいた。

「今は、どちらにお住まいなんですか？」

「本牧なの」

「本牧って、横浜の？」

「ええ」

「一度だけ行ったことがありますけれど、落ち着いていていて、綺麗な街でした」

「ええ。とても気に入っているわ」

「でも、お一人住まいだと大変じゃありませんか？　買い物とか」

えみちゃんは意味ありげに微笑んでみせた。

「一人暮らしではあるけれど、そうしたことは心配いらないの」

「どうしてですか？」

「私、介護施設にいるの」

「え……？」

思わず聞き返してしまった。

「こう見えて、あちこちに持病があるの。年は取りたくないわね。もう思うように体が動かない。特にこの足がね。リハビリもしているんだけど、なかなか。だから、坊ちゃんの元を去る決心をしたの。坊ちゃんに万一、何かが起きたとき、私じゃあ、満足に対応できないもの。悔しいけれど、それが現実なの」

穏やかな口調であったが、彼女が胸の奥に持っている悔しさが、ダイレクトに伝わってきた。

えみちゃんは、ばつが悪そうに頬を赤らめ、すぐにつけ加えた。

「決して、あなたに嫉妬しているわけじゃないのよ。こういう日が来ることは、覚悟していたし」

「はぁ……」

そう言われても、恵美子としては、身を縮めるしかない。

助け船をだしてくれたのは、犬頭だった。

「その施設の居心地は、どうなんだ？」

「大島不動産販売の篠崎さんが見つけて下さった施設なの。とても良くしてくれる。皆さん親切だし。そこでかかるお金は、すべて大島家がだしてくれているの。私はお断りしたんだけれど、先代、先々代からの申し送りだと、弁護士の方から言われて」

「それは、雅弘さんのお祖父様、お父様ということですか」

「ええ。私が初めてこちらに来たのは、先々代の時。五十年以上、前になるわね」

犬頭が言う。

「歴史あり、だな」

「本当によくしていただいて。もう思い残すことはない……と言いたいところだけれど、やっぱり、坊ちゃんがお元気になった姿を、ひと目見たかったわねぇ」

えみちゃんは、恵美子には想像もできない苦労をして、ここまで生きてきたのだろう。一本筋の通った、眩しいほどの女性だった。

それにしても気になるのは、先ほど彼女が発した「思い残すことはない」という言葉だ。いったいどういうつもりであんなことを言ったのか。

えみちゃんは恵美子の表情から、何かを悟ったのだろう、影のある笑みを浮かべ、首を左右に振った。

「あなたの考えていることは判るわ。持病を抱えてはいるけれど、私はこの通り、ピンピンしている。でもね、実は私、もうすぐ死ぬかもしれないの」

思わず背筋が寒くなった。

「それは……その……」

「だから、坊ちゃんにお別れを言いに来たの。直接、言うつもりはないわ。姿をちらりとでも、見られれば良かったの。でも、ダメね。ひと目見たら、もうその場を離れられなくなってしまって」

そこまで黙っていた犬頭が、指でテーブルを突きながら、言った。

「もうすぐ死ぬ……か。解せない話だ。よければ、詳しく話してくれないか」

えみちゃんは、犬頭の手に、自分の手を重ねた。

「長生きはするものね。あなたから、そんな言葉をかけてもらうなんて」

「俺は雅弘のために、生きている。だがその前に、あなたがいたから、今の俺がある」

「犬の恩返し？」

「好きに言えばいい」

「それじゃあ話すけれど、笑ったら嫌よ」

「約束はできないが、できる限り、努力しよう」

「私が入所している施設は、『アストラ』というの。私なんかには、もったいないほどの施設でね。今いる部屋は、リビングと寝室の二間。これだけでもびっくりでしょう？　お風呂や台所はついてないけれど、お風呂は大浴場があるし、食事も頼めば三食、作ってくれるの。私、足が悪くて長時間立っているのが辛いから、買い物や炊事がなくなっただけで、ものすごく楽になったの」

「そんな恵まれた環境にいて、なぜ死ぬなどと言うのだ？」

「説明しないと判らないでしょうね。『アストラ』には、四十五人が住んでいる。みんな高齢者で、健康状態も様々なの。寝たきりの人もかなりいるわ。私みたいに介護度が一から二で、自由に出歩けるのは、ほんの一握り」

「だから、そんな元気なあなたが……」

「判ってる。もうちょっと説明させて。施設は五階建てで、一階は事務所や食堂、レクリエーションルームがあるの。二階から上が居室になっている。私が住んでいるのは、最上階、五階にある五〇三号室なの。その部屋が今、何て呼ばれていると思う？」

「俺に判るわけがない」

「終（つい）の部屋よ」

犬頭は薄い眉をわずかに上げた。

「それは、どういう意味なんだ？」

「そこに入ると、出られない、そこが終の棲家になる、つまり死ぬってことよ」

恵美子は犬頭と顔を見合わせる。

「そ、そんなことが……」

「勘違いしないでね。介護施設で暮らしているわけだから、ほとんどの入居者が高齢よ。あなたたちと違って、そう長く生きられないことは、理解しているわ。でもそれだけに、死には敏感なのよ。私のいる五〇三号にはね、死神が迫っているの。この一ヶ月の間に、二〇三号、三〇三号、四〇三号に住んでいた人が、続けて亡くなっているの。次は私じゃないかって、みんな、陰で噂しているの」

「失礼ですけど、これは介護施設での話ですよね。続けて亡くなられたからといって……」

「いくら介護施設でも、これは異常よ。施設長も困惑している」

犬頭は珍しく生真面目な顔で言った。

「亡くなったという三人だが、どういう亡くなり方をしたのだ？　そこを聞かないことには、何とも言えないな」

「さすが、鋭いわね」

「ここまで話したんだ。洗いざらい、ぶちまけてくれないか」

犬頭は足を組み替え、じっくりと聞く体勢を取った。えみちゃんはまだ迷っている様子だったが、紅茶を一口飲み、ふと天井を見上げた。彼女の視線は、天井を通り抜け、二階で眠っている雅弘を見上げているかのようだった。

「判ったわ。私の知っている限りのことをお伝えします。一人目は、二〇三号室の新堀正一さんという方。七十二歳だったかしら。十年以上前から、闘病されているの。脳の病気で、治療法は確立されていないっておっしゃってた。坊ちゃんのことが頭をよぎって、すごく辛かったわ」

「その男はどうやって死んだのだ？」

「一ヶ月前のことよ、外泊しているとき、お風呂場で亡くなったの。正一さんには一人息子さんがいらっしゃってね。よく面会に来られていて、とてもいい方なの。二ヶ月に一度くらい、埼玉の大宮にある息子さんの家で一泊するのが恒例になっていたわ。それが仇になるなんて、息子さん、どんな気持ちでいるのかと……」

えみちゃんは洟をすする。犬頭は少しイライラした様子で、きいた。

「つまり、新堀氏の死因は事故死だったのか」

「それがそうでもないの。警察が調べたところ、故意に湯船に沈められた可能性があると判ったの。もうびっくりよ。しかも、まっ先に疑われたのが、息子さんなの」

「まず疑うべきは身内からか。で？　捜査はその後、どうなった？」

「詳しくはしらないけれど、行き詰まっているみたい。事故の可能性も捨てきれないし、息子さんが犯人だという確証もない。宙ぶらりんの状態らしいの」

「ふむ。で、二人目は？」

「三〇三号に住んでられた澤井光央さん。八十三歳だった。やっぱり息子さんが一人、いらしてね。二週間前、これも東京、新木場にある息子さん宅に出かけたとき、川縁の土手から落ちたの。光央さんは足が不自由で、杖が手放せない状態だった。夕方、一人で散歩されているときに転落されたようなの」

「彼の死は事故死で決着がついているのか？」

「ええ。そう聞いてる」

「三人目は？」

「四〇三号の川原泰治さん。八十歳。これは三日前、千葉県市川市の自宅が火事で全焼して、それで」

「待て。彼は施設に入所していたのだろう？　自宅というのはどういうことだ？」

「川原さん、一ヶ月くらい前に、施設を退所されてるの。理由は判らない。それで、いったんは人手に渡っていた自宅を、オーナーさんの好意でしばらく使わせてもらっていたとか」

「その家が燃えた……。ふむ」

「判ったでしょう？　二階からじわじわと上がってきてる。何かの呪いかしら。私、この歳になるまで、幽霊とか信じたことなかったけれど……」

えみちゃんは肩を両手で抱き、顔を伏せた。

「部屋を移ればいいじゃないか」

「あそこは常に満室で空き待ちの人がいる状態なの。それに、私が移ったら、誰か別の人が入ることになる。そうしたら、その人に呪いがかかってしまう」

「ふむ。あなたらしい考え方だ」

「ねえ、やっぱりこの話は忘れて。まだ若い恵美子さんを巻きこんで、何かあったら……」

犬頭が人差し指をたて、それを左右に振る。

「我々はこれまでに、部屋にまつわる奇妙奇怪な事件を解決してきたのだよ」

恵美子はうなずいて言う。

「解決したというより、叩き潰したって感じでしたけど」

「恵美子君、解決も叩き潰すも俺にとっては同じことさ。とにかくあなたは、起こっていることをそのまま、話してくれればいい」

えみちゃんは目をぱちくりさせて、犬頭を見た。まっ青だった顔色も元に戻りつつある。

「……頼もしいわね」

「当たり前だ。俺はそうやって、雅弘を守ってきた」

「でも、今回、坊ちゃんには関係のないことよ」

「あなたがいなくなると、雅弘が悲しむ。俺にとっては、それで充分なのだよ」

「そう」

えみちゃんは紅茶を一口飲むと、安堵の笑みを浮かべた。

「私は身寄りがないの。正直、死ぬのは全然、怖くない。ただ、やっぱり、坊ちゃんのことが心配で……」

気丈に振る舞っていたえみちゃんの目に、うっすらと涙が浮かぶ。

経過が良いとはいえ、雅弘はいまだ車椅子で自宅の庭に出るのが精一杯だ。しかも、今後、劇的に回復する可能性は低いとされている。

「坊ちゃんのご病気は、とても難しいって聞いてるから、どちらにしても、私が生きている間に治すのは、難しいのかもしれない。私がまとまったお金でも持っていたら、研究費として全額、寄付するところよ」

「あなたがそんなことをしなくても、大島家は大金持ちだ。その辺のことはきっちりとやっている」

えみちゃんはハンカチを目に当てる。

「ええ……でも、気持ちの問題なの。私、坊ちゃんのために、今は何もしてあげられないから」

犬頭はそんな彼女をひと睨みすると、テーブルを拳でドンと叩いた。

「メソメソするなど、あなたらしくもない。雅弘が回復した姿を見たいのなら、見ればいいい」

「でも、坊ちゃんのご病気は……」

「治療法も見つかっていない。難病だ。治るまでには、何年もかかるだろう」

「だから、私は……」

「問題は簡単だ。あなたが長く生きればいいのだ。雅弘が元気になるまで、死ななければいい。それだけの話だよ」

「そ、そんなこと言っても……。私は『終の部屋』に住んでいるのよ」

「何の問題もない。俺たちがこれから出かけていって、そのまやかしをぶっ潰してやる。どうだ？　恵美子君」

「はい。大賛成です」

「よし、話は決まった。では、出かけよう。あなたの住んでいる施設とやらに、我々を案内してくれ」

二

えみちゃんが入居している介護施設「アストラ」は中華街から車で十五分ほどのところにあった。緑の多い、オフィスビルやマンションが並ぶ、整然とした一角だった。等間隔で街路樹と街灯が並び、歩道もタイル風のデザインになっている。見たところ、介護施設があるような雰囲気ではない。

恵美子が怪訝そうにキョロキョロとしていたからだろう、えみちゃんは小さく笑って、説明してくれた。

「初めてくる人は、みんな、びっくりするのよ。再開発された地区で、家賃もそれほど高くないから、けっこう人気なのよ。だけど、オフィスビルについては、最近、空きが多いみたいね」

言われて見れば、一階にあるビルの案内図や、壁面にある看板には、空白のものが目立つ。さらに、平日であるというのに、人通り、交通量も少なめだ。

「『アストラ』を運営する会社は、そこに目をつけたってわけ。はい、ここが私の住んでいるところ」

えみちゃんが足を止めたのは、何の変哲もない五階建てのオフィスビルだった。通りに面した一階部分は展示スペースであったのか、すべてガラス張りだ。今は白いカーテンが引かれ、中は見えなくなっている。建物の外観は落ち着いたブルーグレーで、窓にはすべて遮光用のブラインドが下りていた。

恵美子が呆然と建物を見上げていると、えみちゃんは、その反応が期待通りであったとみえ、うれしそうに笑う。

「さあ、中に入りましょう」

自動ドアを抜けた先には、大きな水槽があり、熱帯魚が泳いでいる。左側にカウンターがあり、その向こうにはテーブルが六つ。それぞれに事務員と思われる女性が座っていた。パソコン、コピー機も揃っており、皆、忙しそうに立ち働いている。

一人の女性が、こちらに気づいた。

「あら、薦田さん、お帰りなさい」

明るい感じの中年女性だった。自分のデスクを離れ、カウンターまで来ると、一枚の紙をだす。

「今日はお連れさんがいるのね」

えみちゃんはだされた紙を、恵美子に見せた。

「これに記入してくれるかしら」

紙は訪問者シートで、訪ねて来た者の氏名、連絡先、関係、さらに、訪問時間、退出時間などを細かく記入するようになっていた。

中年女性がカウンターの向こうで、頭を下げた。

「ご面倒ですけど、すみません」

介護施設である以上、人の出入りに神経質になるのは、当然だ。

恵美子は自分の氏名、連絡先を書き入れ、はたと気がついた。

「犬頭さん、連絡先とかって、どうしているんですか？」

「そんなものはない」

「でも、何か記入しないと」

「とりあえず、雅弘の自宅にしておいてくれ」

「そ、そんなぁ」

えみちゃんがまた、悪戯小僧のように笑う。

「いいじゃない。嘘ではないんだし」

「はぁ……」

犬頭とえみちゃんって、何となく同じにおいがする……。

書き上がった訪問者シートを受け取ると、女性はえみちゃんに言った。

「電話や手紙は来ていません。晩のお食事はどうしましょう？」

「今日は、お願いしようかしら」

「判りました」

女性はそう言って、デスクに戻っていった。

「そちら側が食堂なの」

水槽を挟んだ向こう側に、自動ドアで仕切られた広い空間があった。四人がけのテーブルが適度な間隔で並び、壁際にはグランドピアノまで置いてある。ちょっとしたレストランのようだ。

「休日はイベントスペースにもなるの」

「豪華ですねぇ」

そう言いながらも、恵美子はやはり施設独特の閉ざされた空気のようなものを感じてしまう。食事時ではないが、数人の人たちがテーブルにつき、和やかに談笑している。病気を持ちつつも、施設に入れば、二十四時間しっかりとしたケアを受けられるし、何より、安心して日々暮らしていける。でも……。

本当にこれが一番の選択肢なのだろうか。もっと別の暮らし方があるのではないだろうか。恵美子はつい、思ってしまう。

「若いあなたには、まだ判らないでしょうねぇ」

えみちゃんが言った。また、心の内を見透かされてしまったようだ。

「ごめんなさい。私、思ったことがいつも顔に出てしまうみたいで……」

「いいのよ。でも、私は今、とても幸せよ。好きな本を読んだり、ラジオを聞いたり。今まで憧れていたことが、ここだと全部できるのよ」

えみちゃんは、二十歳になるかならない頃から、いわゆるお手伝いさんとして大島家に入り、そのままずっと、「仕えて」きた。結婚もせず、あのお屋敷で、ずっと暮らしてきた。これもまた、恵美子には想像もできない感覚だった。

そんな恵美子の横で、犬頭はクンクンと鼻を鳴らす。

「ほほう、今日は魚の煮付けだな」

「おいしいわよ。少し味が薄いけれどね」

そう言ったえみちゃんが、右足を押さえながら、顔を顰めた。

ロビーにいた介護士が、すぐに車椅子を持ってやってきた。犬頭がえみちゃんをひょいと持ち上げ、座らせる。

車椅子上のえみちゃんは、弱々しく、急にひと回り縮んでしまったように見えた。

「これが私の姿なの。昨日、今日は大分、調子がよかったんだけど。もしかして、これも部屋の呪いのせいかしら」

「薦田さん、そんな考えに囚われないで。いいですか、呪いなんて存在しないんです」

恵美子は強い調子で言った。えみちゃんは弱々しく、うなずく。

「そう……そうね」

犬頭が車椅子をゆっくりと転回させる。

「可能であれば、三人がいた部屋を見たいのだが。終の部屋というのを、自分の目で見ておきたい」

「二〇三号なら、空き部屋になっているから入れると思う。澤井さんと川原さんの部屋は、まだ荷物が残ったままになっているから。でも、部屋の内装や作りは全部同じよ」

「ふむ。とりあえず、二階、新堀正一の部屋を見せてもらおう」

受付の前には、エレベーターが二基あった。それに乗り、二階に上がる。

降りた所は、静謐な空間だった。刺激の少ないクリーム色の壁、カーペットはグレーで、所々、アクセントとしてピンク色のブロック模様が散らしてある。エレベーターホールを中心として三方向に廊下が延び、それぞれに個室のドアが並んでいる。また、ホールには大きなモニターが置かれ、それぞれの居室番号が表示されている。何か異常があった場合、またはコールボタンが押された場合などは、点滅して異状を知らせてくれるのだ。

犬頭が鼻を鳴らして言う。

「静かだな」

「防音になっているわけではないけれど、毎日、こんなものよ」

二〇三号は、建物の西側に面していた。鍵などはかからないようになっており、横開きのドアは、わずかな力でするすると開いた。室内は完全バリアフリーで、車椅子でも問題なく入ることができる。靴は履いたままでいいらしい。

中は、八畳のリビングと六畳の寝室という間取りであった。現在は備えつけの洋服ダンスがあるだけで、がらんとした空間が広がっている。

えみちゃんは中に入るのを躊躇しているようだったが、犬頭は車椅子を押して共に中へと入っていく。

「二〇三から五〇三まで、部屋の間取りなどは、同じなのだな」

「ええ」

「それ以外の部屋はどうなのだ？　やはり同じなのかね」

「いいえ、違うわ。トイレ付きの部屋もあるのよ。私はある程度歩けるから、あえて、トイレなしの部屋なの。四階、五階には、夫婦で入居できる部屋もあるわ。中を見たことはないけれど、そこはもっと広いのでしょうね」

「あの窓についてききたいのだが」

犬頭が指さしたのは、出入口の真正面にある窓だった。今はカーテンが閉まっているが、小柄な人であれば充分出入りできそうなほどの大きさがある。

犬頭は興味を持ったようで、カーテンをさっと開いた。

そこにあったのは、薄汚れた灰色の壁だった。

えみちゃんは苦笑して言う。

「隣のマンションの壁よ。ここ、元々はオフィスビルとして建てられたでしょう。だから、景観は後回しなの。たしかに、眺めのいい部屋もあるんだけど、ここは、ダメ」

恵美子は犬頭の横に立ち、窓からそっと顔をだす。壁との間は四メートル、あるかないか。かなり密接している。もっとも、こちらは五階建てだが、向こうはかなり高い。十階以上あるだろう。

「マンション名は『バンデルハイツ』。五階までは単身者向けのワンルームで、そこから上は一ＤＫ以上のファミリー向けの部屋になっているそうよ」

「アストラ」は五階建てであるため、「バンデルハイツ」も五階までは視界を遮（さえぎ）られる。そのため五階以下は、「アストラ」に面する側に窓が一つもない。一方、六階以上の部分は「アストラ」によって遮られることもないため、窓を設けることが可能だ。実際、六階以上については、「アストラ」に面する側にも窓がある。

　恵美子はカーテンを閉めながら言った。

「でも、これじゃあ、一日中、日も差さないじゃないですか」

「私は外出できるから、日なたぼっこくらい、どこでもできるわ。それに、この年になると、景色のことなんて、あんまり気にならなくなった」

「なるほど」

　犬頭が、ポンと手を打ち鳴らす。

「部屋については大体、理解できた。では、死んだ三人について、もう少し、詳しいことを聞かせてくれ。まず新堀氏についてだ。彼には息子がいた。なのになぜ、施設に入ることとなったのだ？」

「新堀さん、認知症の症状が少しずつ出始めていてね。もう目が離せない状態になっていたの。息子さんは仕事もあるし、一人で面倒は見切れない。それで、ここに入ることを決めたみたい。息子さんには何度かお会いしたけど、温厚そうでとてもいい方。何でも、元警察官だとか」

「そう言えば、息子の名前をまだきいていなかったな」

「名前は新堀栄介さん」

「新堀栄介だな。そして、こいつは元警察官」

「そう。偉かったみたいよ。警視庁に入ると、すぐ警部か何かになったって」

「警部補だな。キャリア組だったわけか」

「でも、お父様の介護のため、仕事を辞めて、今は警備会社で働いているとか」

「そこまで判れば充分だ。彼の情報については、別口を当たろう。恵美子君！」

「はい！　篠崎さんですね」

「そうだ。愚図で鈍感で役立たずの篠崎だ。今すぐ新堀正一の死についての情報を集めさせるのだ」

犬頭の口の悪さをとやかく言っている暇はない。恵美子は廊下に出ると、篠崎に電話をかけた。えみちゃん絡みの案件ということで、心底驚いているようだったが、すぐに調べることを約束してくれた。自分が紹介した施設で、そのような出来事に巻きこまれたことを、ひどく気にしているようでもあった。

恵美子が部屋に戻ると、既に澤井についての話が始まっていた。

「ふむふむ、澤井光央は糖尿病で足が悪かった」

「ええ。奥様には先立たれていて、息子さんが一人。もう結婚されていて、新木場に住んでおられたの」

「転落死したのは、その近所か？」

「ええ。月に一度くらい、孫の顔を見に行ってらしたそうなの。それが、こんなことになって……」

「これに関して、警察は事故だと？」

「詳しいことは、判らないの」

犬頭が指を鳴らす。恵美子は再び外に出て、篠崎に澤井光央転落事件についての調査も依頼する。

戻ると、川原の話が既に始まっている。

「川原さんは、左半身に少し麻痺（まひ）があったわ。食事とか入浴とか、日常の動きはできたみたいだけれど、時々、辛そうにしてらしたわ。奥様もお子さんもいらっしゃらなくて、自分は天涯孤独だからがんばらないとって、気丈に振る舞っておられたのに」

「だが、彼はここを去って千葉にある自宅に戻ったのだったな。そこで火事に遭った」

「そう。本当に気の毒でね」

「火事の原因は判っているのかい？」

「煙草の火の不始末だって話よ」

「つまり失火か」

「だけど、その点については、ちょっと引っかかるの」

「なぜ？」

「川原さん、禁煙していたんですもの。もう二週間吸ってないって、自慢していたわ」

「二週間程度では、禁煙成功とは言いがたい。ところで、その三人、施設内で交流はあったのかね」

「ええ。仲が良かったわよ。談話室で一緒にいる姿をよく見かけたわ。微笑ましい光景だった」

「その微笑ましい関係は、入所以来、ずっとかね？」

「私が知る限りはね。でも、ここ二ヶ月ほどは特に仲良く見えたわ。それというのも、二ヶ月前、新堀さんが転んだか何かでケガをしたらしいの。それ以来、特に仲が良くなったみたい。転倒事故は他人事じゃないからねぇ」

「施設の仲良し三人組が、事故にしろ殺人にしろ、失火にしろ不審火にしろ、立て続けに死んでいるんだ。警察は疑問に思わなかったのか？」

「私にはよく判らないわ」

「たしかに、三件は埼玉県警、警視庁、千葉県警とすべて管轄が違う。情報共有の面において、警察はまるで進歩がない。縄張り意識が邪魔をして、目の前にぶら下がる共通項に気づいていないのかもしれん。だが、いずれにせよ、あと数日の内に警察も動くだろう。そうなれば、あなたの身も安全なのだが」

「私の命は、あなたに預けたわ」

犬頭はふんと鼻を鳴らす。

「この程度の事件、解決までに大して時間はかからないだろう。さて、最後に何か言っておくことはあるかね？　気になることだとか、言い忘れていたこと、何でもいいぞ」

「知っていることは全部、話したわ。でも、こんなに人と会話をしたのは、久しぶり。喉がかれてきちゃった」

「必要とあらば、いつでも言ってくれ」

「心配してくれるのはありがたいけれど、私は大丈夫。それより、坊ちゃんをよろしくね」

「無論だ」

「本当に、不思議な体験だわ。あなたはいったい、何なのかしら。天使というには、ちょっと荒くれているし」

「犬で構わんよ」

「お犬様ね」

そう言って微笑んだえみちゃんが、はっとした表情で、長身の犬頭を見上げる。

「天使って言えば、殺された新堀さん、一度、妙なことを言ってたのよ」

「というと？」

「三ヶ月くらい前かしら、新堀さん、あまり調子がよくない時期があってね。ある朝、『天女』を見たって、大騒ぎをして。介護士たちがなだめようとするんだけれど、最後には暴れだしてね。大変だったのよ」

「ほう。彼はいつ、どこで天女を見たのかな？」

「さあ、詳しいことは判らないの。ただ、そんなことがあったというだけ。今、ふいに思いだしたのよ」

犬頭は魔物めいた不敵な笑みを浮かべると、一度閉めたカーテンを開き、窓の外を見た。見たと言っても、そこにあるのは、灰色の壁だけだ。

「えみちゃん、新堀は調子が悪かったんだな。彼は認知症の症状が出ているとのことだったが」

「ええ。初めて会ったときは、朗らかでおだやかな方だったけれど、少しずつ変わってしまわれて。性格もきつくなって、食事のとき隣の人と喧嘩を始めたりしてね。介護士の前ではにこりともしなくなった。表情が和むのは、栄介さんがいるときだけ。やっぱり、血の繫がりって大切ね」

「そんな状況にある男が、『天女を見た』と騒ぎ始めた。考えられることは一つだ」

「ええ。私も含め、誰も本気にしませんでしたよ。夢か幻覚か、いずれにせよ、病気のせいだと思っていたわ」

「よく判ったよ」

犬頭はカーテンをぴしゃりと閉める。

「聞きたいことは、ほぼ聞けたと思う。さっそく、調査を始めよう」

「よろしくお願いします」

頭を下げるえみちゃんの顔には、さすがに不安の影が浮かんでいた。犬頭が、彼女の手をそっと握った。

「心配することはない。いいね」

えみちゃんは犬頭の手を握り返す。

「大きな手ね」

「大丈夫。俺はあなたと共にある」

犬頭は右手をパチンと鳴らし、恵美子に言った。

「さあ、行こう」

三

「不動産屋の方が、何用でしょうかね」

新堀栄介は不審げな表情を隠そうともせず、恵美子の名刺に目を落とした。恵美子の横に座る、黄色いジャケットの男は、あえて見ようとすらしていなかった。

大宮駅前の喫茶店で、恵美子と犬頭は、栄介と向き合っていた。恵美子からのアポイントメントの電話に対し、栄介は取りつく島もなかった。二度断られた後、篠崎を通じて連絡を入れ、ようやく承諾を勝ち取ったのだった。それでも、自宅に行くという恵美子の申し出を頑なに拒絶し、結局、駅前の混み合う喫茶店内での面会となったのだった。

「篠崎さんからどうしてもと連絡を貰いましてね。それで、仕方なくやって来たわけですが、ご用件は何でしょうか」

元警視庁勤務と聞いていたが、体つきはそれほどごつくない。キャリア組であるから当然と言えば、当然か。細面で首が長く、頬はこけている。白と灰色の混じった髪をきっちりと七三に分け、皺一つないスーツをこれまたきっちりと着こなしている。

今年五十一歳、現在は大田原警備保障で課長職にあるという。名刺は貰えなかったが、篠崎からの事前情報で、大体のところは摑んでいた。

恵美子は前もって用意していた訪問事由を述べた。

「私どもの部署は、クレーム処理専門でございます。実は、施設『アストラ』が入居しているビルに対しまして、調査の依頼がございました」

「それはまた、どうして？」

「詳しくは申し上げられないのですが、転倒事故などが頻発しておりまして、それが建物の構造上の問題なのではないかと……」

「転倒事故ねぇ。二ヶ月ほど前、父も転倒事故を起こしたが、防ぐといっても限界がある。いや、あそこのスタッフは実に優秀でね。私も良い施設に父を預けたと喜んでいたのだよ。判りました。そういう理由であれば、何でもお答えしよう。根も葉もない風聞などで経営が立ちゆかなくなっては、大変だ」

「では、まず……」

「部屋の間取りについてなのだがね」

突然、犬頭が身を乗りだして言った。栄介の表情がぐっと険しくなる。

「そのぅ、あなたも不動産販売の方ですかな」

「まあ、そのようなものだ。とにかく、先に質問に答えてもらいたい。あなたのお父上が入居されていたとき、ベッドはどこにあったか、教えて欲しい」

ぞんざいな口調だが、なぜか栄介は腹を立てる様子もない。これもまた、犬頭の持つ不思議な魔力の賜なのだろうか。

「あの部屋は二間あったが、父は一間だけしか使っていなかった。リビングにベッドを置き、そこで暮らしていた。本来の寝室は、物置になっていたよ」

「新堀氏はリビングに寝ていた。頭の向きはどちら側だった？」

「出入口の方に頭を向けていた」

「つまり、正面に窓が来る」

「そうだった」

「もう一つ、あんたは知っているかな？　お父上が生前、『天女を見た』と言って騒いだことを」

栄介は口の端を歪め、言った。

「たしかに、そんなことがあった。しかし、相手は認知症を患っている年寄りだ。寝ぼけたのか、幻覚を見たのか、いずれにせよ、それほど騒ぐことではないと思うが」

「いやいや、まさにその通り。ただ、こちらとしては事実の有無を確かめねばならないのでね」

もっともらしいことを言って、犬頭はハハハと笑い、疑り深そうに目を細める栄介を煙に巻く。

「用件はもう済んだのかな？」

そう尋ねた栄介に、犬頭は逆にきき返す。

「ところで、あんた、今の仕事は順調かね？」

栄介はあからさまに不愉快な表情を見せた。

「そんな質問に答える義務はない……が、まあ、答えてやろう。順調だ。何なら、会社にきいてみるといい」

「そいつは良かった。いや、介護は大変だったんじゃないかと思ってね」

「たしかに、楽ではなかった。闘病は十年以上に及んだ。天職だと思っていた警察を退職しなければならなかったのは、さすがに無念の極みだった。しかし、今になって振り返ると、すべては良い経験だったと思う。新しい職場と出会い、大いに充実した毎日を送らせてもらっている」

栄介は表情を曇らせる。

「それだけに、今回の件はショックだった。父もまた、施設の中で新しい友達もできて、わずかだが快方に向かいつつあったのだ。私がもう少し注意深かったらと、後悔しているよ」

「今の話を聞いて、安心したよ」

「というと？」

「もっと落ちこんでいるのかと思ってね。父親が亡くなり、その死について警察から疑いをかけられている。俺だったら、頭がおかしくなる」

栄介は陰気な笑みを浮かべた。

「私だって、一時期は追い詰められたさ。だが、警察という組織がどういう物の考え方をするのか、よく知っている。状況から見て、私が疑われるのは仕方のないことだ。だから正直にすべてを話した。日本の警察は優秀だ。調べが進めば、自ずと真実が判る」

「あんたは、やっていないんだな」

犬頭のあまりに失礼な問いかけにも、栄介は冷静さを失わなかった。

「無論だ。私は事故だったと信じている。むろん、私の責任がゼロだったと言うつもりはない」

「最後にもう一つだけ。正一さんにも友達ができたと、さっきあんたは言った。名前を聞いているか？」

「澤井さんと川原さんだ。食堂で一緒になり、ウマが合ったらしい」

「その二人が、相次いで亡くなったことも、知っているか」

「ああ。何ともやりきれない話だ。恐ろしい偶然だよ」

「偶然。あんたは偶然だと思うんだな？」

「ほかに何がある」

犬頭は薄気味の悪い笑みを浮かべると、行けとばかりに、店のドアを指さした。

「ふん」

栄介は不愉快そうに鼻を鳴らすと、大股(おおまた)で店を出て行った。

恵美子は栄介を真似て、「ふん！ ふん！」と鼻を鳴らしている犬頭にきいた。

「どういうつもりなんです？ あんな失礼な質問ばかりして」

「本音を引きだすには、あのくらいで丁度いいのだよ。それにしても、新堀正一が、澤井、川原と懇意だった点、気にならないか」

「まあ、それはたしかに」

「ふーむ、今回の件、やはり裏に何かあるな。しかし、いかんせん情報不足だ」

「事件について何も質問しないからじゃないですか！」

「いいのさ。きいたって、どうせ大した答えは期待できない。それより、役立たずのボンクラ人間篠崎の報告を待とうじゃないか」

「罵倒(ばとう)している割には、篠崎さん頼みなんですね」

「頼んで何が悪い。我々が頼まなければ、あいつなんて、存在感のないただのボンクラだ」

「情報を提供してくれて、充分、役立っているんですから、役立たずは撤回して下さい」

「ふん、良かろう。では、愚図で鈍感のボンクラだ。あれしきのことを調べるのに、いつまでかかっている！」

恵美子の携帯に着信があった。篠崎からの長文メールだった。

恵美子はざっと目を通す。

「新堀正一さんの死因は溺死です。遺体は自宅風呂場の浴槽内で見つかりました。当初は事故と思われていたのですが、遺体の首、両肩に圧迫痕が認められたため、殺人として捜査が開始されたそうです」

「何者かが、湯船につかっている被害者の首と肩を摑み、湯の中に沈めたというわけか」

「はい。そして、まず疑われたのが、息子である栄介さんです」

「根拠は？」

「外部から侵入の痕跡がなかったこと、栄介さん自身に明確なアリバイがなかったこと、とあります」

「随分と薄弱だな。犯行当時、栄介はどこで何をしていたのだ？」

「自宅の二階で寝ていたそうです」

「何と。限りなく犯行現場に近いところで、いびきをかいていたわけか。それは疑われて当然だ」

「ただ、彼は十年以上、父親の介護をし、近所でも評判になるほどでした。遺産などがあるわけでもなく、具体的な動機は今のところ、見つかっていません」

「とはいえ、状況から見て、第一容疑者に違いはないだろう。たとえ、元警察官だったとしてもな」

「もちろん、容疑者の一人として警察は見ているようです。その一方で、玄関の鍵が開いていたことなどから、外部からの侵入という可能性も捨てきれないようです」

「鍵が開いていた？」

「どうやら、被害者の正一さんが開けてしまったようなんです。認知症のせいか、よく、そういうことをしていたそうです」

「なるほど。となると、以前から目をつけられていた可能性もあるな」

「はい。監視されていたかもしれません。そして、鍵が開いているときを狙って、入りこまれた」

「しかし、盗まれたものは何もないのだろう？」

「はい。栄介さんの申告では、被害金額はゼロとなっています」

「何ともチグハグな事件だな」

「それだけに、警察も手を焼いているみたいです。ただ、新堀家のある一帯は、大きな家も多く、最近、窃盗被害が増加しているそうです。一年前には、新堀家の二軒隣が被害に遭っています」

「盗みに入ったものの、めぼしいものはなく、その途中、被害者に顔を見られてしまい、咄嗟に風呂場に沈め殺してしまった。我に返った犯人は慌てて逃げ去り、息子は一人、何も知らずに熟睡していた。警察が描くとすれば、こんな構図だろうな」

「栄介氏への聴取は、週に数度の割合で続いているようですが、捜査は停滞しています」

「ふん、警察なんて無能の集まりだ。せいぜい、そんなところだろう。では恵美子君、次に行こう」

「次って、どこへ？」

「決まっている。第二の死者、名前は何といったかな」

「澤井光央さんです」

「その一人息子とやらに会うのだ」

「でも、もうかなり遅い時間ですよ」

時計は午後八時を回っている。

「かまわんさ」

「向こうがかまいます。ご家族だっているでしょうし」

「この俺が行くんだ。かまわんと言ったら、かまわんのだよ」

四

「全然、かまいませんよ」

澤井光央の息子光一（こういち）は、ソファに座り、大きく伸びをした。

「妻と息子は一週間、実家に行ってましてね。こうして僕は一人、羽を伸ばして……おっと、こんなことを言ったら、親父が怒るかな」

光一の家は、新木場駅から車で十五分ほどの住宅地にあった。築一年、室内には新居独特の香りがまだ残っている。白を基調にした明るい内装と、開放感のある高い天井、狭いながらもよく手入れの行き届いた庭などが、家に対するこだわりの強さを感じさせた。

「正直言うと、家族に頼んで、少し一人にさせてもらったんです。あんな親父でしたけど、やはりいなくなるとね」

光一はため息交じりに、膝を叩いて言った。

「そんなこんなで、一杯、やっている次第です。おふたりもいかがですか？」

水割りの入ったグラスとウイスキーのボトルを掲げる。

固辞する恵美子の横で、犬頭は鼻をクンクン鳴らしながら、上機嫌で言う。

「ありがたい。一杯、いただこう」

光一はうれしそうに顔を綻ばせ、食器棚からグラスを取って来た。酒を勧めたのは、社交辞令ではなかったようだ。彼もかなりのストレスを溜めこんでいる様子だ。

「一人で飲むのも、飽きてましてね。水割りでよろしいですか？」

「いや、そのまま、そのまま」

「は？」

「そのままついでくれ」

「と言うと、ストレートで?」

うなずく犬頭のグラスに、やや躊躇いがちに酒が注がれる。

「もっとだ。グラスいっぱい、注げ」

何かに魅入られたかのように、光一は、表面張力ギリギリまで酒を満たした。

犬頭は満足げに笑い、グラスを掲げた。

「乾杯」

そのまま、相手の反応も見ず、ひと息にグラスを空ける。

「プハァ。うまいな」

呆気に取られる光一の前にグラスを置くと、犬頭は平然として言った。

「さて、いくつかききたいことがあるのだが、構わないか?」

「え? あ……ええ」

光一のグラスの中で、氷がカランと音をたてた。

「でも、どうして不動産会社の方が……?」

恵美子は新堀栄介に言ったのと同じ説明をした。ほろ酔いの光一は、深く考えることもなく、「ああ」とうなずいた。

犬頭が言う。

「ききたいのは、施設でのことだ。どういう経緯で、あの施設に入ったのだ?」

光一は一瞬、言いにくそうに口ごもった後、口を開いた。

「要するに、面倒見切れなくなったわけですよ。親父はこれまで、勝手気ままな暮らしをしてきましてね。親、つまり私の祖父から受け継いだ財産に頼って生きてきました。酒と賭け事が大好きで……、まあ、その代償が病気だったわけです」

「糖尿病だったな」

「医者の言うことも聞かなかったので、歩行が困難になりましてね」

「それで施設に入ったわけか。親父さんは、それまで一人暮らしをしていたのか？」

「ええ。世田谷に一軒家がありましてね。親から相続したものです。そこで暮らしていました。僕はこれでも一応、堅気ですから、実際のところ、それほど親密でもなかったので」

「あんたは、保険会社勤務だったな。外資系の」

「十年以上、営業をやっています。これでも、トップセールスで表彰されたりもしてるんですよ。出来高制ってこともあり、こうして家も建てられた」

「だが……」

光一はさっと右手を挙げ、犬頭を制した。

「あなたの言いたいことは判ります。それだけの稼ぎがありながら、どうして自分で親父の面倒を見ないのか。答え、第一に親父の面倒なんか見たくないから。第二に、家族も同じ考えだから」

「ふむ、明快だな」

「世田谷の家を売り、その金で施設に入りました。実際、親父がどう思っていたのかは判りません。施設では友達もできて、それなりに上手くやっていたようです。隠れて酒を飲んだり、よく問題を起こしていたようですが」

犬頭が身を乗りだした。

「そこだ。そのあたりのことをききたい。親父さんが施設で親しくしていたのは、誰だ？」

「あんな人間でしたけど、人気はあったみたいですよ。男女問わずにね。施設側に迷惑かけても、追いだされなかったのは、そうした面が大きかったのかなぁ。ただ僕も、しょっちゅう顔だしてたわけじゃないから、友達って言われても、判らないなぁ。部屋で何度か顔を合わせた人はいますけどね」

「その人物の名前は判るかね？」

「ええ。新堀正一さんともう一人は……川原とか言ったかな」

恵美子は犬頭と目を合わせる。

しかし見たところ、光一は川原の死をまだ知らないようだ。川原が死んだのは三日前。担当である千葉県警は、いまだ澤井光央の件を知らないのか。知っていても関連付けていないのか。恐らく後者だろう。

犬頭は質問を続ける。

「新堀正一さんの件は、知っているな」

「ええ。親父もショックを受けていました。お互いの部屋を行き来していたらしいし、正一さんに車椅子を押してもらって、散歩にも行っていたようです。ただ最近は病気が進んで、前のようにはいかなくなったとこぼしていました。ちょっと寂しそうだったなぁ。俺は正一さんの命を救ったこともあるのにって」

「そこのところ、詳しく話してくれないか」

「二ヶ月くらい前かな、正一さんが部屋で転倒して、危うく死にかけたことがあったそうで」

「その事故については、聞いている。詳しく知っているのであれば、話してくれ」

「正一さんはいつも、タオルを首に巻いていたそうです。転んだとき、どういう加減かタオルがベッドサイドのバーに絡みついて、首吊りみたいな状態になったんだそうで。偶然、部屋を訪ねた父と川原さんがそれを見つけ、タオルを外し、事なきを得たってことだそうです」

恵美子は言った。

「それって、施設側にも責任の一端がありますよね」

「そうなりますかね。ただ、正一さんの息子さんは、訴えるとか事を荒立てるつもりもないみたいで、この件はそれっきりになったようです。まあ、正一さんの首筋には赤い痕がくっきり残って、しばらくは痛々しかったですけどね」

酔いが大分回り、光一は饒舌になっていた。犬頭の狙いはここにあったようだ。

「最後の質問だ。施設への支払いだが、親父さんはきちんとやっていたのかね」

光一は顔を顰める。

「それがね、困ったことになっていたんですよ。世田谷の家はかなりの金額で売れました。当時は親父があと何年生きるか判らなかったけど、十年がんばったとしても、充分、支払える額だったんです。それぎゃ、驚えたことに、半分、消えちまっちゃ」

光一は呂律が回らなくなっていた。酔いの後押しもあって、口が軽くなっている。犬頭がききもしないのに、ペラペラと喋りだした。

「ギャンブルだよ。あいつ、外出許可とっては競馬に行ってたによ。同じ施設にいりゅ川原ってヤツと一緒に」

その件は初耳だった。が、川原が施設の支払いを滞らせ、出ていくことになったという原因が、図らずも判明したことになる。

光一は、ブーと子供のように頰を膨らませ、続けた。

「まあ、銀行カードを持たせてたこっちにも非はあるけどさ、ヒック、まさか、病気でほとんど歩けなくなっているヤツがさぁ、競馬で大金を摩るなんて、考えないでしょう。ヒック、ええ？　そうでしょう？」

「半分、あと五年か。蓄えとしては、少々不安だな」

「そんな生やさしいもんじゃにぇえよ。施設追いだされたらしゃ、うちで引き取んなきゃならないんだよ。そんなこと、できるわけないでしょ？　妻も絶対同居は嫌だって言うしさ。もうホント、困りきっていたのよ」

犬頭の目が鋭く光る。

「つまり、親父さんの死は、あんたにとって、好都合だったってことか？」

「何とでも取ってくれ。たしかに、俺を育ててくれた親だしさ、感謝してるよ。死んで悲しいよ。だけど、こっちにも生活ってものがあんの。ああ、もう、親父、ありがとよ」

光一はグラスにウイスキーを注ぐと高々と掲げる。

「献杯——！」

琥珀色の液体をひと息にあおる。

「いやぁ、犬山犬男さん。あんたの言う通り、酒はストレートだね。ハハハハハ」

犬頭は立ち上がる。

「さて、用件は済んだ。次に行こう」

「澤井さん、何だか急に酔っ払ったみたいに見えましたけど」

「ふふん。チョイチョイと体内のアルコール濃度を上げてやったのだ」

「そんなことして、倒れたりしたら、どうするんです！」

「心配いらん。ものの五分くらいで覚める」

「なら、いいんですけど……」

「この件に関して、篠崎からの情報はないのか？」

「澤井光央さんが亡くなられた状況についての報告があります。澤井さんは、二週間前の午後六時十分、この先にある河原を散歩中に転倒。土手を数メートルにわたって転げ落ち、亡くなられています。直接の死因は脳挫傷。転落の際、石に頭を打ちつけたようです」

「ふむ。転倒の瞬間の目撃者は？」

「いないようです。警察は事故と結論づけています」

「なるほどな。よし判った。さあ、次に行くぞ！」

「川原さんですか？　でもこの方、天涯孤独で身寄りもないって」

「施設を追いだされた後、誰か面倒を見ていたものがいるはずだ。篠崎の資料を見てみるのだ」

「そんなこと言っても……あ！　介護士の佐々木町子さん。この人が身元引受人です！」

「介護士か。彼のことを良く知る人物に変わりはない。よし会いに行くぞ」

「でも、さすがに……」

時刻は午後十時を過ぎている。

「ここから行くと十一時過ぎになりますよ。いくら何でも、非常識じゃあ」

「大丈夫だ。俺が行くのだから」

五

「ええ、大丈夫ですよ」

佐々木町子は温かな笑みを見せながら、お茶をだしてくれた。時刻は午後十一時半である。古い住宅地は街灯も少なく、都内にしては闇が深い。そんな中にあって、町子の家はまだこうこうと明かりが点っていた。

町子の家は、築三十年になるという木造の一戸建てである。恵美子たちが通されたのは畳敷きの客間で、折り畳み式のローテーブルと小型で持ち運びもできるテレビが置いてあった。

町子は座布団を二つ置き、「さあさあ」と慌ただしく勧めると、「さてさて」とつぶやきながら、部屋を出ていった。まもなく、薬缶のたてる、「ピー」という音がして、盆に湯呑みを載せた町子が「お待たせ、お待たせ」と言いながら戻って来た。

町子は五十代後半、白髪交じりの髪を無造作に束ね、縁なしの丸いメガネをかけていた。割烹着が似合いそうだな、というのが恵美子の第一印象だ。

「夜分遅くに、本当に申し訳ありません」

恵美子は再度、頭を下げる。

「気にしないで。この時間はいつも起きているから。あたしね、睡眠時間は四時間で充分なのよ。と言うか、でなくちゃ、この仕事は務まらないから」

そう平然と言ってのける町子に、恵美子はただただ敬服するよりなかった。介護の仕事が激務であることは、周知の事実だ。屋台骨を支えているのは、町子のような人たちなのだろう。

さすがの犬頭も、町子には一目置いているようで、いつものような不遜な態度は、幾分、和らいでいる。

「ききたいのは、川原泰治のことなのだ。彼が入所していた施設で、少々トラブルがあってね。我々はそのクレーム処理に当たっているのだ」

町子はテーブルの上に置いた恵美子の名刺に、目を落とす。

「不動産会社に、そんな部署があったなんて知らなかった。だけど、私たちには守秘義務があるの。川原さんの個人的なことについては、一切、お答えできないことになっているのよ」

町子であれば、そう答えるだろうと思っていた。ここはまた、犬頭の不思議な力に頼るしかない。恵美子が横目で犬頭を見たとき、町子は険しい表情になって続けた。

「というのは建前で、実を言うと、川原さんの件については、私も腑に落ちない点があるのよ。警察に言っても、まともに取り合ってくれないし、途方に暮れていたところ。あなたがたにきいて貰えれば、私の方としても、ありがたいわ」

　恵美子は念のため、きいた。

「でも、それは守秘義務違反になるのでは？」

「ええ。だけど、私は介護士である前に人なの。川原さんの死を、そのままになんてしておけない。今回の件でクビになったとしても、後悔はないわ」

　犬頭は腕組みをして、ウンウンとうなずく。

「人にしては、見どころがある。大したものだ。気に入った」

「人？　気に入った？」

「いえ、この人の言葉は気にしないで下さい。変な言い回しをするのは、癖なんです」

「そう、俺の言うことは気にしなくていい。それより、あなたの気になることというのを、話してくれないか」

　犬頭はご機嫌だ。

「川原さん宅の出火原因、煙草の火の不始末と言われているけれど、絶対に違うと思うの。川原さん、自宅に戻られてからは煙草をきっぱりと止めていたの。それは、間違いない」

　禁煙については、えみちゃんも同じことを言っていたが、ここでは敢えて隠すつもりらしい。犬頭は首を傾げながら言った。

「それはどうだろうか。口では何とでも言える。あなたはずっと彼に付いていたわけではない」

「警察と同じことを言うのね。ええ、たしかにそう。でもね、私は川原さんの生活を傍で見ていたの。煙草を吸えば、吸い殻や臭いで絶対に判る。お酒も同じ」

「しかし、だからといって、失火を否定する理由にはならないだろう？」

「でも、川原さん、そういうことにもすごく神経質だった。戸締まりや火の元は、私が見ても驚くくらい、ちゃんとしていたわ。木造の一軒家で、左半身が少し不自由でしょう。日頃から、火事が一番怖いって」

「川原は、支払いが滞ったことを理由に、施設を追いだされた。なぜそんなことになったのか、何かきいていないか？」

「何も。だけど、推測はできます。賭け事には目のない人だったから」

澤井光一の証言が裏付けられた。澤井と川原は施設に入った後もギャンブルに明け暮れ、大金を無くした。そのことが今回の件と関わりがあるのかどうか、恵美子には判らない。それでも、頭の片隅にとどめておくことにした。

犬頭が言う。

「理由はどうあれ、川原は施設を追われ、生活保護を申請するほど困窮していた。天涯孤独で、体も言うことをきかない。その一方で、戸締まりや火の元を気にし、生活費のことを考え、酒、煙草を断つ。俺には、川原の考えていることがよく判らない。人間、そこまで墜ちれば、多少は自棄になる。言葉は悪いが老い先短い身だ。好き勝手にやりたくなるのが、道理ではないか？」

町子はようやく表情を緩め、うなずいた。

「そこなのよ。川原さん、あれだけ追い詰められても、生気を失わなかった。もちろん、元々、精神的にタフだった可能性もあるけれど、それならば、最初からギャンブルやお酒に溺れたりはしないでしょう？」

「あなたが気になるというのは、それか？」

「私は今まで何十人という人を見てきたわ。だけど、川原さんのような人はあまりいなかった。あの人まだ、あきらめていなかったのよねぇ」

「面白い。実に面白い。彼にそれだけの力を与えていたものは、何だったのか」

「そこまでは判らない。でも、時々、ぼんやり空を見ながらつぶやいていたわ。金なら、何とかなる。何とかなるって」

「金の入る当てがあったわけか」

「そんなはずはないと思いますよ。仕事をできる状態ではないし」

「となると、考えられることは一つか。いや、夜分遅くに申し訳なかった」

犬頭はそう言うと、勢いよく立ち上がる。

下げ、慌てて後を追う。

「あらあら、来たのも突然だけれど、帰るのも突然なのね」

「ゆっくりしていられない、理由があってね。恵美子君行くぞ！」

ドタンバタンと派手な足音を響かせ、犬頭は家を出ていった。恵美子は町子に何度も頭を

「え？」

「ぐずぐずしている時間はないぞ。これから本牧だ」

「もう、そんな急に動きださないで下さい」

「例の部屋に戻るのだよ。確認したいことがある」

「でも……」

既に日付が変わり、午前一時近くになっている。

「もう電車もありませんよ」

「大丈夫だ。俺が行くんだから」

犬頭が地下鉄への入口を示すと、まだ明かりがついている。階段を下りてみると、改札前に駅員が立ち、しきりと電車の遅れを詫びていた。どうやら事故か故障でダイヤが乱れ、まだ、運行が継続されているらしい。

これが犬頭の言う、「俺が行くんだから」か……。

急ぎ足で改札を通りながら、恵美子は尋ねた。

「でも、施設はさすがに閉まっていますよ。夜間勤務の職員はいるでしょうけど、入れてくれるとは思えません」

「大丈夫さ。俺が行くんだから」

ホームに下りると、ちょうど、電車がやって来た。

六

深夜であるにもかかわらず、本牧まで四十分ほどで着いてしまった。

「今日はいろいろとダイヤが乱れているらしいな」

犬頭は得々とした顔で、「アストラ」への道を歩いて行く。

深夜二時前。当然、ドアは開かない。ガラス窓にはカーテンが引かれ、中はまったく見えなくなっている。インターホンもあるにはあるが、押したところで、文字通りの門前払いを食らうか、下手(へた)すれば警察を呼ばれるだろう。

さてどうするのかと見ていると、犬頭は正面玄関を素通りし、裏の方へと進んでいく。

「犬頭さん、裏口に回っても同じだと思いますけど」

裏口は従業員専用の出入口になっていて、専用カードがなければ開かないようになっている。カード無しで開けるには、ドア横にあるテンキーに、暗証番号を入れねばならないようだ。

「あの……もしかして、いつものヤツ、やるんですか」

「やる。キエエエエ！」

犬頭の奇声と共に、ドアがすっと開いた。

「これ、不法侵入だと思うんですけど」

つぶやきながら、恵美子は不法侵入を実践する。

「気にするな。今までにも何度かやったじゃないか」

入った所は、昼間も来たロビーだった。正面玄関と熱帯魚の水槽を挟んで、ちょうど反対側に当たる。事務用のスペースはカーテンで仕切られ、その向こうがぼんやりと明るい。夜勤の介護士が待機する場所らしい。

右側にあるエレベーターは稼働していたが、今、使うわけにはいかない。犬頭は非常口の表示があるドアを開ける。その向こうは階段になっていた。長い足を振り上げ、一段飛ばしで駆け上がっていく。

「ちょっと、犬頭さん！」

カンカン派手な音をたてて上る犬頭の後を、恵美子は必死で追う。

「そんな音をたてたら、気づかれるでしょう！」

恵美子が二階に着いたとき、犬頭はすでに二〇三号の前に立っていた。エレベーターホールや廊下の照明は昼間と変わりない。物音一つしないガランとした廊下は、近未来を舞台にしたSF映画の趣だった。

恵美子の到着を確認して、犬頭はドアを開く。鍵はもともとかかっていなかったのか、彼が魔力で開けたのか。

ガランとした室内は、まっ暗闇だった。出入口から差しこむ廊下の光で、かろうじて犬頭の背中が見える。

犬頭はまっすぐ窓に向かうと、それを開いた。風がふわりと入りこんできて、頬に当たる。窓枠から身を乗りだした犬頭は、壁に顔を近づけ、クンクンと臭いを嗅いでいる。

「それって、何か意味のある行為なんですか？」

「おおありだよ。見ろ、これだ！」

恵美子の方を向いた犬頭は、壁の一点を指さす。暗さもあって、恵美子に見えるのは、汚れた灰色の壁面だけだ。

「何が、あるんです？」

「ここに残る、赤黒い跡さ。ひび割れの隙間に入りこんだのだ」

恵美子は犬頭の指先に目を凝らす。たしかに、何かをこすったような茶色い跡が見て取れる。そして、似たような跡を、恵美子は見たことがあった。

「犬頭さん、これ、血の跡じゃあ……」

「その通り。君は血なまぐさい生活を長く続けているから、話が早くて助かる」

「好きでやってるわけじゃありません！」

「それもまた、運命さ」

一言で片づけられてはたまったものではないが、今は、そんなことで議論している場合でもない。

「でも、どうしてこんな所に血が？」

恵美子は外に顔をだすが、見えるのは灰色の壁ばかり。視線を上に向けると、はるか上方に、「バンデルハイツ」六階の窓の明かりがかすかに見える。

犬頭が言った。

「その跡を見る限り、何か血のついたものを下から上に引っ張り上げたようだな」

「上ですか……」

再び、六階の窓を見上げる。あそこからなら、引っ張り上げられるな。でも、いったい何を？　何のために？　それに、血が壁面に付着するような物って……。

ふいに浮かんだのは、亡くなった新堀正一の残した言葉だ。

「天女！」

「さぁ、そうと決まれば、次だ」

犬頭は足取りも軽く、階段を滑るように下り、入って来た裏口から、するりと外に出ていった。恵美子も不承不承ながら後に続く。恵美子が外に出ると、ドアは自動的に閉まり、警備システム作動中を示す赤いランプがポッと点った。

七

追いすがる恵美子には目もくれず、犬頭は表通りに戻ると、「アストラ」の前を素通りし、隣にあるマンション「バンデルハイツ」の前で、仁王立ちとなった。

「さあて、行くぞぉ」

犬頭は、指をコキコキ鳴らしながら、正面玄関から入る。オートロック式となっているが、犬頭が立つとドアはスルスルと開いた。

中は外観に比べ簡素な作りで、管理人室の電気は消えており、監視カメラの類いも見当たらない。

犬頭と共にエレベーターで六階に上がり、外廊下を進んだ。

角部屋の六〇一だ。表札には何も書いていない。犬頭はインターホンを鳴らした。返事はない。

「ふむ」

恵美子が止める間もなく、長い足を振り上げ、ドアを蹴り破った。頑丈なはずのドアは真っ二つになって室内に飛びこみ、埃を舞い上げた。

「犬頭さん！」

「そんなに目を吊り上げるな。後で直しておく」

「直す⁉」

「それより、今はこれだ。嫌な臭いがすると思ったが、案の定だったな」

犬頭はリビングに通じるドアを開け、中を示した。

高級絨毯に高級家具など、高級づくしで飾られた部屋は、惨劇（さんげき）の舞台となっていた。棚のガラスは割れ、テーブルはひっくり返り、あらゆるものが床にぶちまけられていた。さらに、窓際にあるソファに一人、床の上に一人、口から泡を吹いて倒れている。二人とも黒い仕立てのよいスーツを着ていた。

白目を剝き、宙に伸ばしたまま固まっている腕を見れば、二人が死んでいることは間違いない。

犬頭は室内に足を踏み入れる。ガラスを踏む、ジャリリという音が響いた。

「ふむ。注射器やら何やらが散乱しているな。二人とも、ヘロインをやりすぎたらしいぞ」

予想外の事態に、恵美子は足が動かない。戸口にもたれたまま、犬頭の言葉だけを聞いていた。

「死後一時間というところか。全身傷だらけだ。錯乱して暴れたようだな」

「この人たちは……いったい何者なんです？」

「見たところ、暴力団の構成員だろう。二人とも若いが、この暮らし向きをみると、それなりの地位にあるようだな。商品である薬の一部をかすめ、自分たちで使っていた――、そんなところだろうな」

犬頭は部屋を出ると、廊下の突き当たりを右に曲がり、その先にあったドアを開けた。そこは家具も何もない、六畳間だった。犬頭は、左手にある窓を指す。

「『アストラ』側から見えた窓は、これだろう」

恵美子はおそるおそる部屋に入り、窓の外を見た。

「アストラ」の屋上を見下ろす形になった。「アストラ」のビルは五階建て。こちらは六階にいるから、丁度、そうなるわけだ。

窓から室内に目を戻した恵美子は、室内の異様さに気がついた。壁は黒ずみ、床にも点々と染みのようなものがある。部屋の空気もほかとは違う。獣が発するような異臭、何とも形容し難い生臭さなどが、がらんとした空間に漂っている。とどめは、床に転がった手錠だった。黒光りする金属の表面は引っ掻き傷が無数につき、妙に脂ぎった光沢を放っている。

この部屋、そして外壁についた血痕、新堀正一が口走った「天女」。それらのことから、何ともやりきれない想像が、恵美子を捉えていた。

「ここって、もしかして……」

「監禁部屋だったようだな。恐らく、女性を拉致(らち)してここに閉じこめておいた」

「酷い……」

犬頭は口をへの字にしたまま、廊下に戻り、向かいにあるドアを開けた。そこは掃除道具などを入れる物置用のスペースだった。中に放りこんであったのは、登山用のロープやピッケル、リュックなどであった。

「奴らは登山が趣味らしい。山を愛する者に悪人はいないと誰かが言っていたが、あれは嘘だな」

犬頭は乱暴にドアを閉める。

「さてさて、以上のことから、どんな推理ができる？」

恵美子は吐き気すら覚えていた。本音を言えば、一刻も早く、この悪魔の部屋から出て行きたかった。

「彼らは女性を拉致し、あの部屋に監禁していました。ある夜、女性が窓から逃げようとした。『アストラ』の建物に飛び移ろうとしたのかもしれません。でも、失敗して落下。地面に叩きつけられて死亡した……」

「それを隠蔽(いんぺい)したいヤツらは、死体を隠そうとする。だが、遺体が落ちたのは、建物と建物の間。道路側にいったん運びだしていては、目立ちすぎる。そこで、登山で培(つちか)った能力を生かし、遺体を壁伝いに引き上げた。一人が監禁部屋の窓から懸垂(けんすい)下降で下り、遺体にロープを取りつける。そして、二人掛かりで引き上げた」

「正一さんは、引き上げられていく女性の遺体を見たんですね」

「そう。そんなことをするのは、深夜に違いない。寝ぼけまなこの正一は、夢と混同し『天女』なんてことを口走ったのさ」

恵美子たちの推理が正しいのであれば、どこかで女性が消え、どこかに遺体が隠されていることになる。しかも、部屋の様子を見る限り、被害者が一人であるはずがない。このような悪行がどのくらいの間、続いていたのだろう。何人が被害に遭っているのだろう。リビングで死んでいる二人に対する同情など、微塵も感じることができなかった。

「そのくらいにしておくんだ」

犬頭が穏やかな口調で言った。

「え？」

「君の気持ちは判らなくはない。だが、これ以上のめりこむと、君の心に暗い影ができてしまう」

「でも……」

「君が変わると、雅弘が悲しむ」

犬頭はリビングへと戻っていった。

犬頭の一言で、恵美子は少し冷静さを取り戻した。この部屋の持つ、粘っこい悪意に飲みこまれるところだった。

恵美子は大きく深呼吸をして、リビングに入った。二つの死体はなるべく見ないようにして、犬頭の背後に立つ。

彼は床に落ちた携帯を拾い上げ、確認しているところだった。

「携帯は二つとも、完全に壊れている」

続いて同じく床に転がった固定電話を摑み上げた。

「着信履歴は消去、発信履歴も同様。留守番電話の録音はなし……か。さすがにしっかりと管理されているな」

犬頭の目が部屋の一角で止まる。死体が横たわるソファの下だ。犬頭はだらんと垂れ下がった男の足を避けつつ、ソファの下に腕を突っこんだ。

「ほう、妙なところから、妙なものが出たな」

引っぱりだしたのは、フォルダー式のファイルだ。パラパラと中を見ていた犬頭の目が輝いた。

「これは面白い。君も見てみるといい」

手渡されたファイルの一ページ目には、便せんが一枚、入っていた。黒のボールペンで直線的な文字が書かれている。筆跡を隠すため、定規を当てて書くという定番のあれだ。

『テンニョハウツクシクショウテンシタ。ソノヒミツヲマモリタクバ、アスゴゴヨジ、レストランブルコングマデコイ』

「これって、もしかして、脅迫文ですか？」

「もしかしなくても、脅迫文だ」

「えっと……テンニョ……ヒミツ……ブルコング……ブルコングって何？」

「ここに来るときに見かけた。二十四時間営業のファミリーレストランだ。とにかく、驚いてばかりいないで、次のページを見ろ」

ページをめくると、四枚の写真が入っていた。新堀正一、澤井光央、川原泰治、そして薦田恵美子ことえみちゃんを撮ったものだった。どれも隠し撮りされたものだ。

新堀正一は、病院からの帰りなのだろう、専用のワゴン車から降りているところを撮られていた。場所は「アストラ」の前だ。介護士二人に支えられ、正一は穏やかな顔で歩を進めている。

澤井光央は杖をつきながら、散歩しているところだった。場所はよく判らない。公園と思われる植えこみの横を、暗い表情で歩いていた。

川原泰治は喫煙スペースで煙草をうまそうに吹かしているところだった。こちらも場所は不明だ。

そしてえみちゃんは、本屋で文庫本の棚を見上げているところだった。

「これは、どういうことなんですか？　どうして、この人たちの所に、亡くなった三人とえみちゃんの写真が……」

はっとして、一ページ目の便せんに戻る。テンニョ、ヒミツ……。

犬頭は恵美子からファイルを取ると、それを脇に挟み言った。

「さて、そろそろ部屋を出よう」

「出るって、犬頭さん、そのファイルは、証拠品なんじゃあ？」

「間抜けな警察に渡したところで、間抜けな使い方しかできんさ」

「……通報もしないいんですか？」

「しない。この二人、我々のために、もう少しひっそりと死んでいてもらおうじゃないか。別に構わんだろう」

犬頭は二人の死体を冷たく一瞥（いちべつ）すると、大股で廊下を進み、部屋を出ていった。

時刻は午前三時半。街はまだ寝静まっている。六階の死体が見つかるのは、まだ少し先になるだろう。

犬頭は「アストラ」の前に立っていた。見上げているのは、ちょうど、えみちゃんの部屋がある辺りだ。

恵美子は横に立ち、言った。

「犬頭さん、もしかして、今回の件、もう解決したんじゃないですか？」

犬頭は満足げに微笑む。

「ほう。君もそう思うかい。では一つ、聞かせてくれないか」

「新堀さん、澤井さん、川原さん、あえて入れますけど、蔦田恵美子さんの誰かが、六〇一に住むあの二人を脅迫していたのではないでしょうか。『天女』つまり、遺体の引き上げ現場を目撃したことをネタに」

「ほう、見事な推理だ。続けて」

「六〇一号の窓を見ることができる、二〇三号から五〇三号の住人の誰かが、あそこで行われていることに、気づいていたんです」

「普通の生活をしていれば、気づかないだろうが、介護生活を送る人たちばかりだ。部屋にいる時間も長い。何かのきっかけで気づいた可能性は高いな。だが、気づいたのなら、どうして警察に通報しなかったのだ？」

「仕返しが怖かったんだと思います。相手は堅気じゃない。一方で、自分たちは隣のビルに住んでいる。関わり合いになりたくないと思って当然でしょう。そんな中、新堀さんが『天女』を見る。それがきっかけとなって、誰かの心に魔が差した。その人はまとまったお金が欲しかった。だから、無鉄砲にも、残虐な若手ヤクザたちを脅迫したんです」

「あり得るな。では、脅迫者はいったい、誰だと思う？」

　恵美子は返答に窮した。

「アストラ」に住む四人はそれぞれに、金を欲していた。新堀氏は仕事を犠牲にしてまで介護してくれた息子のために、澤井氏は借金返済のために、川原氏は施設に戻るために、えみちゃんは雅弘のために。

犬頭は言った。

「定規を使って書いたアナログ極まりない脅迫状も、犯人が高齢者であると仮定すれば、納得がいく。むろん、携帯やパソコンを使いこなす高齢者もいることは認めるがね」

「でも、なぜ脅迫状は一通だけだったんでしょう？」

「後は電話でやり取りしたのだろう。レストランを指定したことから推理できる。あの二人がレストランに来たことを確認したら、外の公衆電話から店に電話をかけ、二人を呼びだすのだ。そこで相手の連絡先などを聞きだせば、以後、電話でのやり取りで交渉を進められる。携帯を持っていなくとも、数がへったとはいえ、公衆電話を使えば何とかなる。問題は、あの二人が、大人しく金を払うタマではなかったことだ」

「それに、彼らだってすぐに気づいたはずですよね。脅迫者が隣のビルに住む誰かだって」

「当然だ。すぐに気づいただろう。そして、『天女』を目撃できる四人を割りだした。さて、問題はここからだ。ヤツらはその四人の中から脅迫者を見つけだそうとしたか？　いや、していない。疑わしき者を片っ端から殺していったのだ」

あまりの残虐さに、恵美子は吐き気を覚えた。だが、認めたくはないけれど、これは現実だ。彼らはこのひと月の間に、新堀氏、澤井氏、川原氏を巧みに事故に見せかけ、殺したのだ。

「しかし、神は悪党を見逃さなかった。天罰覿面（てんばつてきめん）、薬のやりすぎで、奴らは死んだ」

「ええ。正直、不本意ですけれど」

犬頭は小さく手を打ち鳴らした。

「見事な推理だよ。あの二人の死体を警察が見つけたら、同じ結論を導きだしただろうな」

恵美子は肩の力を抜く。

「これで一件落着か……」

「さて、それはどうかな」

「え？」

「一つ未解決の問題が残っている。あの二人を脅迫していたのは、誰だったのか」

「それが判ったところで、何になるんです。三人の方は亡くなっているんですよ。まさか、えみちゃんが脅迫者だったって言うんじゃ……」

「そんなことを言うつもりはない」

「私、脅迫者は川原さんだと思います」

「ほほう。なぜ」

「佐々木町子さんの証言です。川原さんは人生をまだあきらめていなかった。それはつまり、お金の入る当てがあったからではないですか？　彼らを脅迫し、大金を得る目算があった」

「川原が脅迫行為をしていたことは事実だろう。もしかすると、澤井も関わっていたかもしれない」

「つまり、最初に殺された新堀さんは、二人の巻き添えになったってことですか。ああ、もうやりきれないなぁ」

「そうだろうか」

「え？」

「俺は川原が脅迫行為をしていたとは言った。だが、相手があの二人組とは言ってないぞ」

「意味が判りません」

「すべて完璧にいくことなど、あり得んのだよ」

犬頭はいったい、誰に向かって話しているのだろうか。

訝る恵美子に、犬頭はファイルされた四人の写真を突きつける。

「ここにすべてがある」

そう言われても、恵美子には何のことか判らない。四枚とも、隠し撮りをしたもの……。

恵美子は一枚の写真に引き寄せられた。新堀正一が写っているものだ。和やかに、介護士と共に歩く正一の姿だ。

「これって、変ですよね」

えみちゃんらの証言によれば、正一は気難しく、介護士に対してはきつく当たっていたという。唯一の例外は、息子の栄介で、彼が傍にいるときは、穏やかな表情を見せていた。

　恵美子は再度、写真に目を凝らす。写っているのは、正一本人と二人の介護士だけだ。栄介の姿はどこにもない。

「恵美子君、当然、気づいているな」

「はい。この写真を撮ったとき、その場に栄介さんはいた。だから、正一さんは穏やかな顔をしている」

「その通り。では、栄介はどこにいたのかな？」

「この写真を撮影していた……」

「そうだ。撮影者こそ、栄介だったのだ。しかし、そうなると、何ともおかしなことになってくるではないか。なぜ、栄介が撮った写真が、このファイルに入っている？　ここにある四枚の写真は、あの二人が四人を狙っていた根拠の一つとなるものだぞ」

「……よく判りません……」

「一つ戻って、あのカクカクした字で書かれた脅迫状について考えてみる。我々が組み立てた推理は、この脅迫状が元になっている。だが、脅迫は本当にあったのだろうか」

「あったも何も、証拠のファイルが、犬頭さんの手にあります」

「これが本物ならな」

「え？」

「死んで口をきけなくなった者たちの部屋に、ちょこんと置かれていたファイルだぞ。もっと疑ってかかる必要がある」

「待って下さい。そもそも脅迫がなかったとしたら、一連の事件は何なんですか？　正一さんを含め五人、いえ、天女の女性も入れれば六人死んでいるんですよ。それに、佐々木町子さんの証言はどうなります？　川原さんは近々お金が入るとつぶやいていた。だからこそ、どん底の状態にあっても気力を失わなかった。脅迫は間違いなくあったと私は思います」

犬頭は楽しそうに人差し指を立てた。

「そこは俺も同意見さ。そう、脅迫はあった」

「でもいま、犬頭さんは……」

「脅迫はあった。川原は何者かを脅迫して、金をせしめようとした。だから殺された。問題は、誰を脅迫していたかだよ」

「あの二人以外に、誰を脅迫するって言うんですか？」

「正一氏は、二ヶ月ほど前、転倒して首にケガをした。本来なら施設側の責任を追及しても良いところを、息子の栄介は何も言わず、引き下がった。さらに、その頃から、正一氏と澤井、川原の親密度が増した。気にならないか？」

「そう言われれば、たしかに」

「果たして、転倒事故は本当にあったのか？」

「あったに決まってるでしょう。正一さんの首には赤い痕がついていたって……あ！」

「やっと気づいたか」

「正一さん、自殺を図ったとか。それを隠蔽するため……」

犬頭は手を額に当て、失望の意を表した。

「自殺なら別に隠蔽する必要はない。首筋に痕がつくのは、自殺だけではない。誰かに首を絞められた場合も、くっきりとした痕がつく。では、誰が絞めたのか。認知症とはいえ、正一氏は、日によって症状が治まることがあった。もし介護士がやったとすれば、正一氏は告発しただろう。友人が絞めたのなら、やはり、何らかの行動は起こしただろう。少なくとも、息子の栄介氏には話しただろう。だが結果として、彼は誰にも語らぬまま、亡くなってしまった。首を絞められてなお、告発を拒む相手とは、果たして誰か」

答えは明白だった。

「息子の栄介さん……」

「栄介は父の介護のため、警察官としての夢をあきらめた。その遺恨は相当なものだと思う。父と子の関係は、世間一般が考えているようなものではないかもしれん」

「二ヶ月前、栄介さんが正一さんの首を絞めた。それを澤井、川原の両氏に見られたわけですね」

「なぜ首を絞めたのか、理由は判らない。恐らく、発作的なものだったのだろう。認知症が進むと、時として暴言を吐いたりするらしいからな。栄介が日頃抱えている恨み辛みが爆発、発作的に首を絞めた。ちょうど来合わせた川原たちがそれを止める。正一氏の首に残った痕は、口裏を合わせて事故だったことにする。無論、川原たちには下心あってのことだ」

「栄介さんを脅迫したんですね」

「そうだ。脅迫の相手は、凶悪な二人組ではなく、友人の息子だったんだ。佐々木町子が川原に感じた違和感の正体はこれだ」

「でも、そうなると、川原さんたちが亡くなったのは……」

「すべては一人の男が仕組んだことさ。そこの闇に身を潜めている。そろそろ出てきたらどうだ」

「アストラ」の建物の脇から、新堀栄介が姿を現した。薄笑いを浮かべ、ゆらりゆらりと近づいて来る。

「あのババアが妙な探偵を雇ったと聞いて、監視していたんだ。まったく、余計なことをしてくれるぜ、あのババア」

犬頭が歯を剝きだして唸る。

「蔦田恵美子のことを、二度、ババアと言ったな。後悔するぞ。おまえがこの世から消えるとき、涙を流して、そのことを詫びるだろう」

「なに寝言言ってやがる」

「待って下さい」

恵美子は栄介に向かって言った。「これはどういうことなんですか？」

「お嬢さんも、余計なことをしてくれたなぁ。せっかく、上手くいきかけていたのに」

「犬頭さんの推理は、すべて正しいんですね。でも、どうして？」

口を開こうとしない栄介に代わり、犬頭が言った。

「すべては隠蔽工作だったのさ。こいつが犯した殺人のな」

「隠蔽？」

「警察を辞めて以来、こいつは父親を激しく恨むようになった。表向きは仲の良い親子を演じつつ、腹の中は煮えくりかえっていたのさ。それがあの日、爆発した。二人の男に弱みを握られ、脅迫された。精神状態はますます悪くなっていく。あの日、風呂場で何があったかは知らん。認知症の進んだ正一氏が何か暴言を吐いたのか？　ぶち切れたおまえは、実の父親を湯船に沈め殺害した。我に返ったおまえは、己のしたことに呆然とする。元警察官であったおまえだ、日本の警察がどれほど優秀か判っている。生半可なことで隠し通せるものではない。一方で、おまえは警察の動きが読める。その裏をかけば、逃げ切ることができるかもしれない。恐慌状態の中で、これだけのことが考えられたんだ。おまえには敬服するよ」

「そのくらい当然だ」

栄介は目を光らせながら、胸を張る。傲慢な態度に、恵美子は恐怖を覚えた。

「俺は将来を嘱望されていた。それが、あんな薄汚い親父のため、夢をあきらめねばならなかった。こんな理不尽があってなるものか。ヤツを湯船に沈めた瞬間、俺は経験したことのない快感を覚えたね」

犬頭は言う。

「その一方で、おまえは追い詰められていた。状況から第一容疑者とされるのは間違いない。後追いの偽装工作にも限界はある。そこで、事件そのものを、まったく別の方向に向けることにしたんだ。おまえのことだ、隣のバンデルハイツ六〇一号で何が行われていたか、とっくに摑んでいただろう。そこに天女だ。おまえはたっぷりと利用することにしたのさ。適当な脅迫状を作り、四人の写真を用意した。澤井、川原、えみちゃんの三人は新たに撮影したが、正一氏だけはその時点で死亡している。仕方なく、前に撮ったそれらしいものを流用した。そして、澤井と川原を続けて殺害。本当ならえみちゃんも殺すつもりだったのだろうな。だが、彼女が雇った妙な探偵がウロウロし始めた。焦ったおまえは計画を前倒しする。すぐに、バンデルハイツの六〇一に向かい、何も知らないあの二人のクズを、薬物によるショック死に見せかけ殺害したんだ。そして、現場に、自分で用意したファイルを残しておく。警察はそれを見て考える。二人は脅迫者の正体を知らなかったため、疑わしい三人を片っ端から殺していったんだと。脅迫者は高齢者であるから、筆跡をごまかした脅迫状という少々時代がかったアイテムにも不審を抱かれない。関係者全員の口を封じているから、脅迫が始まった日時も曖昧だ。こいつは、脅迫者二人を始末しただけじゃない、実父新堀正一の殺害も、他人になすりつけ、多くの死体の中に埋没させてしまったんだ。いやはや、見事だよ。人間ながらあっぱれだ。褒め殺しにしたいところだが……」

犬頭は腕をコキコキと鳴らしながら、ふと真顔に返った。

「えみちゃんを巻きこんだのは、失敗だったたな」

栄介は余裕の表情だった。

「どこの誰かは知らないが、よくそこまで調べあげたものだ」

栄介の顔色は真っ赤であり、こめかみには血管の脈動が浮き出ている。怒りの抑制がきかなくなっているのだ。栄介は肩にかけた、黒い筒状のケースを外す。蓋を開き、何やら長いものを中からだす。日本刀だった。

栄介は躊躇うことなく、鞘を抜き払い、地面に放る。刀は、闇の中であるにもかかわらず、ギラリと不気味な光を放っている。腰を落とし、中段に構えた姿勢を見れば、剣を扱い慣れていることが判る。

「おまえらを斬り殺して、刀を六〇一号に放りこんでおく。それで一件落着だ」

「ほう、相当の心得があるようだな。六〇一号の若者二人が手もなくやられたのは、そういうことか。だが、同じことが俺に通じるかな」

「首の皮一枚残して、美しく殺してやる」

呆然と見守る恵美子の目に、栄介の踏みこみは見えなかった。銀色の航跡を描いて、刀は犬頭の首を捉えていた。犬頭はわずかに顎を引いただけで、刀をかわす。

「首の皮一枚とはこういうことか？」

栄介は獣のような唸り声を上げ、刀を振り回す。切っ先はすべて、紙一重のところでかわされた。

栄介の呼吸が乱れてくる。犬頭は長い犬歯をのぞかせつつ、ニヤリと笑った。

「畜生にも劣る、クズ野郎め、俺の予言が正しかったことを知れ」

刀の切っ先を突きだしたまま、栄介が突っこんできた。犬頭は素手で刀身を払うと、栄介の手首に手刀を叩きつけた。骨の砕ける音がして、刀が地面に落ちる。目を剥いている栄介に、犬頭は平手打ちを数発食らわせると地面に押し倒した。彼の細く長い指が、栄介の首にかかる。

「父親に対する恨みが、おまえの精神をねじ曲げ、怪物にしてしまったんだ。もっとも、人間同士がどれだけ汚い殺し合いを演じようと、俺は興味がない。だがおまえは、えみちゃんに恐怖を与え、二度、ババアと呼んだ」

栄介は目を白黒させながら、間近に迫る犬頭の顔を見上げている。

「だって仕方ないだろう。どうして俺だけなんだ？　どうして俺だけが、親父のために夢をあきらめねばならないんだ？　同期の奴らは皆、思い描いた未来を進んでいる。どうして俺だけが、あんな薄汚い親父のため、犠牲にならねばならんのだ」

「そう、人生は不公平なものさ。おまえは運が悪かったんだよ」

犬頭の周りに黒い煙が湧き始めた。

「最大の不運は、えみちゃんに手をだしたことだ。これから、死ぬより辛い目に遭うぞ」

栄介は泣いていた。

「わ、悪かった。えみちゃんのことは、謝る。許して」

「言っただろう。おまえはこの世から消え去る直前、そのことを泣いて詫びると」

黒煙は犬頭と栄介を包みこみ、渦のようになっていく。

恵美子は二人に近づこうとしたが、犬頭の光る目に止められた。

「ここからは君の与り知らぬことだ。さあ、家に帰るのだ」

「待って下さい。せめて、えみちゃんに……」

「彼女はああいう女性だ。二度と自分から雅弘に会おうとはしないだろう。つまり、俺と会う機会も二度とないわけだ。よろしく言っておいてくれ」

「そんな……」

「家に帰るのだ。雅弘を頼むぞ」

「ぎえええええ」

栄介の叫び声が響き渡り、黒煙が竜巻のように空へ噴き上がる。気がついたとき、二人の姿はどこにもなかった。

八

雅弘の脇の下から取りだした体温計をケースにおさめる。三十七度六分。昨夜から少し熱が高い。雅弘の頬はほんのりと赤く染まり、息づかいもやや荒い。

往診を頼んだ方がいいかしら。

恵美子は棚の中段に座る犬太を見る。表情はそれほど険しくはない。

あの夜以来、しばらく犬太の顔は険しかった。新堀栄介がどうなったのかは、いまだに判らない。

えみちゃんには、事の真相をすべて伝えた。ただ、犬頭と栄介の対決については割愛した。悪事が露見し、栄介は逃亡したとだけ言ってある。えみちゃんはそれらを悲しそうな表情で聞いた後、小さくため息をついた。

別れ際、また会いに来てもいいですか、という恵美子の質問に、彼女は首を横に振った。

「私のことはあまり考えない方がいいわ。それよりも、坊ちゃんのこと、よろしくお願いします」

深々と頭を下げる彼女の姿は、今でも瞼(まぶた)の裏に残っている。

「えみちゃんはああ言ってたけど、また会えるといいね、犬太」

恵美子は犬太に向かって微笑みかける。そのとき、玄関扉が開く音がした。時計を見ると、アポイントの時間だった。

重い腰を上げ、一階に下りる。片山が陰気な顔をして立っていた。

「やあ、これ」

新しいファイルだ。

「今度は何なんですか？」

「君、災害への備えは万全かい？」

「は？」

「ほら、非常食とか、飲料水の備蓄とか」

「……いえ、全然していません」

「ちゃんとした方がいいよ。それから、食べ物と水はちゃんと持って行くようにね。ヒヒヒ」

嫌な笑い声を残し、片山は帰っていった。

恵美子は一人、キッチンの椅子にかけファイルを開く。

『アパートにミイラ化した死体』

そんな新聞の見出しが目に飛びこんできた。とあるアパートの一室で、ミイラ化した男性の死体が見つかったらしい。外傷などはなく、死因は餓死とある。発見場所は、何の変哲もない普通の部屋。遺体の脇には、現金十万円が入った財布、携帯電話などがあった。遺体の主はなぜ、部屋から出て、食べ物を買うなり、携帯で外部に連絡するなりしなかったのだろうか。その部屋では何年か前にも同様の事件が起きており、周辺の住人は「出られない部屋」として噂していたらしい。

「出られない部屋って……何なのよ、もう！」

恵美子は一人、頭を抱える。餓死なんて、冗談じゃないわ。

解説

小池啓介（こいけけいすけ）
（書評ライター）

あと少しの勇気があればな、と思うことが誰しもあるだろう。僕たちの人生は後悔の連続でできている。〝あのとき〟一歩を踏み出せなかった苦い記憶は、案外消え去ってくれないものだ。

今、あなたが手にしている大倉崇裕『天使の棲む部屋　問題物件』は、そんな僕たちに、前に進めるかも、と思わせてくれる、小さな勇気の見つけ方を教えてくれる小説である。

本書は、二〇一三年八月に光文社より刊行された連作短編集『問題物件』（一六年七月に文庫化）の続編にあたる作品だ。一四年から一五年にかけて雑誌「ジャーロ」にシリーズ作品四編が掲載され、一六年三月に単行本として刊行。今回が初の文庫化となる。若手女性会社員と「探偵」のコンビが、軽妙な会話を繰り広げながら様々な不動産、物件にまつわる奇怪なトラブルを解決していく、ユーモアミステリー（推理小説）の楽しさは、本書にもそのまま受け継がれている。

もう少し踏み込んだ作品の設定については、表題作にもなっている本書の第一話で念入りに説明されるけれど、念のため本解説でも簡単に触れておこう。

主人公は、若宮恵美子(わかみやえみこ)。世界的な企業グループに属する大島不動産販売に、総務職として採用された若き女性会社員だ。彼女は専門学校で学んだ介護の知識を買われ、入社してすぐに、八年近く前に事故で亡くなった前社長の遺児、雅弘(まさひろ)の世話係を任ぜられる。現在二十歳の雅弘は原因不明の難病にかかり、都内にある屋敷で闘病中であった。彼は、病気から快復すれば社長となる可能性のある身でもある。

ところが、現社長の高丸(たかまる)はグループの実権を完全に握るために、雅弘を会社から追い出す企てを実行に移す。不動産関連のクレーム対応部署を立ち上げ、室長を雅弘に、その部下に恵美子を任命したのである。解決困難なクレームを押し付け、失敗の責任を盾にとり雅弘と恵美子を〝クビ〟にしてしまうのがその目的だ。

シリーズ第一期というべき『問題物件』では、恵美子が雅弘を守ることを決意し、会社が関係している物件から発生する問題の数々に立ち向かう姿が描かれた。立ち退(の)きを拒んで居座る占有屋の意図、借主が必ず命を落とす部屋の謎、ゴミ屋敷問題に潜む思惑、ポルターガイスト現象が起こる原因、住人が次々と失踪してしまう不思議——一筋縄ではいかない無理難題は、とうてい恵美子ひとりの手に負えるものではない……。

そこに登場したのが犬頭光太郎——自称「探偵」である。神出鬼没にして、頭脳明晰、腕っぷしも強く、さらには不思議な能力も持っているらしい。まさにスーパーヒーローだ。そんな犬頭と一緒に物件の謎を解き明かすことで、恵美子は少しずつ強い気持ちを手に入れ、成長していく。

犬頭光太郎の〝正体〟について付言しておくと——物語では、病床に臥せる雅弘が幼いころから大切にしてきた犬のぬいぐるみ「犬太」との関係が繰り返しほのめかされる。犬頭自身、自らを「犬」と呼んではばからないのだから、答えは出ているといっていいだろう。年月を経た器物には付喪神が宿るというし、民話「鶴の恩返し」辺りに代表されるように、人間以外の存在がひとの姿をしてやってきて主人公を手助けする物語は、古今東西数多く存在する。また、キリスト教には人間ひとりひとりに守護天使がいるという考え方がある。そういったいい伝えの系譜をぐっとひとまとめにし、大倉は本シリーズにおいて、現代のヒーローものとしてアップデートしているのである。

さて、これまで書いてきたように物語の枠組みがしっかりと定型化された本シリーズには、もうひとつ〝お約束〟の展開がある。一部の例外を除いて、話の最後で次回の物件の〝予告〟がされるのだ（それを知って恵美子がうなだれるのもお約束）。前作の最終話「誰もいない部屋」で予告されたのは、なんとアメリカはアリゾナ州にある洋館——通称「悪魔の棲む家」。その一室では、百年で五十人以上の人間が死んでいるらしい……。

というわけで、本書の第一話「天使の棲む部屋」の舞台はいきなり海外へ。現地に到着した恵美子は犬頭の力を借りて洋館に足を踏み入れるのだが、その矢先、犬頭は急用があるといい出していなくなってしまう。恵美子の仕事は、洋館のなかにある「天使の棲む部屋」と呼ばれる部屋を調査すること。犯罪の容疑が掛かりながらも裁判で無罪となった元被告人がそこに泊まり、その多くが拳銃自殺を遂げてきた、いわく付きの部屋だ。ところが、屋敷には先客がいた。投資詐欺の疑いが裁判で無罪と確定したトムと、財産を巻き上げられた被害者たちだ。問題の部屋に泊まった翌朝、トムは拳銃で頭を撃ち抜いた姿で発見される。

犬頭不在の状況が、前作までの〝問答無用のスピード感〟を緩やかなものにしているし、シリーズの特色でもある派手さや明朗さが薄まりダークな雰囲気が立ち込めている。これは海外古典推理小説へのオマージュを狙ったものだろう。怪奇趣味はたとえばジョン・ディクスン・カーを、容疑者の尋問場面はアガサ・クリスティーなどの作品を思わせ、台詞（せりふ）回しにも〝海外もの〟のパスティーシュを読むような感触がある。衝撃的な真相とともに、そういった〝作り〟も楽しんで欲しい。

二話目の「水の出る部屋」でも、一話と同様に怪現象が起こる。今回の物件は六階建てのマンション。上階が空き室で誰も住んでいないはずなのに、その下の階に大量の水漏れが発生し、部屋中が水びたしになってしまったというのである。だが、調べた限りでは水漏れはどこからも起こっていない。それでは水はいったいどこから流れて来たのだろうか？　さらに被害を被った部屋の住人が、翌日、湖で溺死体となって見つかる。しかも、このマンションでは以前にも住人が浴室で溺れ死ぬ事故が起こっていた。

推理小説の謎の区分を持ち出すなら、「ハウダニット」、どうやったのかという謎と、「ホワイダニット」、なんのためにやったのかのふたつが本編の眼目（がんもく）だ。読んでいる最中は手がかりとは思えなかった物語に登場していたあれこれが、パズルのように組み合わさって、その両方が解き明かされる場面では、驚きと爽快感がたっぷり味わえる。作者の周到さに脱帽させられる一編である。

水漏れマンション事件を解決したのも束の間、続いて持ち込まれた難案件は〝鳩屋敷〟。第三話のタイトルは「鳩の集まる部屋」だ。一戸建てに住む男性が毎日の餌やりを続けた結果、家は何十羽もの鳩の集まる場所となってしまい、周辺の住民が鳩の糞（ふん）などで大いに迷惑しているという。さらに一部では、主人に危害を加えてでも鳩屋敷を潰そうとする計画が持ち上がっているようで……。

前作『問題物件』でゴミ屋敷問題を解決した経験が活かせると、恵美子は楽観視していたのだが、そうは問屋が卸さない。どうやら頼みの綱の犬頭は鳩が大の苦手らしいのだ。案の定、一向に姿を現さない犬頭光太郎。恵美子は、区役所の鳩対策課に所属する大塩（おおしお）と即席のタッグを組んで、対処にあたることになる。読み手が目を付けていたのとはまったく異なる場所に〝真相〟が浮かび上がるテーブルマジックのような作品で、エドワード・D・ホックの怪盗ニックものや泡坂妻夫の洒脱な短編を彷彿させる面もある。読み手は、糞害がイメージさせる〝アレな〟外見とは大違いの華麗な謎解きに快哉を叫びたくなるはずだ。

本書の最終話となる「終の部屋」は、シリーズ中でも特別な一編となる作品だ。今回の物件は介護施設なのだけれど、大島不動産販売が受けた仕事ではない。これまでシリーズ内で幾度か名前のみ登場していた人物の依頼を直接、恵美子が受ける。その介護施設では、一ヶ月の間に別々の部屋の老人たちが次々と亡くなっていた。風呂場での溺死、散歩中の転落死、そして自宅火災による焼死――とつながりが見えてこないそれぞれの死だが、故人が入居していた施設の部屋番号は、二〇三、三〇三、四〇三号室とだんだんと上昇している。そして依頼人は現在、五〇三号室を住まいとしているのであった……。

意外な犯人にたどり着く、推理小説の王道を行く一編であり、メモリアルな内容と題名になっているのだが――最後には、またもや新たな〝部屋〟の問題が持ち込まれてくる。そんな〝恒例〟の終わり方をしているけれど、本文庫刊行時において、シリーズ続編はまだ発表されていない。恵美子と犬頭コンビの早期の復活に期待したいところだ。

作者の大倉崇裕は、二〇〇一年の『三人目の幽霊』（現・創元推理文庫）による単行本デビュー以来、自身の〝趣味〟を活かした作品を数多く発表してきた。落語、登山、フィギュア、刑事コロンボから鳥の飼育といったように、その守備範囲は多彩のひと言に尽きる。詳細は文庫版『問題物件』の福井健太による解説をぜひともお読みいただきたい。

大倉の諸作品のなかにあって、〈問題物件〉シリーズは、ちょっと変わった方向性をもつ作品だと思う。前作も含めれば、住人の居座り問題、ゴミ屋敷や鳩屋敷といった公害、過度の水漏れやひとの死が起こった訳あり物件、そして人生の最後を迎える老人ホームなど、マスコミ報道でもとりあげられるような対象が多い。いわゆる社会問題にも目配りしながら、そこにまつわる人々の人間模様を浮かび上がらせていくスタイルが、本シリーズの特徴のひとつといえる。一見〝趣味〟という言葉からはかけ離れているものの、趣味人のもつ鋭く、かつしつこさたっぷりの着眼点があるからこそ、そういった諸問題の上辺をさらうだけではなく深く掘り下げることで、多くの奇抜な着想を得ることができるのだろう。

シリーズ短編はいずれも、そういった難しい問題が発端となる物語だ。恵美子は、最初からすでに劣勢におかれている。そんな彼女がヒーローの助力を得ながらも健気に立ち向かう姿に、僕たちは共感する。今作では孤軍奮闘する機会も多いのだからなおさらだ。

いうなれば推理小説とは、理不尽な脅威に打ち勝つ物語でもある。本シリーズは、その効能を強く意識して書かれているようだ。恵美子がピンチと向き合う意志を湧きあがらせることで、犬頭がやってくる。そして、傍若無人な態度と、圧倒的な行動力で事件、事態を凄まじじい速さで解決に導く。犬頭光太郎の力を借りながら、恵美子の世界をどんよりと暗く包んでいた謎は解き明かされ、日常が本来の明るさを取り戻すのである。

「探偵」の胸のすく活躍ぶりに憧れはするけれど――でも、それだけだ。

誰もが犬頭みたいになれるわけではない。僕たちは、そこまで強くできてはいない。鍵の掛かった扉を蹴り破る力なんてそうそう出せるものじゃない。けれども、大倉崇裕は物語のなかでもうひとつ別の回答を用意している。いうまでもなく、若宮恵美子の存在だ。大きな自信なんて、どこにも持ち合わせていないけれど、どんな困難な物件の問題を扱っても、彼女は決して逃げずに、一歩を踏み出していく。このシリーズは、勇気について書かれた物語でもあるのだ。

本書を読み終えたあなたのなかに、恵美子と同じ気持ち――「この世に不思議なことはいっぱいあるけれど、しっかりと前を見て、背筋を伸ばし、たとえ空元気であっても、気丈に振る舞っていれば、何とかなる。そんな開き直りにも似た思い」――が、ちょっとでも芽生えてくるといいなと思う。

初出（掲載誌はすべて「ジャーロ」）

天使の棲む部屋　二〇一四年初夏号・秋冬号
水の出る部屋（「水が出る部屋」改題）　二〇一五年春号
鳩の集まる部屋　二〇一五年初夏号
終の部屋　二〇一五年秋冬号

二〇一六年三月　光文社刊

光文社文庫

天使(てんし)の棲(す)む部屋(へや)　問題物件(もんだいぶっけん)

著者　大倉崇裕(おおくらたかひろ)

2018年7月20日　初版1刷発行
2025年1月20日　2刷発行

発行者　三宅貴久
印刷　堀内印刷
製本　フォーネット社

発行所　株式会社 光文社
〒112-8011　東京都文京区音羽1-16-6
電話（03）5395-8149　編集部
8116　書籍販売部
8125　制作部

ISBN978-4-334-77680-0　Printed in Japan

組版　萩原印刷

書名	著者
利休鼠のララバイ	赤川次郎
濡羽色のマスク	赤川次郎
茜色のプロムナード	赤川次郎
虹色のヴァイオリン	赤川次郎
枯葉色のノートブック	赤川次郎
真珠色のコーヒーカップ	赤川次郎
桜色のハーフコート	赤川次郎
萌黄色のハンカチーフ	赤川次郎
柿色のベビーベッド	赤川次郎
コバルトブルーのパンフレット	赤川次郎
菫色のハンドバッグ	赤川次郎
オレンジ色のステッキ	赤川次郎
新緑色のスクールバス	赤川次郎
肌色のポートレート	赤川次郎
えんじ色のカーテン	赤川次郎
栗色のスカーフ	赤川次郎
牡丹色のウエストポーチ	赤川次郎
灰色のパラダイス	赤川次郎
黄緑のネームプレート	赤川次郎
焦茶色のナイトガウン	赤川次郎
狐色のマフラー	赤川次郎
セピア色の回想録	赤川次郎
向日葵色のフリーウェイ	赤川次郎
珈琲色のテーブルクロス	赤川次郎
ひまつぶしの殺人　新装版	赤川次郎
やり過ごした殺人　新装版	赤川次郎
とりあえずの殺人　新装版	赤川次郎
一億円もらったら	赤川次郎
不幸、買います	赤川次郎
非武装地帯	赤川次郎
眠れない町	赤川次郎
馬疫	茜灯里
女童	赤松利市
白蟻女	赤松利市

玩具店の英雄　石持浅海
パレードの明暗　石持浅海
鎮憎師　石持浅海
不老虫　石持浅海
新しい世界で　石持浅海
志賀越みち　伊集院静
女の絶望　伊藤比呂美
人生おろおろ　伊藤比呂美
セント・メリーのリボン　新装版　稲見一良
心音　乾ルカ
密室は御手の中　犬飼ねこそぎ
ダーク・ロマンス　井上雅彦監修
蠱惑の本　井上雅彦監修
秘密　井上雅彦監修
狩りの季節　井上雅彦監修
ギフト　井上雅彦監修
超常気象　井上雅彦監修

ヴァケーション　井上雅彦監修
乗物綺談　井上雅彦監修
屍者の凱旋　井上雅彦監修
今はちょっと、ついてないだけ　伊吹有喜
喰いたい放題　色川武大
魚舟・獣舟　上田早夕里
夢みる葦笛　上田早夕里
ヘーゼルの密書　上田早夕里
天職にします！　上野歩
あなたの職場に斬り込みます！　上野歩
葬る　上野歩
ご近所トラブルシューター　上野歩
熟れた月　宇佐美まこと
展望塔のラプンツェル　宇佐美まこと
月の光の届く距離　宇佐美まこと
やせる石鹸（上・下）　歌川たいじ
いとはんのポン菓子　歌川たいじ

KOBUNSHA